UBERTO MOLO

OS TRÊS CAVALEIROS DO APOCALIPSE

UBERTO MOLO

OS TRÊS CAVALEIROS DO APOCALIPSE

EDITORA
Labrador

Coordenação editorial
Patricia Quero

Projeto gráfico, diagramação e capa
Felipe Rosa

Preparação
Leonardo do Carmo

Revisão
Laila Guilherme

Dados Internacionais de Catalogação na Publicação (CIP)
Angelica Ilacqua CRB-8/7057

Molo, Uberto
Os três cavaleiros do apocalipse / Uberto Molo. -- São Paulo : Labrador, 2019.
256 p.

ISBN 978-85-87740-94-6

1. Ficção brasileira I. Título

19-0983 CDD B869.3

Índice para catálogo sistemático:
1. Ficção brasileira

EDITORA
Labrador

Editora Labrador
Diretor editorial: Daniel Pinsky
Rua Dr. José Elias, 520 - Alto da Lapa
05083-030 - São Paulo - SP
+55 (11) 3641-7446
contato@editoralabrador.com.br
www.editoralabrador.com.br

Dedico este livro aos meus filhos Lucas, Stefania, Mikael, Matteo e Maria Clara, para que lembrem que a vida é o único bem que nos pertence: seja para nos levar à África ou às terras frias do Alasca, seja para ser o presidente de uma multinacional ou um produtor rural, temos que lutar por ela até o fim.

CAPÍTULO 1

"Por mim se vai das dores à morada,
Por mim se vai ao padecer eterno,
Por mim se vai à gente condenada."
Dante Alighieri
A Divina Comédia — Canto III, Inferno

Era uma manhã como tantas outras, perdida no início do século XIV. Outono cinzento de 1310, quando a Idade Média e o sombrio Santo Ofício ofuscavam o surgimento da nova era, a Renascença. Como há milhões de anos, tudo parecia perdidamente calmo no golfo de Biscaia, com as falésias da costa atlântica correndo quase paralelamente aos meridianos, compondo uma moldura com a faixa de areia esbranquiçada em sutis pinceladas de tons bege e marrons, pontuada por pedras grandes e pequenas. Uma praia que somente eventuais náufragos, que lá chegassem semivivos, poderiam achar acolhedora. Era bonita, atraente, porém bruta, golpeada incessantemente pelas ondas quebradas do oceano, o mar de águas com forte cheiro de algas e sal que parecia, agora, manso. As nuvens cinzentas e paradas daquele dia estranho formavam uma cúpula uniforme em todo o céu, conformado com a repentina calmaria. De súbito, do paredão norte da falésia, levantaram voo simultaneamente doze ou treze albatrozes mais escuros que as nuvens, nervosos, rápidos, espantados, fugindo para os abrigos. Logo depois, saindo do mesmo lado, no limite da praia, com pegadas firmes na linha entre a terra e o mar, apareceram galopando três grandes e vigorosos cavalos. Batiam as ferraduras com tal força que esguichos de espuma e areia se lançavam para o alto, dificultando que se reconhecesse a fisionomia dos destemidos cavaleiros. A balbúrdia de sons alternados e em diferentes tons aumentava a dramática do quadro apocalíptico.

– Yaaa! Yaaahaa! Yaaahaaaa!!!

Era a soberana e fatídica voz do primeiro, que – em um magnífico animal branco, ao mesmo tempo nervudo e elegante – vestia uma malha fina de ferro coberta por agasalho leve, vermelho vivo com um desenho amarelo na altura do peito: uma letra "A" maiúscula quase brilhante, em estilo gótico. A mesma letra, estampada atrás, ficava meio escondida por um arco com porta-flechas estranhamente vazio, uma peça rústica de couro escuro que destoava do resto. Firme, ereto, montava com tamanha segurança que se assemelha a um poderoso monarca ou algo parecido. O segundo cavalo, de pelagem marrom vibrante, um tanto menor, porém mais nervoso, carregava no arreio um soldado jovem e ativo nas rédeas, parcialmente protegido por uma armadura e um elmo com cimeira comodamente aberto: os dois formavam um par perfeito. Portava várias armas: à sua esquerda, uma faca de ferro forjado, uma desproporcional espada no flanco direito que demonstrava ser ele canhoto e, pendurado na sela, um porrete mortal, que na época tinha o afável apelido de "Estrela da Manhã". A única coisa que se notava no terceiro conjunto não era o cavaleiro em si, mas uma balança que trazia amarrada na sela junto a outros embrulhos sobre os quais ele, já um tanto maduro, apoiava o braço esquerdo. Do outro lado, um comprido trompete chamava a atenção sacudindo no flanco do cavalo – e que cavalo! Este, sim, era o mais lindo, o melhor proporcionado em seu galope perfeito, capaz de apagar a mesmice de quem o dirigia. Estranhamente, esse animal, que parecia mais veloz que os outros, se mantinha na terceira posição. O preto de sua pelagem reluzente pelo suor excessivo destacava as narinas trêmulas, dilatadas, em movimentos rápidos com boca fremente a expelir uma espuma viscosa causada pelas mordidas nos freios.

Os albatrozes estavam longe, pontilhando o céu cinza, empurrados acima do oceano como que por medo. Aquela imagem carregava algo profundo – forte, brutal, como a musculatura tensa dos cavalos nessa louca corrida – e, ao mesmo tempo, fascinava, tão intrigantes e diabolicamente estupendas eram as figuras dos cavaleiros, que lembravam anjos humanos sendo expulsos com Lúcifer do paraíso.

Subitamente, afrouxaram a marcha a ponto de se poder ouvir a respiração ofegante dos garanhões, quando surgiu, atrás do paredão norte, do mesmo ponto de onde vieram os cavaleiros, uma nova montaria. O animal era magro, com os ossos das costelas à mostra e o pescoço curvado, quase esfregando os freios na areia, cujo tom marrom-claro se confundia com a cor do pelo gasto daquela criatura. Procedia lento, arrastando os cascos como se cada passo fosse o último.

Pesadamente apoiado em suas costas encurvadas, vinha um ser misterioso que não lembrava em nada os outros três cavaleiros. Ele tampouco portava armas, mas era bem maior que os outros, que já eram grandes. Vinha coberto por uma capa marrom-escura que tinha nas costas um sinal redondo, como um "O" feito a ferro e fogo. Preso ao manto, um capuz escondia seu rosto e impedia que se notassem as feições, mas a silhueta amedrontava e dava arrepios. Os passos do animal se repetiam inexoravelmente, como o tempo a martelar rítmicas batidas.

O grupo da frente mantinha certa vantagem e prosseguia agora mais lentamente. Os albatrozes sumiram na direção sudoeste, além das ondas agora mais calmas que acompanhavam o ritmo dos cavalos. Para onde estaria indo aquele estranho quarteto que já tinha ultrapassado a metade da praia na direção sul, chegando perto do final da falésia?

Crescida a poucas centenas de metros do oceano Atlântico, uma milha além da ponta sul, a cidade de La Malle se delineava mostrando uma muralha característica dos castelos feudais.

CAPÍTULO 2

As ferraduras do primeiro cavalo trilhavam agora uma estrada mais definida e compacta, enquanto humildes casebres iam surgindo naquela faixa de pobreza que envolvia os altos muros do centro do feudo e exibiam as melhoras advindas das novas medidas que haviam sacudido a microeconomia de La Malle nos últimos anos.

No primeiro casebre, Ramir organizava as ferramentas do seu ganha-pão como ferreiro. Era um mestre com pleno domínio do metal e, na sua pequena edificação, situada em um ponto estratégico na entrada da vila, atendia a todos que ali passassem e precisassem do seu ofício. No claro-escuro do interior das quatro paredes de pedras e madeiras cobertas por um teto de palha, ainda brilhava a luz quente de uma vela acesa na noite anterior por ele, acostumado a madrugar todos os dias da semana, a cada mês, ano após ano. Era então natural que tudo lhe parecesse extremamente rotineiro, tranquilo, habitual. Até que certo ruído leve, mas incomum, o distraiu. O ferreiro olhou para ambos os lados procurando entender de onde vinha aquele ruído baixo, porém estridente. Seus olhos muito escuros observaram as paredes da casa, que pareciam tremer levemente. Voltou-se para a vela e notou que a chama dançava no ar.

– Será um terremoto? Será que voltou a praga? – pensou ele, e instintivamente saiu do casebre.

Mas os ligeiros tremores, que todos perceberam, logo pararam. Olhou a estrada de terra batida e notou, atrás de um leve rodamoinho, a chegada de três cavaleiros, quando, improvisamente, acima dele o céu todo escureceu, coberto quase por inteiro por uma nuvem carregada.

– Terremoto, rodamoinho fora de época e agora temporal?! – Cuspiu no chão, mas logo algo atraiu sua atenção. – Belos cavalos! Estes forasteiros vêm de longe, mas não irão parar por aqui... Devem ser ricos, muito ricos. O que está à frente parece um rei. Sim, um rei com cara de leão...

Sorriu e cuspiu outra vez. O primeiro cavaleiro, rude nos lineamentos do rosto bronzeado e um tanto escondido pelos longos cabelos loiros, lembrava mesmo um leão. Enquanto se divertia com esse pensamento, a atenção dele foi atraída para o quarto viajante, razoavelmente distanciado dos outros.

– Este, sim, precisa de ferraduras novas. Ou melhor, o dono precisa de uma nova montaria: o animal está acabado! – Olhou para dentro do casebre e viu que a luz da vela estava estática. – Ainda bem, Deus decidiu nos deixar em paz! – E voltou a olhar para os três primeiros cavaleiros, que nesse momento passavam diante dele. – A segunda montaria é magnífica! Difícil ver por aqui animais dessa qualidade – pensou o ferreiro.

Ele costumava ver muitos cavalos, mas o terceiro... Ah, esse sim era de se apaixonar.

– Inacreditável! Um puro-sangue nas mãos de um velho coroinha?! Ele não o merece.

Ramir gostava de observar aqueles que passavam pela estrada e acreditava ser um bom fisionomista. Analisar um a um e tirar suas conclusões era a distração dele, possivelmente sua única diversão.

– Se ao menos carregasse armas como o segundo cavaleiro – considerou – ou tivesse feição semelhante: jovem, forte e corajoso...

Era cedo e havia poucas pessoas nas ruas; a maioria estava em casa ou no trabalho: os mais zelosos. Na avenida que beirava a muralha, um mendigo suplicava estendendo a mão ao vento, próximo à entrada da antiga fortaleza em que havia um estandarte branco com uma cruz vermelha. Nesse momento, o rodamoinho – agora levantando menos poeira – passou em frente ao pedinte, que instintivamente virou o rosto encoberto por panos sujos e ficou olhando assustado. Não era a primeira vez que cavaleiros desconhecidos apareciam na cidade, mas calafrios o percorreram, da cabeça até o polegar do pé esquerdo machucado e enrolado em uma bandagem nojenta. Um velho como ele, que havia passado por tudo na vida, tremer diante dessa visão? Estranho, muito estranho. Ainda mais perturbado ficou quando apareceu o quarto: como ele, quase um mendigo. Ou seria um monge descrente, excomungado, em fuga? Uma indomável angústia penetrou em sua alma quando se deu conta de que no céu uma águia voava, formando amplas circunferências. Voltou a sentir calafrios. A última vez que vira uma ave agourenta como essa fora há anos, quando, em viagem aos montes do norte, perdera a mulher por causa do álcool. Deixou-se cair de joelhos e com a mão que estendia às esmolas tocou a testa, o peito e os ombros, em sinal da cruz. E ele era ateu.

Depois do portal, as ruelas que corriam ao longo da muralha formavam um cruzamento em "T", com a avenida reta em direção ao palácio do "rei": assim o povo chamava o dono e senhor de todos no feudo de La Malle – um cavaleiro da Ordem dos Templários, famoso entre os cruzados por sua coragem e ousadia. Em frente uns dos outros, os primeiros prédios da avenida traziam pintados na fachada os escudos de duas nobres famílias. Esta havia sido a ordem do rei ao casar-se com a boa alma da condessa Beatriz, para que o povo sempre lembrasse da união deles e dos dois feudos. Todos notavam que no alto do escudo da família da falecida brilhavam sete estrelas prateadas, e no do rei – dividido em quatro partes – havia duas cruzes vermelhas sobre fundo branco, típicas das cruzadas, e nos espaços de cor amarela uma listra azulada corria da esquerda para a direita. Como se fosse um sinal do destino, o "sete" correspondente ao número de estrelas do escudo da família da esposa marcou a data de sua morte ao dar à luz uma linda e saudável princesa: dia 7 de julho. O rei não voltou a se casar, e a pequena princesa recém-nascida era agora uma bela adolescente de dezessete anos.

A cerca de cinquenta metros à frente, na avenida, e mais alta que os outros prédios, erguia-se uma igreja românica – símbolo do poder de Deus na Terra. Sob a luz interna dos místicos vitrais da catedral, às primeiras horas da manhã, o padre da ordem dos dominicanos, a sós, limpava um castiçal: bela peça de ouro, parte dos sete castiçais feitos com o mais valioso metal, doados à igreja de La Malle pelo bispo quando, uns dez anos antes, o rei ajudara a controlar uma rebelião de camponeses. A passagem da nuvem carregada tornara ainda mais escura a igreja e fizera da penumbra uma quase escuridão. Para tirar a dúvida, o sacerdote caminhou pela passagem central, entre os bancos, e saiu para ver se a chuva havia chegado. Segurando o castiçal como se fosse uma espada, virou a outra palma da mão para o alto, mas nenhuma gota molhou seus dedos lisos sem calos.

Foi quando viu os cavaleiros passando, mas não se interessou, preocupado com a provável pouca afluência de fiéis em dia de chuva.

Na segunda esquina, sentada em uma cadeirinha atrás de um banco dobrável, uma vendedora de pães abanava o ar para espantar as moscas. Quando a primeira montaria passou diante dela, estendeu o braço oferecendo a peça mais bem cozida, mas não obteve resposta.

Indiferente, o grupo continuou até a próxima esquina, onde o cavalo branco virou à esquerda e quase empinou ao evitar um menino que surgira na rua. Por sorte, a criança saltou rápido e parou ofegante do outro lado do cruzamento.

No final, a avenida se abria em uma grande praça, onde, no lugar mais visível, se destacava o palácio real com um grande portão bem no meio, ao lado do qual dois soldados fardados, como estátuas, montavam guarda. A ordem era manter absoluta imobilidade, mas, quando as invejáveis montarias desfilaram abaixo das janelas reais saindo de uma ruela lateral, as pupilas dos militares não resistiram e correram até o canto das pálpebras. Entreolharam-se com expressões de aprovação e admiração, mas permaneceram mudos. O silêncio voltou a reinar no centro de La Malle quando os três cavaleiros misteriosos, seguidos pela efígie assustadora, sumiram da praça contornando o lado direito do palácio, indo não se sabe aonde, porque, estranhamente, ninguém os viu sair pelo portão norte.

CAPÍTULO 3

"De luxúria fez tantas demasias
Que em lei dispôs ser lícito e agradável
Para desculpa às torpes fantasias."
Dante Alighieri
A Divina Comédia — Canto V, Inferno

Naquela estranha manhã aparentemente calma, no agradável bairro residencial, algo estava acontecendo em uma casa um tanto diferente, mais desgastada e antiga que as outras, mas não desleixada; em uma das janelas que lembrava uma vitrine havia muitos potes de várias cores e tamanhos. Da sala, que servia também como cozinha, podia-se entrar diretamente no quarto, atravessando uma cortina rústica de linho claro. A chaminé estava apagada, mas a fumaça invadira o ambiente carregando perfumes de exóticas essências, suavizando o ar com uma inebriante fragrância que revelava vestígios de amor e sexo. No quarto, os cheiros eram mais concentrados, pois a casa estava totalmente fechada – talvez para esconder um segredo tão perigoso quanto intenso. Qual seria o motivo de tanto sigilo?

Levantando aos poucos a água quente da banheira de zinco, como a estátua de uma fonte envolvida na neblina de jardim outonal, uma mulher um tanto madura, ajoelhada, banhava uma linda moça, de pé, passando pela nudez do corpo inteiro uma esponja encharcada e perfumada. Deslizava com a mão trêmula sobre a rosada pele aveludada e as curvas perfeitas, tendo o cuidado de não tocar a flor do púbis, mas, propositadamente, estimulando os bicos dos seios eretos da virgínea fêmea à sua frente, que, sensibilizada pelas carícias, não conseguia esconder alguns leves arrepios. Mas eram poucos, devido ao cansaço da noite praticamente insone.

Alguns minutos depois, a porta da casa se abriu, e a mulher – que parecia uma sacerdotisa – olhou com bastante atenção para fora, de um lado e do outro, e suspirou aliviada. A porta fechou-se, quebrando o silêncio da rua deserta enquanto no interior da moradia o murmúrio das duas, agora abraçadas, parou depois de um longo beijo. Os lábios, que se encontraram para a despedida, atiçaram o fogo da luxúria, provocando frenéticos e longos apertos, pequenas mordidas alternadas ao trançar das suculentas e voluptuosas línguas. A caçadora madura, para a tenra gazela, passou assim um recado que dizia:

– Não esqueça, amor. Não é somente o convite para um futuro encontro, mas a faísca que vai acender o fogo dos nossos corpos na desejada próxima vez.

A porta da casa se abriu outra vez e dela saíram primeiro a mulher, que voltou a olhar para os dois lados da rua, e logo depois a garota, que parecia temerosa pelo andar inseguro – apesar disso, ela quase deslizava elegantemente sobre as pedras desconexas da calçada, sem olhar para trás. Completamente coberta, escondia os cabelos embaixo de um grande lenço azul com tons de cinza, mas alguns rebeldes fios loiros tinham fugido do esconderijo. O rosto não aparecia, e provavelmente não conseguia enxergar direito: dificilmente caminharia tão rápido, não fosse o rumo conhecido. Parou repentinamente, virou a cabeça e olhou para trás: ninguém. Teve a sensação de estar sendo seguida, mas pensou ser alarme falso: certamente uma criação de sua própria consciência.

Percorreu o lado esquerdo da avenida, em torno do palácio, e se apresentou aos soldados em sentinela, deixando cair o lenço.

O vulto de anjo contrastava com seus olhos profundos como o azul do mar grego, acesos e sensuais, que os dois jovens militares conheciam bem. Quantas vezes se masturbaram pensando nela... Mas a reação foi rápida, respeitosa, quase exagerada, em continência perfeita e sincronizada. Seria ela uma importante cortesã, uma condessa, ou melhor, uma plebeia de alto nível?

O rei já despachava na saleta adjacente ao salão principal, onde aconteciam reuniões formais e cerimônias. Era um ambiente sóbrio com uma enorme mesa de madeira maciça e uma cadeira grande, que parecia um trono, de costas para a janela e à frente de vários bancos para convidados. Sentado em um desses bancos, descontraído para quem está diante de um rei e falando lenta e claramente, estava o juiz, que atuava também como grande conselheiro do senhor do feudo – que o considerava homem de extrema confiança, pronto a qualquer sacrifício para ele. Tinha cara de honesto e, de fato, era. Seu rosto mostrava marcas de expressão fortes de quem passou por muitos problemas e superou graves dificuldades interiores, mas o olhar era de alguém que, mesmo conhecendo o sofrimento, não deixou de ser uma boa alma. O rei costumava escutá-lo e tirava proveito dos seus muitos anos de experiência.

Pelo escuro corredor, iluminado por poucas tochas, caminhava a misteriosa cortesã, com passos leves, mas agora seguros. Ela sabia muito bem que por lá passavam somente pessoas íntimas do rei e que no final daquele trajeto ficava a saleta de despachos diários. A cada intervalo de luz quente e amarelada das chamas aparecia – agora em toda a plenitude – sua beleza incontestável e prepotente, com os cabelos dourados, ondulados e soltos.

Bateu na porta e, depois de algum tempo, recebeu uma segura, forte e verdadeira ordem como resposta:

– Entre!

– Posso interromper por um segundo a conversa com o notável juiz?

– Mas é claro, filha. Porém, que seja apenas por poucos segundos. – O rei, que já tinha mudado a expressão, sorriu.

A princesa se aproximou.

– Sua bênção, meu pai – disse, se ajoelhando e reclinando a cabeça.

Nas conversas que se seguiram, deu para perceber que ela tinha bastante familiaridade com o conselheiro e que se relacionava carinhosamente com o rei, demonstrando entendimento e amor fora do comum. Na despedida, o pai beijou a filha na cabeça, em um gesto de proteção carregado de afeto. Saiu da sala como entrou, deslizando no chão com a leveza de uma pluma. Na penumbra do corredor, por trás de um canto mais escuro, alguém atento espionava os seus movimentos: estava fardado, mas não era um simples soldado, carregava somente um pontudo punhal na cintura e vestia uma malha de ferro mais escura que o normal e mais requintada, como aquela que usam os mais graduados.

– Mestre, é melhor ter muito cuidado – falava o conselheiro. – As notícias não são boas. Muitos cavaleiros amigos foram detidos e outros, bem, outros... Sabes que depois da maldita bula "*Ad Extirpanda Tortura*", de Inocêncio IV, e do último concílio de São João de Latrão, muitos foram justiçados.

O rei tentou tranquilizar o amigo escondendo sua própria preocupação e voltou a debater problemas de Estado para evitar tratar daquele assunto: o prenúncio de desgraças.

CAPÍTULO 4

Uma figura sombria percorria segura e rápida as ruas de La Malle, agora mais frequentadas, provavelmente por causa do horário. Por onde passava via-se abrir um espaço exagerado – todos deixavam livre o caminho, por respeito ou temor. Muitos chegavam a parar e abaixar a cabeça.

Ao lado da igreja se erguia um casarão elegante e rico, mais bem cuidado que os outros, quase que ostentando sua diferença, como se promovesse o poder de quem lá morava: era a "Curia", o destino do prestigiado sujeito. Depois de entrar, prosseguiu com passos seguros, de quem já conhecia a casa. O seminarista servente que o acompanhava proferiu timidamente:

– O bispo está na sala púrpura, à sua espera.

Não respondeu. Não gostava daquele jovem estranho, tinha até uma certa repulsa por ele. Olhou, como de hábito, os vasos floridos e pensou:

– Que desperdício inútil!

Bateu na porta apenas uma vez e ouviu:

– Entre! – Uma voz segura vinda do interior respondeu ao toque.

Sentado em uma enorme cadeira dourada, o bispo, confortavelmente acomodado em almofadas de cor púrpura que se confundiam com suas vestes, levantou o olhar do caderninho de anotações manuscritas que sempre o acompanhava na mão direita, de onde brilhava um enorme anel de ouro com aquela marca característica, usada para selar documentos oficiais ou sacros; parecia uma cruz, mas a linha horizontal, curva, lembrava um arco com flecha.

Apoiou o livrinho na veste e estendeu o braço direito. O militar se ajoelhou e beijou o anel. Não gostava desta cerimônia e a cumpria quase ausente, para não se sentir um hipócrita submisso.

– Levante-se, levante-se! – quase gritou o bispo, que apoiava os pés em um banquinho recoberto por almofada também púrpura.

– O seu fiel servidor tem boas-novas, Vossa Eminência. Aliás, não somente boas, eu diria, ótimas! Mas, antes de mais nada, queria lhe trazer as mensagens de reverência e solidariedade do nosso aliado, o cavaleiro de Saint Martin, e também de meu irmão, o senhor do feudo de...

– Está bem, está bem. Deixe de lado as introduções de praxe e vá direto ao cerne da questão, àquilo que nos interessa, rápido, rápido! – disse o bispo interrompendo o militar, que, mesmo não gostando dos modos nada educados, teve de engolir como sempre e continuar.

– Eminência, tenho receio de falar tamanha vergonha diante de sua pessoa, tão beata e santa...

– Capitão, logo você vai nomear o receio e a vergonha?! Você mataria uma criança no colo da mãe, se é que já não o fez! – interrompeu sua fala, em consideração. – Pela Santa Virgem Nossa Senhora Auxiliadora, à qual sou particularmente devoto, vá em frente. Entre nós não há cerimônia.

Todas as vezes em que o velho ficava nervoso, suas pernas mexiam-se no banquinho, quase que ritmadamente.

– Está certo – engoliu o capitão, mais uma vez. – Então, vamos direto ao assunto: segui, espionei dia e noite, no limite do possível, e finalmente tive a certeza! Aquele anjo-satanás da...

– Não fale nesse nome aqui dentro! – trovejou o bispo.

– Certo, me desculpe. Vamos ao que importa: a nossa querida

princesinha Larissa está afundada na heresia mais perversa que pode existir.

– Heresia perversa? Gostei! Mas o senhor, capitão, tem certeza absoluta?

– Sim, Eminência. Eu vi com os meus olhos, e não será difícil autuá-la em flagrante com muitas testemunhas.

– Então, o corajoso Cavaleiro, o Rei, está em nossas mãos? Fantástico! É o fim dele. Com a filhinha em nosso poder, conseguiremos qualquer coisa, e qualquer coisa significa... significa o nosso completo poder, capitão! Se soubermos aproveitar, o Condado será nosso! Continue, por Deus! Qual profunda heresia ela comete? Ela é judia, não é?

– Ela tem uma relação...

– E daí? – O bispo desenhou no rosto uma expressão de decepção e reabriu o livrinho. – Você acha que se a nossa gloriosa adolescente namorar um jovem ou um velho cavaleiro, ou até um soldado, é o suficiente?

– Não, não, Eminência... É muito mais grave! Ela faz sexo com uma mulher, com uma feiticeira!

Dom Inocêncio – este era o nome do bispo – mudou de expressão. Os olhos dele brilharam e, curioso, perguntou em tom baixo, quase gaguejando:

– Como assim?! Conta, conta!!!

– Vossa Eminência deve lembrar, já lhe falei sobre minhas suspeitas de bruxaria daquela charlatã que vende ervas medicinais e perfumaria e se faz chamar de farmacêutica; aquela que vive sozinha e ainda é relativamente jovem e boni... Desculpe, Eminência, aquela senhora estava na mira da flecha, e ontem, no começo da noite, enquanto a espionava, vi alguém chegando à casa dela. Alguém que se escondia quase totalmente. Notei que era uma mulher, mas não consegui reconhecê-la. Ela entrou, então avancei da esquina até a janela. Espiei por uma fresta suficientemente aberta e vi a bruxa encostar na figura. Ao tirar o lenço azul que cobria os longos e loiros cabelos, apareceu a moldura dourada daqueles inconfundíveis olhos azuis de pura água-marinha de Larissa! Era ela! E a bruxa, linda também, um pouco mais velha e experiente, pegou no queixo da moça com a mão direita...

– Detalhes poéticos, porém sórdidos, capitão?! Mas continue, continue, o meu ofício é escutar.

– Desculpe, Eminência. Ela a beijou profunda e longamente na boca. São íntimas e, pelo visto, há longo tempo. Beijava-lhe a boca e, com a mão esquerda, apertava-lhe a cintura. Depois a pegou pelas mãos, e, infelizmente, sumiram para dentro do quarto. Mas pude ouvir, e que música suave eram as doces risadinhas e gemidos discretos de prazer.

Nervosamente, as pernas do bispo dançavam no banquinho, agora em ritmo mais rápido, enquanto seus olhos, arregalados, fixavam o capitão que se empolgava na descrição do ocorrido.

– Nunca ouvi tamanha e demoníaca excitação em uma mulher!

Ao ouvir essas palavras, Inocêncio, como que voltando a si, olhou para cima e exclamou:

– Era isso que faltava! Sim, sim... Sim, capitão! Pelos Santos concílios de Rouen e de Paris, pela Santa alma do Papa Gregório IX e de Inocêncio IV, meu homônimo que liberou a tortura com documentos que nos ajudam, como a Haereticae Pravitatis, podemos pegar a princesa e condená-la aos mais terríveis sofrimentos. E mais, capitão: você deve saber que o diabo assume muitas formas e pode incorporar uma mulher. Sabe qual é a pena para as heréticas que se deitam com o demônio?! A inimaginável tortura da pera... Só de falar nisto sinto arrepios. E não é somente esta, porque, como "homosexualitatis suapte", poderá ser condenada a sofrer a tortura da serra. Temos os dois nas mãos: pai e filha! Capitão, não se esqueça, precisamos de muitas testemunhas.

CAPÍTULO 5

Os dias prosseguiram chuvosos e frios até que o sol voltou, trazendo uma temperatura morna, mais agradável. Em uma dessas noites de céu limpo e pontilhado por milhões de estrelas, no bairro residencial de La Malle, na estranha casa da farmacêutica, algo estava acontecendo: na sala, Larissa tomava um chá especial preparado pela amante, que usava desse artifício para aumentar-lhe as sensações, já fortes por causa da natural tempestade de hormônios devido à jovem idade. A moça levantou-se segurando a xícara e dirigiu-se para o quarto, enquanto Lucrécia a seguia, aparentemente submissa, e aproximou-se da janela, abrindo-a totalmente. Do lado de fora, via-se, iluminada pela lua cheia, uma horta com plantas um tanto diferentes, que acabava na vegetação nativa impenetrável, ótima garantia de privacidade à propriedade.

O magnífico astro, tão grande e brilhantemente desenhado, parecia vivo, acompanhado por uma cúpula côncava, pontilhada por infinitas luzes de variados tamanhos. Larissa suspirou profundamente ao sentir atrás dela, na altura do pescoço, o perfume da respiração de Lucrécia. Sim, era um perfume frutado que passava como leve brisa entre os lábios carnudos e bem desenhados da amante, que, com sua característica voz levemente rouca, sussurrava:

– É linda, linda demais. Como você!

A garota virou-se, e dessa vez a iniciativa partiu dela, que, gulosa e com força, apoiou os úmidos lábios na atraente fenda. Sua língua percorreu os dentes perfeitos e entreabertos da amada, que, estimulados, abriram-se ao ataque. Com o braço esquerdo envolveu a cintura da mais experiente, que, com um doce tranco, foi atraída para a frente, encostando o seu corpo no dela. Primeiro, os seios se descobriram, depois, a coxa de Larissa abriu uma lacuna entre as pernas incrédulas da outra, e, por último, selando esse seu jogo de poder, com as mãos percorreu lentamente sua lateral até encontrar a gostosa nádega que apertou firme e docemente. Essa novidade empolgou Lucrécia ao limite, ela perdeu as forças e, respirando aceleradamente, sussurrou no ouvido da desejada amante, dosando sua sedutora voz:

– Me usa... Me usa como quiser...

Depois de um tempo em silêncio fixando os olhos da outra e abusando da arma de sua inebriante juventude, encontrou a coragem para vencer quem queria ser vencido e finalizou:

– Te quero nua, Lucrécia. Quero ver o esplendor do teu corpo, medir e sentir cada milímetro da tua pele, até chegar ao teu úmido e exuberante púbis. – E continuou com toda a sensualidade, há tempo reprimida, falando baixo instigantes palavras enquanto os cabelos colavam em sua delicada fronte percorrida por pequenas gotas de suor, molhada como o corpo inteiro, até o meio das magníficas coxas, no gostoso jogo do amor. Finalmente, o instinto governou o pudor, e ela se ajoelhou para encostar o nariz e a boca na magnífica vulva inchada.

Pouco distante dali, no fundo do palácio, situava-se a grande Armaria, bem estruturada e com amplo espaço para o treinamento dos militares. Nas paredes, lanças, escudos, elmos e todos os utensílios usados nas práticas de duelos e batalhas. Quando entregou a espada ao último soldado, o mestre armeiro, quase um gigante, peludo e barrigudo, pensou:

– Missão importante... Juntar os seis melhores da turma... É coisa grande! – E olhou para o capitão, que esperava ao lado da porta aqueles de sua máxima confiança, aos quais tinha explicado, separadamente, que a operação era altamente sigilosa, secreta mesmo, e não devia ser comentada com ninguém. A pena, caso qualquer pequena informação vazasse, seria o corte da língua do indiscreto. O capitão encarou o mestre armeiro que, estático, esperava a ordem. Sem palavras, acenou com a cabeça duas vezes, o que foi suficiente. O gigante se aproximou, abriu a porta e entregou ao primeiro soldado e ao último duas tochas acesas que estavam penduradas na parede e saiu, sendo seguido pelo capitão.

Depois de ultrapassarem um longo corredor, havia uma porta seguida de outra que permaneciam notoriamente trancadas, atrás das quais se escondia algo que sempre despertara a curiosidade dos soldados e somente o capitão e o mestre armeiro conheciam. No final, havia um grande portão que dava para a rua. O capitão passou por uma daquelas portas e olhou com cara de satisfação.

A máquina de tortura de sua preferência provavelmente estava prestes a ser usada. Ao sair, falou poucas palavras com o mestre armeiro, parado ao lado do portão, olhou o céu com a mesma expressão e pensou:

– Com tanta claridade não era preciso trazer as tochas; quanto menos olhares curiosos, melhor!

A resplandecente lua de prata era a mesma que se via da janela do quarto do rei, que a olhou depois de ter acordado repentinamente com uma estranha sensação de medo e tristeza. Lembrou de ter sofrido um mal-estar parecido na noite que antecedeu o parto que levou à morte sua amada esposa Beatriz. Recordou-se dela andando leve pelo jardim, de como era bonita e doce, e não deixou de considerar como era parecida com Larissa: o mesmo jeito de caminhar, a mesma delicadeza. Esse pensamento o preocupou ainda mais, mas tentou e conseguiu pegar no sono novamente, depois de tomar uma concentrada tisana.

Com uma marcha inevitavelmente barulhenta e rápida, nas pedras que brilhavam na umidade noturna, assim como os couros e as armas, a "companhia" chegou em pouco tempo ao seu triste destino.

Cumprindo a tarefa preestabelecida, um dos soldados se aproximou da casa da feiticeira tentando fazer o menor barulho possível; conseguiu destravar e abrir a porta usando uma ferramenta especial. Os sons externos e internos da casa se diferenciavam em um contraste estridente: o primeiro, ferroso, e o segundo, tão sensual, que parecia amenizar a violência dos homens armados. Depois de entrar, os militares passaram rapidamente pela sala-cozinha e invadiram o quarto. Os doces suspiros das mulheres mudaram imediatamente, virando gritos de espanto e medo. As duas tentaram se cobrir com o lençol enquanto instantes eternos de um silêncio tenso se seguiram.

No céu, uma solitária e pequena nuvem cobriu parte da lua, como que tentando impedir que elas mostrassem a vergonha da nudez. Larissa, com orgulho de princesa, levantou a cabeça e olhou os soldados imóveis, seguros, curiosos, admirando-lhes a beleza e sentindo na pele o calor daquela alcova. Mas Lucrécia, não! Ela não teve tanta força. Depois de ver a amiga respirar com pouco fôlego, tentou se segurar, mas não conseguiu: duas grandes lágrimas rolaram de seus lindos olhos. Experiente e vivida, sabia da gravidade e das consequências daquela irreversível situação.

– Cubram-se, heréticas! E vocês, soldados, não olhem para as carnes pecaminosas dessas bruxas, ou serão amaldiçoados para sempre! – ordenou o capitão, antes de virar-se para o militar ao seu lado. – Segundo, me passe dois sacos para cobrir o rosto delas. Que ninguém seja atingido pelo feitiço dessas bruxas e que ninguém as veja nas ruas em nossa companhia!

Já no corredor da Armaria, o capitão ordenou aos soldados que se afastassem, deixando-o sozinho com as duas; pegou então uma tocha da mão de um dos companheiros e procurou na cintura uma estranha chave. Quando os seis fiéis militares se distanciaram, abriu o rudimentar cadeado de sua sala de tortura preferida e para lá empurrou as duas mulheres. Na penumbra, tirou os sacos que lhes cobriam o rosto e se deu conta: como eram bonitas!

– Meditem sobre os pecados que cometeram, heréticas!

O capitão frisou com expressão de desprezo estas últimas palavras e saiu, fechando a porta e o cadeado com um barulho estridente, alto, assustador. Depois de terem ficado completamente no escuro, devido aos sacos que lhes cobriam a cabeça, a sala pareceu-lhes ainda mais clara pela luz da tocha e por suas devastadoras realidades de medo e sofrimento. Um violento calafrio percorreu o corpo de Lucrécia, que começou a tremer. E não sem motivos.

Larissa olhou para todos os lados, tentando entender os objetos à sua volta: uma cadeira de madeira maciça com pontas nos braços e no assento, um tripé de mais ou menos um metro e meio com uma pirâmide um tanto grande em cima, uma jaula em forma humana cheia de pregos na parte de dentro com argolas de bom tamanho, cordas nas paredes e uma grande mesa com diversos alicates e pinças. Mas o que mais a impressionou foi uma outra jaula não muito grande, para bichos, que emanava intenso odor de urina e excremento de pequenos ratos presos dentro dela. Em cima, dava para ver um tubo meio cônico: o perverso e letal conjunto estava largado no chão, ao lado da mesa, esperando, no meio da sujeira, a próxima vítima.

A jovem olhou para Lucrécia, que tremia, tendo já perdido quase todos os lindos traços que tanto lhe agradavam. Mas amou-a ainda mais. Sentaram-se naquele chão asqueroso e apertaram as mãos amarradas, tentando se ajudar mutuamente. Vez ou outra se entreolhavam com ternura e tristeza, sentindo pena uma da outra, à espera das intermináveis horas que se seguiriam.

CAPÍTULO 6

O rei Jaques caminhava nervoso pelo corredor sul, seguido pelo escudeiro que tinha acabado de lhe servir o café da manhã, quando o mestre de cerimônias o chamou às pressas. Muitos, entre os poderosos da cidade, comentavamo fato de Jaques nçao ser um verdadeiro rei, mas todo o povo de classe mais baixa ainda o chamava assim.

– Que situação de tamanha gravidade poderá ter determinado a vinda do bispo pessoalmente, em companhia do capitão e mais alguém, sem sequer haverem marcado previamente uma visita?! Muito estranho. Passei por muitas guerras, mas este fato de hoje está me deixando tenso – pensou o rei, homônimo do grande amigo e valoroso companheiro da sangrenta batalha de Safedi, na última Cruzada, o grande mestre templário Jaques de Molay.

Chegaram à sala fria e vazia.

– A esta hora? Significa que querem me ver sem a presença dos outros – pensou ele, e ordenou ao mestre de cerimônia: – Saiam todos, por favor, e mande entrar as visitas!

Passados alguns minutos, enquanto o rei olhava para fora da janela gótica, reparando no céu límpido em tons de azul forte devido ao sol ainda baixo – um azul de água-marinha, como os olhos da princesa Larissa –, finalmente chegaram os quatro visitantes. O bispo, ofegante, mas com voz definida e alta, começou:

– Nobre Cavaleiro e primeira autoridade de La Malle, Senhor do Condado dos Baixos Pireneus, aceite nossas desculpas por termos deixado de lado a praxe normal, invadindo o palácio a essa hora da manhã, mas a situação é de tal gravidade que eu e o capitão fomos obrigados a agir assim.

O rei olhou o bispo, o capitão, os soldados e as duas figuras que os acompanhavam. Estavam totalmente cobertos por uma espécie de manto franciscano com grandes capuzes cobrindo-lhes inteiramente o rosto. Quem seriam esses dois seres, e o que teriam feito para gerar tamanha ousadia? Pelo porte delicado e fino, deviam ser mulheres... Esses foram os primeiros pensamentos do rei, que continuou escutando:

– O fato em si, pecado de tamanha gravidade, vai contra os princípios da Santa Madre Igreja e, consequentemente, contra o Condado; sem falar que atinge diretamente o senhor, Exímio Cavaleiro! Esta nefasta situação golpeia diretamente a sua pessoa.

O rei ficou mais nervoso, mas conseguiu se conter e tentar imaginar o que teria ocorrido.

– Estamos diante de dois miseráveis seres possuídos pelo demônio, seres que cumpriram delitos dignos do inferno – declarou o bispo. – Peço força e proteção a Deus para fazer valer a Lei Divina e executar, aqui na Terra, os desejos de Deus que o Papa Clemente nos ordenou.

Nesse ponto, o rei se preocupou ainda mais. Ele era devoto e, como Cavaleiro das Cruzadas, havia feito promessas ao Altíssimo.

– Sim, Grande Cavaleiro da Terra Santa e da Sagrada Guerra para libertar Jerusalém, aqui à sua frente estão duas bruxas, comprovadamente heréticas, de acordo com o testemunho do capitão e de seis valorosos soldados. Bruxas que usam e vendem poções mágicas para perversas finalidades.

Virando-se para as duas, disse:

– Ajoelhem-se, rainhas da perfídia!

O capitão empurrou as duas para que se ajoelhassem e se posicionou ao lado de Larissa, enquanto o religioso continuava:

– E não é só isso! Muitos outros crimes cometeram. Apelo a Deus para que me dê forças para lhes contar. Essas duas foram encontradas na cama, juntas, cometendo atos impuros, dignos da máxima vergonha! Crime bárbaro contra Deus e contra a Santíssima Trindade! Capitão, descubra as bruxas!

Ele cumpriu esta ordem com profunda satisfação, acompanhadas por um certo sadismo que o excitava.

Com a velocidade de um raio, a sala de cerimônias se encheu de horror, medo, desespero, e todos foram contagiados, até o bispo ao olhar para o rei, que instintivamente extraiu da cintura o punhal que sempre levava consigo e correu para libertar a filha, mas parou quando viu o capitão enfiar levemente a ponta do punhal em um dos lados do pescoço da princesa. Uma pequena gota do nobre sangue correu ao longo da branca pele e foi o suficiente para frear o impulso guerreiro do Cavaleiro das Cruzadas.

– Parem! Parem! Parem! – gritou o bispo com toda a voz que tinha. – Ninguém pode encostar nelas, nem mesmo o rei, sem antes lavar as mãos em água benta! Quem o fizer, correrá o risco de ter seus descendentes amaldiçoados por sete longos séculos! Calma. Calma, os olhos de Deus estão a nos vigiar. Deus abençoe as minhas palavras! Deus vos ajude a me escutar!

O rei trovejou:

– O que significa isto?!

– Meu senhor, sua querida filha Larissa é duplamente herética. Para ela não há perdão – sentenciou o bispo.

A expressão do rei era de dar medo, e a da princesa, piedade, mas, ainda assim se manteve firme, fechada no próprio orgulho.

– Não há possibilidade de perdão! – continuou dom Inocêncio. – Elas serão transferidas para celas separadas e ficarão nas "secretas" sob a custódia do capitão. Ninguém poderá visitá-las. Repito: ninguém! Deus é testemunha! Nem o senhor, Grande Cavaleiro das Cruzadas! Não seria preciso confissão: são tantas as provas que configuram os crimes, mas vamos arrancar delas os sórdidos detalhes dessa heresia através do sofrimento, até pedirem perdão. Perdão que poderá vir por lágrimas ou pela morte.

Esse momento foi interrompido pela princesa, que, em voz alta, proferiu:

– O único perdão que devo pedir é a meu pai, meu senhor e meu rei! O resto é podridão!

Cuspiu no chão com desprezo e olhou para o bispo, que continuou:

–Vejam os senhores, vejam os senhores! Ela está possuída! O diabo invadiu a alma dessas bruxas! Temos que seguir os Mandamentos da Bula Papal, mediante definição da pena escolhida pelo Adido do Vaticano, iniciando imediatamente os processos de tortura. A começar por aquela definida pelo crime de *homosexualitatis* e depois por bruxaria, como predeterminado pelo Conselho dos Bispos.

– Pegue a mim no lugar delas, seus malditos! – trovejou o rei. – É isso que vocês querem, traidores!

–Tente se acalmar, Senhor de La Malle: assim, só vai piorar a situação delas.

O bispo continuou o monólogo por muito tempo, saindo em seguida da sala, acompanhado pelo capitão e pelas prisioneiras, escoltados pelos militares que tinham barrado o caminho ao rei, e juntos se dirigiram às "secretas".

O conselheiro vestiu um jaleco sem mangas, de couro preto, e correu ligeiro atrás do escudeiro do rei, que o convocou com urgência para uma reunião sem hora prevista para acabar. Enquanto isso, o sol brilhava acima do topo do telhado da igreja.

O bispo e o capitão tinham um andar diferente pelas ruas de La Malle, e o velho não parava de falar:

– Está acuado, não tem como sair dessa. Então, você acha que ele vai tentar libertar a filha, desobedecendo minhas ordens, as do papa e até as de Deus?!

– Seguramente – respondeu o capitão. – Ah, se vai! Não vai abandonar a filha herética e pecadora em nossas mãos! Vai agir, vai buscar saída, com certeza! E nesse momento estarei lá com meus melhores homens para dar voz de prisão ao cavaleiro dos infernos. Pai e filha estão finalmente em nosso poder! Isso é o máximo! Eminência, o senhor já aprontou os documentos falsos para demonstrar a origem judia do rei?

– Mas é claro! Foi muito simples para mim. Na minha posição, tudo se consegue. Saiba que essa é nossa melhor oportunidade para que ele aceite esta acusação pelo fato de a filha estar em nossas mãos. Capitão, você é o comandante da infantaria, da cavalaria e até da guarda real; em suma, de todo o nosso pequeno exército. Ele, perdendo a força do seu poder externo, não terá mais suporte nenhum. Claro que, no final, usaremos de nossa ação bondosa: a liberdade dela em troca da concordância de tudo aquilo que exigirmos. É vitória certa! O Condado será meu... Digo, nosso.

O capitão não gostou muito desta última frase, mas a engoliu.

– E digo mais: você será o futuro Rei do Condado, e eu darei as diretrizes. Chega, acabou essa estirpe de incapazes! Trezentos anos de Cruzadas só para cancelar a verdade sobre Cristo profeta é pouco. Trezentos longos anos de enormes gastos, praticamente perdidos. Estes Cavaleiros Templários se encheram de riqueza, ganharam muito poder e nada mais: Santo Graal coisa nenhuma! Acabou, finalmente acabou!

A conversa o entusiasmava a tal ponto que parecia mais jovem. Menos feliz era a expressão do capitão, obrigado a aceitar o comando do bispo. Mas quem sabe? No futuro, tudo poderia ser revertido. E sua ambição era grande.

CAPÍTULO 7

O rei falava lentamente com voz grave e comovida enquanto o conselheiro ouvia estremecido.

– E nesta mesma sala, ela o interrompeu dizendo que pediria perdão somente a mim. Nem a Deus, nem a ele. Sabe o que isso significa? Uma verdadeira confissão, meu grande amigo. Tudo isso aconteceu há pouco, aqui mesmo na minha frente. Estou impotente, sem conseguir dizer ou fazer nada, absolutamente nada.

– Meu grande mestre, saiba que serei sempre seu amigo mais devotado, pode me pedir qualquer coisa, até mesmo a vida, se preciso for, darei em benefício de meu senhor – respondeu o conselheiro. – Estou aqui pensando em uma possível solução, mas a primeira coisa que me vem à mente é que devemos manter a calma. Pensar, pensar e repensar. A situação é complexa, até difícil de avaliar... Talvez possamos pedir ajuda aos fiéis aliados dos reinos vizinhos, para derrubarmos este motim interno.

– Fidelidade como a sua não existe. Mas não é possível conseguir, e nem vou pedir apoio aos aliados. Em um caso como este, eles teriam que ir contra os máximos poderes da Terra e até do Céu. Teriam que enfrentar exércitos terrenos e, quem sabe, exércitos de anjos? Sem contar com o escândalo pela conduta da minha pobre filha. Ninguém vai acreditar que foi enfeitiçada! A desgraça recairá sobre ela, sobre nós, sobre o Condado. Como você está percebendo, estudaram os mínimos detalhes desta perversa conspiração.

Continuaram falando por muito tempo. De um lado, o conselheiro tentava amenizar a imoralidade do acontecimento, para ao menos livrar a cabeça do monarca amigo do enorme peso, mas as palavras do rei descartavam, uma após outra, as possíveis soluções, até restar apenas uma.

– Então, sobrou o único e perigoso caminho – concluiu o Templário. – Temos de agir, ou melhor, eu tenho de agir. Sozinho, para não envolver ninguém nesta história. Peço-lhe apenas uma ajuda para, em determinado momento, escoltar as mulheres durante a primeira parte da fuga. Sim, as duas. Abandonaremos depois a feiticeira à própria sorte, bem longe daqui. Ela que se dane! Embarque as duas no porto de Saint-Jean-de-Luz, onde um grande veleiro estará à espera para levá-las, sem deixar rastros, até os condados da Normandia, onde ainda tenho bons amigos. Lá poderão recomeçar uma nova vida, separadamente, distante de todo o passado. O salvo-conduto e uma carroça estarão prontos, fora do portão norte. Lá as entregarei onde você e sua montaria as aguardarão.

– Gostaria de lhe ajudar mais, meu senhor. Talvez seja prudente auxiliá-lo no momento da fuga da prisão. Vai precisar de alguém para defendê-lo.

– Não, não, terei que me virar somente com esses dois braços. Conselheiro, a sua ajuda me será muito importante, mas depois.

– Como achar melhor, a decisão final é sua. Estou feliz em ser útil à princesa Larissa e ao meu mestre.

Passou-se quase um dia desde aquela terrível manhã: o sol permanecia escondido pelas montanhas do sudeste e a lua brilhava intensa ainda, porém menos bonita, por ser minguante. Como de costume antes de qualquer batalha ou duelo, o rei pôs-se a rezar ajoelhado no faldistório, apertando o terço na mão direita, buscando concentração em momento de profunda espiritualidade. Ao fazer o sinal da cruz sua expressão mudou, e ele, então, dirigiu-se até uma espada pendurada na parede. Há tempo não a usava por dar-se conta de que a única função dela era espalhar a morte entre os inimigos durante as batalhas das Cruzadas, ao passo que agora se preparava para matar soldados cristãos e derramar o sangue de seus súditos. Mas, como todos os poderosos, se achava iluminado, abençoado por Deus e, consequentemente, apto a agir dessa forma. Fez questão de vestir o manto branco com a cruz vermelha frontal, que ultimamente usava somente em cerimônias.

Ao se aproximar da "secreta", estranhou que o capitão tivesse colocado como guardião apenas um militar, por sinal um tanto velho, e não um membro da tropa de elite. Mas, ao mesmo tempo, sentiu um certo alívio por imaginar que provavelmente o dominaria com facilidade, não sendo necessário matá-lo. E assim aconteceu: quando o guarda tentou detê-lo na entrada da cela, seguindo ordens do capitão, que o tinha instruído a não permitir a aproximação de ninguém, nem mesmo a do rei, o coitado caiu logo depois de ter sido desarmado com um rápido movimento da lâmina. Ferido no braço e com uma perna fraturada pelo golpe pesado da espada, gritava de dor, arrastando-se pelo chão na tentativa de recuperar a própria arma – que o rei, com um chute, jogou para longe.

Ao abrir a porta com um rangido assustador, parou bem na entrada; as duas prisioneiras levantaram a cabeça, ausentes, quase com preguiça, e, fechando um pouco as pálpebras pela repentina claridade, olharam para a grande figura na frente delas.

– Senhor... Meu pai! – saiu, do fundo da garganta de Larissa, um grito inesperado, sonhado, engasgado.

O mestre avançou dois ou três passos lutando contra o desejo de abraçar a filha, de apertá-la contra o corpo forte como nunca tinha feito, mas foi firme e duro:

– Não pense que a perdoei, Larissa. Saiba que estou agindo dessa forma por seguir um fio sutil de Luz Divina, que ilumina minha intuição sobre tudo aquilo que aconteceu: esta situação parece mais uma tentativa de golpe, e, por justiça, decidi libertá-las. Fora daqui o conselheiro as conduzirá, cada uma para sua estrada, separadas! E, agora, vamos! Sejam rápidas, não temos muito tempo.

Pegaram o curto e estreito corredor das "secretas" quase correndo para entrarem em outro, mais amplo, que levaria ao centro do palácio. Quando se aproximavam do final, surgiu a surpresa: o capitão e quatro soldados fecharam o caminho. Instintivamente o rei olhou para trás, de onde viera, e avistou mais dois soldados, que não se soube de onde saíram.

– Uma armadilha, uma armadilha desse golpista – pensou rápido. O rei continuou refletindo que não havia meios de escapar, ou poria em risco a vida das duas mulheres. – Ah, se estivesse só, mataria ao menos quatro deles antes de sucumbir. – Então, abaixou a espada que havia levantado.

– Em nome do Império e da Santa Romana Igreja – gritou o capitão –, está preso pelo delito de tentar libertar duas bruxas e por tornar-se assim um herético. Tirem-lhes as armas, meus soldados!

Ao ser desarmado, um ódio mortal incendiou os olhos do rei, que teria matado o capitão com as próprias mãos, porém teve de se conter. Desta vez, lágrimas desceram do lindo rosto de Larissa.

O bispo foi chamado às pressas, e, quando o mensageiro entrou, ele já o esperava com uma papelada preparada anteriormente. Com a disposição de um adolescente, resmungando os tópicos da sua particular homilia de acusação, saiu quase correndo na vereda do calabouço do palácio.

O rei, preso por correntes na "secreta", exatamente ao lado daquela das heréticas, levantou a cabeça e olhou para a porta ao ouvir o barulho do cadeado sendo destravado. Havia perdido a postura, mas mantinha a majestade. Ao entrarem, os homens encararam com expressões de satisfação o prisioneiro. Antes de começar a falar, o bispo olhou intensamente para o capitão, que, de fato, havia executado tudo à perfeição. Voltando-se para o rei, disse:

– Grande Cavaleiro e Mestre, Jacques de Villard, consagrado herói da última Cruzada. – Essa frase soou estridente e carregada de deboche. – Rei do Povo e de toda a Província, saiba que cometeu o maior erro da sua vida. Irreparável e determinante!

Jaques o olhava com desprezo, de baixo para cima. Agora tinha certeza, estava tudo claro: era mesmo uma armadilha preparada com muita destreza e enorme safadeza para lhe tirarem o poder. Tudo havia sido calculado perfeitamente, e, de fato, não havia saída. Ou será que ainda existia alguma solução? Será que poderia continuar contando com o apoio do povo que sempre o amara? Prestava extrema atenção às palavras do bispo traidor, enquanto – confusamente – tentava raciocinar. O que mais poderia vir daqueles dois cúmplices? Ao ter esse pensamento, sua atenção se concentrou nos papéis que o bispo carregava. Ele não parava de falar em tom eufórico, primeiramente sobre Larissa:

– Manchou-se com tamanha culpa que só Deus a poderá perdoar. Mas aqui vem o fato mais triste de toda essa história: só o sofrimento e as torturas mais terríveis e doloridas, que tirarão para sempre do seu lindo rosto essa expressão jovial, poderão lavar a sua alma. Digo e confirmo: para o resto da vida, não esquecerá. Porque uma vergonha e um sofrimento dessa magnitude jamais serão apagados. E a vida, com lembranças tão assustadoras, poderá ser bem mais curta. A Justiça Divina, transferida a nós pelas palavras do Adido Papal, poderá definir a máxima pena para seus crimes: morte terrível em meio às chamas! Esperamos que este fogo terreno, com o perdão de Deus, não continue pela eternidade, no inferno. O mesmo destino, senão pior, está reservado à bruxa que a acompanha. Ambas têm sobre si o enorme peso de dois crimes heréticos.

Só um verdadeiro rei suportaria tal situação sem desmoronar. Embora suando, sua expressão não mudou, como se as gotas que escorriam do seu rosto – ainda bem expressivo – lavassem cada sílaba pronunciada por dom Inocêncio. Quase explodindo de ódio, reagiu. Como um trovão em céu limpo, suas palavras ressoaram pela cela, e, com a mesma autoridade que sempre teve, interrompeu o monólogo:

– Chega de blasfêmia, seu traidor! Afinal, o que quer de mim? Sendo escoltado por este rato de esgoto, qual hediondo querer seu deverei eu aceitar?

O capitão tremeu de raiva. O rei percebeu e isto o aliviou, lhe deu forças: o que não conseguiu com a espada, atingiu com as palavras. Olhando firme para ele, continuou:

– Eu o criei, seu infame, e você me traiu! O fedor da sua alma podre enoja até mesmo um abutre. Quer vestir as minhas roupas?! A inveja o empurrou para esta trama vergonhosa, mas nunca será como eu e não irá longe! Saiba: quem trai será também traído. Olhe do seu lado. Quando não mais servir, este mesmo aliado irá eliminá-lo. Além de nojento, você é estúpido!

– É muita ingenuidade da sua parte – respondeu ele, sorrindo forçadamente, com um fio de nervosismo. – Tentar me abalar com insinuações fantasiosas na intenção de deteriorar o ótimo relacionamento que tenho com sua Eminência, o bispo? O Cavaleiro está em nossas mãos, definitivamente, e não tem nenhuma possibilidade de reagir. Vencemos a última batalha e, de fato, a guerra!

Falando isso, virou-se satisfeito para o religioso. Ele, com o braço alongado e sacudindo os papéis que mantinha nas mãos, tomou a palavra:

– E tem mais: o senhor, rei de vidro, entenda que não há a menor possibilidade de escapar do nosso abraço mortal. Depois desta, terá a certeza...

Continuou sacudindo os papéis a ponto de quase rasgá-los.

– Você é um infiel, um judeu sacrílego, e quanto aos súditos, quando souberem disso, eles próprios pedirão a pena máxima. Aqui está escrito: você é de origem judia e sabe muito bem que isso é uma heresia. Se manchou com duas culpas e não terá perdão.

– Seu verme vermelho disfarçado de monge! Você sabe que é tudo uma grande mentira. É tudo mentira!

– Mentira! Como assim? Está tudo escrito, tudo escrito aqui e você sabe qual é, normalmente, a pena que poderá recair sobre sua pessoa. Pena essa sacramentada pelo Santo Papa.

– Como pode inventar uma mentira desse tamanho sobre um Cavaleiro das Cruzadas?

– Cale-se, herético, você não tem mais direito algum!

– Se a justiça terrena não existe, aquela, Divina, nunca vai te perdoar, infame! – retrucou o rei.

– Infame?! Para demonstrar que não tenho nada de infame, nem de mau, quero manifestar toda a minha bondade, de Homem do Senhor. Quero propor uma troca, que com certeza irá lhe interessar. Sim, a minha generosidade chega ao ponto de lhe propor uma ótima troca. Na sua posição, vale a pena considerar. Libertarei sua filha devassa e a bruxa também. Direi que fugiram. Mas que fiquem bem longe daqui! E você, rei decaído, selará nosso acordo admitindo sua origem judia e todas as outras culpas sem tortura. Queremos que todos saibam da verdade, sem confissão arrancada à força. Assim, será melhor para todos, não é?

A lucidez do rei em uma situação como essa impressionava. A rapidez de raciocínio fez tudo correr pela sua mente em poucos segundos: passado, presente e futuro. E, quando se formaram em seu pensamento as imagens da esposa e da filha, lindíssimas e muito semelhantes, assim respondeu:

– Quem me garante que vai cumprir com a palavra?

– Meu estimado – o bispo pronunciava as palavras com certo sarcasmo –, até nisso eu pensei. Seu fiel conselheiro levará as duas mulheres para bem longe; não quero nem saber para onde. E, ao voltar, você, como Herói das Cruzadas, admitirá diante do povo sua origem judia. E, depois, só Deus Potentíssimo sabe.

CAPÍTULO 8

O sol começava a quebrar o horizonte atrás das colinas, com raios prepotentes, revelando a imensidão daquele oceano, que ninguém ainda havia vencido, em uma morna alvorada que aos poucos clareava o golfo de Biscaia, pintando o céu em suaves cores entre o rosa-claro quase transparente e um azul cada vez mais carregado. Paz e tranquilidade corriam juntas, e uma leve brisa penteava a vegetação das redondezas do porto de Saint-Jean-de-Luz. Porto esse que parecia deitado e sonolento, a pouco mais de oitocentos metros de uma verde altura, coberta por plantas nativas não muito altas sobre as quais alguns pássaros menos preguiçosos voavam saudando o novo dia com seus cantos melódicos, alegrando o planeta desde a Pré-História. Destoava desse ambiente perfeito o barulho não muito alto, mas um tanto estridente, das rodas de uma carruagem que descia a colina acompanhada por um cavaleiro que a seguia. O comboio atravessou a cidade até chegar a uma baía de águas cristalinas, onde parou. Havia poucos barcos de pescadores – parados e ainda dormentes – fundeados no abrigo natural. Diferenciava-se das demais embarcações por perfil e altura um veleiro não muito grande, encostado no cais enquanto ia sendo carregado por – no máximo – quatro marujos. A movimentação em torno do barco sugeria que estava prestes a zarpar.

Quando a carruagem parou, o cavaleiro desceu do cavalo, prosseguiu até o cais, subiu no veleiro por uma estreita passarela e falou com um dos marujos que não carregava nada. O cocheiro, que havia notado que um dos animais marchava diferente dos outros, se aproximou do animal e levantou-lhe uma das patas para examinar a ferradura. Depois, voltou até a carruagem e abriu a portinhola. Larissa desceu primeiro, bem--arrumada e linda, muito diferente da Larissa da "secreta", mas, ainda assim, sem chegar perto da jovem garota que fora antes de toda a turbulência. Seus olhos não conseguiam esconder a tristeza pela tragédia que tinha devastado como uma tempestade repentina sua vida nos últimos dias e, menos ainda, o medo de ter que continuar nesse pesadelo real por muito mais tempo.

Depois que o cocheiro ajudou Lucrécia a descer, as duas deram passos à frente e ficaram em silêncio, olhando para a linha reta do horizonte entre água e o céu, mais voltadas para o oeste, evitando a luz cegante de um sol reluzente que saudava um maravilhoso novo dia atrás delas. Como era calmo e tranquilo o universo que as rodeava... Indiferente a tudo, o tempo sereno coroava a natureza que, acordando, mostrava a sua perfeição, confirmando às duas amantes como eram pequenas e insignificantes diante de toda aquela força que ignorava o sofrimento humano. Tudo perfeitamente harmonioso, ultrapassando distinções e limites entre o bem e o mal.

Andando calmamente, o cavaleiro se aproximou, seguido pelo cavalo que, puxado pelas rédeas, o seguia.

– Princesa – começou o conselheiro do rei Jaques de La Malle. – Está tudo pronto. Não se atrasem, por favor: os traidores não são confiáveis.

Larissa ficou olhando por mais alguns instantes, provavelmente pela última vez, a imagem daquela linda manhã em Saint--Jean-de-Luz; depois virou-se para o conselheiro, que lhe falou, pegando dois papéis de uma bolsa de couro preto:

– Este é o seu salvo-conduto para a Normandia, você irá para o Condado de Amiens. Este outro é da dama que a acompanha. Ela seguirá até Berk, região onde também há amigos do seu pai.

Depois de falar, ajoelhou-se diante da princesa e beijou-lhe as mãos com devoção.

Nos dias que se seguiram, entre Saint-Jean-de-Luz e La Malle, o tempo se manteve bom, favorecendo a viagem do conselheiro que sequer descansou na chegada, dirigindo-se imediatamente para a prisão do palácio. Deixaram-no entrar sem nenhuma resistência, conforme havia sido pactuado, até encontrar na "secreta" – escoltado por dois soldados – o rei. Deram-lhe pouco tempo, mas o suficiente para anunciar que Larissa estava sã e salva. O conselheiro apertou a mão do amigo, e eles se entreolharam com intensidade por alguns momentos, sabendo que provavelmente esta seria a última vez que se viam.

Saiu da cela satisfeito pela sensação de dever cumprido, mas mudou de expressão ao ver o capitão aparecer no final do corredor em companhia de um carcereiro e alguns soldados. Arrogante, o militar deu ordem à escolta e, parando frente a frente do conselheiro, dirigiu-lhe a palavra:

– Aonde você pensa que vai?! Daqui não sairá! Guardas, prendam o cúmplice do herético. Carcereiro, leve-o até a "secreta" da parte subterrânea, aquela atravessada por esgoto. Depois, jogue fora a chave. Não vale a pena gastar água e alimento com um sujeito dessa espécie. Daqui a dois meses derrubaremos a porta para retirar as partes do esqueleto dele, as sobras que as ratazanas tiverem poupado.

Então, às gargalhadas, o militar foi-se embora. Não era Domingo de Páscoa, mas os sinos – tocando sem parar – chamavam a população de La Malle para a praça do palácio. O dia, cinzento e úmido, anunciava chuva próxima. Em todas as ruas do entorno, homens e mulheres se aproximavam com passos rápidos, ultrapassando pequenos grupos de crianças que corriam e brincavam. Todos ansiosos por assistir ao inusitado acontecimento, propagado pelas ruas da cidade pelos ajudantes do bispo durante a semana inteira. O repique de tambores interrompeu o vozerio que se formava na praça cheia de curiosos e continuou até que se fizesse silêncio absoluto, enquanto iam chegando os atrasados. Da janela do palácio, o capitão e o bispo, lado ao lado, admiravam satisfeitos a multidão de súditos que aguardava o espetáculo, preparado nos mínimos detalhes pelos dois.

Bem ao centro da cena, de modo a permitir que todos assistissem à execução sem a perda de nenhum detalhe, havia umas madeiras perfeitamente arquitetadas, todas secas, de vários tamanhos, palhas em volta e, no meio, um poste não muito alto, fixado no chão. Os soldados, a uma distância de seis ou sete metros uns dos outros, formavam um círculo que impedia a aproximação dos mais corajosos e ansiosos por apreciar aquele monumento ao horror. Quatro escudeiros tocavam os tambores enquanto o mestre de cerimônias e o carrasco se posicionavam dentro do círculo, de costas para o palácio. O carrasco, ao lado de um braseiro com fogo já ateado, carregava uma tocha comprida, mas ainda apagada, e o mestre de cerimônias, que segurava firme na mão direita um pergaminho enrolado, virava-se vez ou outra para olhar o bispo na janela.

Quando uma charrete agrícola puxada por bois e escoltada por soldados montados em belos cavalos deixou a avenida para entrar na praça, o barulho da multidão cresceu e o bispo deu ordem ao mestre de cerimônias. O rufar dos tambores ecoou por pouco tempo, sendo substituído por um silêncio assustador, que paralisou até mesmo o frenético badalar dos sinos.

– Povo de La Malle, deixe passar a charrete do condenado! Chegou a hora da execução que vai marcar o destino final desse traidor! – disse, em tom mais alto do que nunca, o mestre de cerimônias.

Cada metro do lento avançar era marcado por gritos, assobios, comentários maldosos e insultos.

– Morte ao herético!

– Fogueira para o maldito judeu!

– Rei da vergonha, morra! – E muito mais.

O Cavaleiro Templário Jaques de La Malle estava agora irreconhecível: sujo, de barba alongada e cabelos em desalinho, vestia uma camisa que deveria ter sido branca, rasgada e manchada de sangue pelas chicotadas e tantas outras torturas que jamais alguém terá a coragem de contar. Vinha de pé na carroça, segurando-se nas bordas com dificuldade, por estar com as mãos amarradas por uma corda exageradamente grossa. Parecia não ouvir os insultos. Com o olhar fixo e ausente, não demonstrava nenhuma reação; o homem sentia-se, de fato, vencido. Sequer tristeza o acometia, pela indiferença do povo que tanto o havia amado e respeitado e agora o tratava como um delinquente qualquer. O barulho dos tambores soou alto e firme mais uma vez.

Quando o mestre de cerimônias deu ordem para cessarem os tambores, passou-se a ouvir somente o zumbido da multidão, agora atenta àquelas palavras, lidas com ênfase e escritas com sangue, em um simples pergaminho:

– Cidadãos de La Malle e súditos do Império: estão aqui reunidos, no Ano do Senhor de mil e trezentos e dez, para assistirem ao cumprimento da pena do rei, confesso de heresia dupla, Cavaleiro da última Cruzada, Jaques de Villard, chamado "Rei" na cidade de La Malle. Ouçam estas palavras: depois de o Conselho de Cardeais conferir os autos do processo encaminhado pelo excelentíssimo dom Ignacio de Verdir, bispo da região d'Aquitaine, profere-se a sentença ao Papa Clemente V, que ordenou a condenação por morte no fogo do mencionado "Rei": por ser judeu, como primeira heresia, e por ter tido contato físico com duas bruxas – uma das quais sua própria filha, Larissa de Villard –, ajudando-a na fuga da prisão da cidade de La Malle, como segunda heresia.

– Morte ao traidor que queria que a cidade fosse amaldiçoada para sempre! – gritou alguém no meio da multidão.

– Fiéis – continuou o mestre de cerimônias –, fiéis ao único e verdadeiro Deus, batizados pela Santa Romana Igreja, olhem para este miserável e vejam qual é o destino dos heréticos. A Justiça Terrena não é outra coisa senão o braço forte da Justiça Divina.

Da praça lotada se elevava para o céu um coral cada vez mais alto e lúgubre:

– No fogo, no fogo, no fogo...

A algazarra da multidão se confundia com as últimas palavras do mestre de cerimônias, enquanto o condenado percorria descalço os poucos metros que o levaram da charrete até o local do sacrifício, empurrado sem pena por dois soldados. Os tambores voltaram a tocar, agora mais alto, até que o carrasco apoiou a ponta da tocha nas chamas do braseiro.

O rei Jaques foi amarrado ao poste de forma segura, porém afrouxada, de modo que não pudesse escapar, mas pudesse se contorcer, proporcionando requintes ao terrível espetáculo.

Ao cessar o último rufar dos tambores, o bispo acenou para o carrasco que, aproximando a tocha dos galhos secos e da palha, olhou o rei pela última vez. As chamas se expandiam rapidamente, e Jaques de La Malle sentiu um calor insuportável, mas o fogo ainda não o tinha atingido. Olhou para o céu acinzentado pela fumaça que começava a envolvê-lo.

– *Pater noster, qui est in caelis. Sanctificétur nomen tuum...* – falava baixo com as poucas forças que lhe restavam. – *Et ne nos indúcas in tentatiónem, sed líbera nos a malo, Amem...*

Em meio às chamas que começavam a queimar suas vestes, voltou-se, olhando a imagem à sua frente, trêmula pelas ondas de calor insuportável, mas suficientemente clara para reconhecer, além da multidão, o palácio onde, à janela, estavam seus dois assassinos.

– Amém, Deus do Bem e do Mal, Luz da Luz, perdoa-os, eles não sabem o que estão fazendo. – Estas foram suas últimas palavras.

Os três primeiros cavaleiros saíram da estrada que rodeava o castelo e entraram em outra, reta. No bairro residencial não se via vivalma: estavam todos no largo da Execução, homens, mulheres e até crianças. Quando o portão da saída sul se aproximou, ouviu-se o grito assustador –Yhaaa! Yhaaa!!!! – do primeiro cavaleiro.

Nesse momento as três montarias desembestaram em um possante galope. A quarta montaria esboçou um trote, sem sucesso, e todos rumaram para a estrada, aquela mesma percorrida pouco tempo antes por Larissa, Lucrécia e o conselheiro.

Atraído à janela pelo último grito assustador, alguém no bairro residencial – o único cidadão que não quis ver a execução do judeu herético, lançado às chamas – jurou ter percebido um pequeno terremoto acompanhado por nuvens escuras acima de uma águia que olhava nervosamente. Um rodamoinho seguia o pequeno grupo que saía da cidade de La Malle.

Ao ultrapassarem a muralha da cidade, diminuíram a marcha e seguiram a passos lentos, cadenciados. As figuras foram como que diminuindo, cada vez mais, até sumirem na bucólica paisagem de bosques e colinas que, em seguida, também desapareceram.

CAPÍTULO 9

Uma estranha confusão transformou em noite aquele dia. Tudo o que estava em volta reapareceu lentamente. Ettore Majorana reconheceu os objetos e os móveis, e até as paredes agora lhe pareciam familiares.

– Como eram claras e coloridas as imagens do tempo que vivi no passado, e que longa história... – pensou ele.

Instintivamente olhou o relógio de bolso apoiado sobre a mesa e lembrou que marcava vinte e uma horas e quinze minutos antes que ele apagasse. Constatou que não havia passado sequer... uma hora?! Estava um tanto transtornado e no momento de voltar à realidade sentiu um estampido surdo no ouvido, como se tivesse recebido um violento golpe na cabeça, porém sem dor. Mas, apesar de tudo, lembrava dos mínimos detalhes do sonho, como acontece naqueles momentos antes do despertar.

– Que emoções em fortes tintas... Senti tudo tão intensamente! E como é tudo cinzento e tristonho na realidade em volta... Uma longa alucinação, uma complexa aventura, tão real como são os fatos corriqueiros da vida.

Grande matemático, cultivava a precisão, a ordem. Assim, olhando ao redor, percebeu que tudo estava como havia deixado antes de tomar aquele líquido meio adocicado que conhecera como "Poção Número Um". Por fim, decidiu levantar-se da confortável cadeira de trabalho, de frente à escrivaninha onde vários dossiês e cadernos repousavam lado a lado. Saiu do laboratório situado no subsolo, que ficava antes da adega da bela casa de campo da família Majorana, perto de Catânia, e, voltando a si, percebeu que não era uma personagem da Idade Média, e sim o que era realmente: um físico teórico, o mais criativo dos "Garotos da rua Panisperna", famoso grupo de jovens cientistas da Universidade de Roma que acompanhavam Enrico Fermi nos estudos de cisão nuclear e reator atômico. Porém, essas qualidades que exigiam dele extrema dedicação e concentração acabaram por lhe tirar o bom humor, característica básica de uma jovem personalidade. Era arredio, antissocial, tímido, ficando a maior parte do tempo a estudar, a criar fórmulas, longe de tudo e de todos.

Sobravam-lhe ainda alguns dias disponíveis para aproveitar as férias como gostava, sozinho, naquele início de outono de 1932. Preferia descansar do trabalho naquela época, quando a Sicília era ainda quente, na dosagem certa, sem exageros, com temperatura agradável, especialmente à noite.

Sentindo necessidade de respirar ar puro, dirigiu-se para a frente do pomar, onde aspirou profundamente o ambiente, absorvendo o indescritível aroma dos laranjais. Aquele perfume cítrico, inimitável, o transportava no tempo, trazendo-lhe doces sensações da infância. Mesmo em plena escuridão, conseguiu reconhecer as frutas que carregavam as árvores, prestes às primeiras colheitas. Tamanha foi a sensação que, por alguns instantes, conseguiu apagar tudo da mente. Deixou-se mergulhar na imensidão da noite estrelada, cheia de encantos.

Como o mundo é belo... Por que insistimos em modificar essa simples realidade? Por que queremos governar a natureza como deuses humanos? A física, mesmo sendo uma magnífica ciência, estará seguindo o caminho certo? Todas as invenções, mal empregadas, mergulharão o mundo em um oceano de desastres? Faltam-lhe respostas. Talvez estejam escondidas nestas banais poções.

Sua ágil memória vasculhou no recente passado vestígios do importante momento que estava vivendo: fora justamente a tentativa de encontrar solução para esta profunda e contraditória questão que o levara, desde a adolescência, a procurar respostas em livros de filosofia e de religião. Infelizmente, jamais as encontrou.

Superando um certo receio que a excessiva racionalidade jogava em sua consciência, essa mesma sede de saber o empurrou, um certo tempo atrás, a sair do centro de Roma, levando-o para o mar Mediterrâneo, sentido Óstia, conhecida por sua praia cinzenta. Antes de chegar ao destino tinha que dobrar à direita para cruzar a vila de Fiumicino, Boca Micina, ou Pequena Barra do Rio Tevere, provavelmente chamada assim por ser a foz daquele canal reto, meio artificial, que enchia e esvaziava, desfrutando das marés. Esse ermo lugarejo era pontilhado por casas de pesca à beira-mar, com redes quadradas, penduradas, a balançar à espera de tainhas, pescadinhas e, vez ou outra, raras agulhas. Aproximadamente oito casas de cada lado distanciavam-se umas das outras apenas o suficiente para não atrapalhar na hora das armadilhas. Eram parecidas em forma e tamanho, construídas com sobras de madeiras velhas, com aquele característico cais curto na parte da frente sustentado por palafitas na beira d'água, com a parte visível mais alta, acima do barranco ao nível das estradas que corriam ao longo do canal, dos dois lados. A maioria era usada por pescadores profissionais somente na hora da passagem dos peixes, mas havia algumas ocupadas por moradores que não gostavam do tumulto da cidade e preferiam a solidão e os custos baixos daquele lugar afastado.

No verão, costumava haver certa movimentação de amantes da pesca esportiva, mas agora, neste começo de outono, era um verdadeiro deserto, como toda a região de Óstia, que hospedava os turistas que desejavam escapar do calor metropolitano, assim como as alegres turmas de crianças em colônias de férias do "Fascio Littorio", só no mês de agosto. Nesse momento, esse apêndice da Roma capital era praticamente esquecido.

A "Corriera", um ônibus da linha de passageiros, tinha deixado Ettore um tanto longe do final do canal e, como se não bastasse, a temperatura estava acima do normal. Ele suava muito, e isso o enervava. Segurando com o polegar o paletó de linho claro no ombro direito – depois de ter ajeitado o colarinho da camisa junto à gravata monocolor –, caminhou lentamente chutando pequenas pedras da estrada de terra, aqui e ali, apenas para se distrair.

Relembrava aquele importante momento, agora sozinho, e não tinha esquecido nenhum detalhe, como se aquela viagem para o canal de Fiumicino tivesse acontecido um dia antes. Nem ele mesmo conseguia entender o porquê. Rememorava com clareza todos os pensamentos daqueles momentos que ficaram gravados na sua memória como pregos de um escalador de rochas íngremes. As minúcias de como havia chegado pareciam agora mais claras.

Tinha sido uma enorme loucura ir até aquele fim de mundo à procura de alguém que podia nem sequer existir. Perder um dia inteiro atrás de um charlatão, seguindo informação de uma prostituta. Mas Adelina não era só uma prostituta de bordel, ela tinha um certo peso na vida dele. Era uma amiga querida que não teria lhe dado uma informação errada sabendo de sua busca extremada pela verdade. Conheciam-se há tantos anos...

Adelina era uma das mais lindas prostitutas do bordel Le Tre Venezie, na rua Capo le Case, que Ettore frequentava nas horas mais insólitas – para evitar encontrar algum conhecido. Só ele a chamava pelo verdadeiro nome; no trabalho era conhecida como

Thamar, provavelmente por ser a mais doce de todas, como uma tâmara. De vez em quando escolhia outra, mas depois acabava voltando para ela. Assim, ao longo dos anos, criaram uma profunda amizade, a ponto de ele comprar ficha "superluxo" de seis liras apenas para ficar a noite inteira com a moça, falando, falando e depois dormindo.

Relembrou que prosseguira pelo lado direito da barra do rio, até avistar, ao longe, a primeira casa, que parecia bem-arrumada e, olhada assim, do lado de fora, era melhor que as outras. Esperou que fosse esta, mas o número não correspondia.

A cada passo que o aproximava da segunda, um pensamento negativo o encabulava:

– Espero que não seja esta...

Era cinzenta, um tanto tenebrosa e – talvez devido à pouca manutenção – dava a impressão de que a qualquer instante desabaria aos pedaços; mas era justamente aquela: o número conferia. Ettore tomou coragem e passou pela prancha sem parapeito de madeira escura, com cerca de trinta centímetros de largura, que ligava a estrada a uma varanda estreita. Distraído na tentativa de manter o equilíbrio com passos rápidos, empurrou a porta entreaberta sem bater e entrou.

Sua curiosidade aumentou ainda mais ao se dar conta de que o interior era brutalmente diferente do exterior. Não que fosse cuidadosamente decorado ou rico, mas era interessante, misterioso, diferente, invadido por um leve e inebriante perfume de âmbar e incenso. Ficou estático no centro da sala, olhando tudo ao redor, admirado e atento a detalhes que revelassem a realidade daquela moradia que parecia parada no tempo. Aparentemente vazia, a casa sugeria a presença recente de alguém. Deu um passo à frente e disse em voz alta:

– Tem alguém aí?

O barulho áspero de uma cortina de anéis de metal, aberta rapidamente, quase o assustou. Virou-se instintivamente enquanto um perfume mais intenso invadia a sala.

– Serve eu? – perguntou uma linda garota que parecia estar levantando da cama, uma flor que acabara de desabrochar, coberta somente por uma veste branca, curta, transparente e aderente, surgida do nada.

Para quem esperava encontrar um velho feiticeiro, essa miragem foi o suficiente para deixá-lo mudo. Era realmente bonita, paradisíaca e infernal naquela pura sensualidade própria da idade. Com longos cabelos pretos e pele clara, esplêndida e irresistível, tinha olhos marrons brilhantes, quase amarelos, harmoniosos e sedutores como os de uma gata.

– Eu não sirvo, meu senhor? Sou Calipso – voltou a falar, fixando Ettore, segura e suave, brincando com o sentido das palavras para aumentar a força de sua sedutora presença, da qual era bem consciente.

Ettore tentou pensar e falar, mas nada saía da sua boca. Tinha, involuntariamente, escorregado em uma situação no mínimo constrangedora e, ao mesmo tempo, excitante. E foi aí que tentou distrair-se, concentrando-se na pequena fenda no teto da qual filtrava firme um raio de sol na penumbra da grande sala. Acendeu um cigarro e, como sempre, aspirou profundamente.

CAPÍTULO 10

No céu límpido, a estrela Polar era a mais brilhante, a maior de todas. Tentou esquecer o momento em que conhecera Calipso na casa do mago, concentrando-se no sonho do qual acabara de despertar. Decidiu então tomar a segunda poção das três que possuía.

– Será que a verdade está realmente nestes três potes? E o quarto, que ele não quis me entregar, dizendo ser o fim de tudo, a morte? Por quê?

Os pensamentos corriam rápidos na sua prodigiosa mente. Desceu ao laboratório e pegou a segunda poção. Não eram potes muito grandes e todos continham uma essência líquida esverdeada: o primeiro, que ele já tinha tomado, era de um verde mais claro que os outros e de tom mais intenso.

Esboçou um sorriso pensando no receio que sentira ao engolir a poção daquele velho maluco com cara de trapaceiro, a quem todo chamavam de bruxo.

Vestiu um casaco pesado e voltou ao ar livre. Sentou-se debaixo de uma grande árvore bem próxima da casa. O chão era um tanto úmido e frio, e apoiou as costas no incômodo tronco. Mas considerou o lugar perfeito. Acendeu um cigarro e depois olhou outra vez para a estrela Polar, brilhante e inconfundível, que por milhares de anos dera rumo certo aos viajantes perdidos no mar ou nos desertos. Será que o ajudaria a encontrar o caminho para descobrir as verdades da vida e do futuro?

A grande curiosidade que o empurrara às pesquisas de física também estimulava nele a estranha atitude de acreditar nessas fantasiosas histórias que misturavam misticismo, crenças populares e bruxarias. Temas difíceis de engolir para a maioria, e quase impossíveis para alguém culto como ele: era definitivamente um contrassenso.

Depois de muitos anos de infrutífera procura, havia finalmente encontrado um charlatão conhecido como possuidor de uma fórmula mágica que revelava a verdade sobre o futuro. Olhando mais uma vez para a estrela, lembrou da fresta com raio de sol na casa de pesca em Fiumicino e, mais que isso, reviveu a aparição de Calipso. Relembrou como ficara sem palavras naquele momento, conseguindo apenas gaguejar, quase tossindo a fumaça para fora dos pulmões.

– Ettore... Eu sou Ettore. Sou da Universidade de Roma. – Percebeu que havia dito algo que não tinha nada a ver.

Ela o olhava, divertindo-se com o efeito daquela rápida e intensa sedução.

– Eu sei que você não veio por mim, está à procura de Guru San. Depois que ele voltou do Oriente, cheio de novidades, muita gente assim como você o procura. Não fique de pé, sente-se naquela cadeira da ponta da mesa, é a melhor.

E começou a ajeitar a cama atrás da cortina, de costas para o hóspede, que tentava desviar o olhar e não conseguia: as nádegas bem formadas da garota desenhavam-se sob a veste com os movimentos da arrumação. Deu para perceber que não havia nada embaixo da roupa. Sentiu vergonha por espiar uma moça tão jovem e, sem prestar atenção naquilo que estava dizendo, esboçou:

– Você é filha dele? – depois de ter-se deixado literalmente cair na cadeira. Calipso virou-se e, sorrindo, respondeu:

– Sobrinha. Guru San diz que sou sobrinha dele.

Deu uma risadinha marota e voltou às tarefas, falando compassadamente. Tudo nela era sensual, até a voz. Contou que era órfã e que o tio San a tinha criado desde pequena. Ettore não prestava muita atenção: a situação o constrangia, no entanto, apesar das tentativas, não conseguia reagir às sensações que o inebriavam. Ao lado daquela bela figura que perfumava o ar em volta, mais ao fundo da sala estava a porta que ele tinha deixado aberta. E de lá apareceu, de improviso, um estranho ser, que na contraluz não dava para identificar direito: não chegou a se assustar, mas saiu daquele estado de confusão, obrigando-se a usar todo o autocontrole possível. O desconhecido falou alto, parado, apoiando uma mão no alto do batente:

– Com licença?! Desculpe o incômodo! – Riu grosseiramente antes de entrar e se aproximar de Ettore, que por um momento ficou sem saber se se levantava ou se continuava sentado. Pôs-se de pé enquanto o homem estranho, de barba malfeita, cabelos um tanto compridos e oleosos, vestido com um jaleco escuro exageradamente pesado e longo para a estação, atravessava a sala inteira para apoiar uma espécie de bolsa-mochila de couro exótico sobre uma cômoda velha embaixo de uma janela grande que se abria, dando para o cais. Não cumprimentou Calipso, mas continuou falando, agora de costas para Ettore:

– E qual será o motivo importante que traz o nosso professor a este humilde casebre?

A palavra "professor" o encabulou, mas, com o rápido raciocínio que tinha, respondeu firme:

– Se você sabe que sou professor, deve saber também o porquê da minha vinda até aqui!

– Eu o intuí. Posso usar também métodos como telepatia ou outra mágica demoníaca, se assim preferir, mas sempre acerto, e com certeza o exímio professor está aqui para encontrar a mim e não pelos encantos da minha jovem sobrinha. Fascínio do qual, percebi logo, o senhor não está isento.

Pronunciava as frases com segurança e decisão, e, atento, observava com olhar perfurante as reações do interlocutor. Continuou por longo tempo sem permitir que ninguém o interrompesse. Era um monólogo. Depois acabou falando sobre sua última viagem ao Oriente.

De vez em quando Ettore aproveitava os momentos menos interessantes do discurso para dar uma olhadela para Calipso e descobrir que a expressão dela mudara depois da chegada do magnífico charlatão, demonstrando no fundo dos olhos certo desconforto, quase um pedido de ajuda, sutil, porém claro. Enquanto isso, o dono da casa continuava:

– E de lá eu trouxe muita mercadoria valiosa: pedras preciosas, anéis e até punhais, para felicidade de joalheiros e marchands, mas as mais importantes são as várias poções, fortíssimas, com finalidades inenarráveis, e dentre elas...

Ettore agora estava muito interessado na fala do Guru San, esquecendo aquela impressão negativa que sentira na chegada dele.

– E dentre elas, vindas de um dos templos das religiões dos vales baixos do Himalaia central, trouxe quatro potes que carregam o mistério da vida. Toda a verdade sobre o homem, o começo, o meio e o fim. Tudo saberão aqueles que os beberem: dos mistérios das cartas do Evangelho aos recônditos significados do Alcorão, até os caminhos desenhados pelos Mantras. Tudo saberá quem ingerir.

O professor notou que agora o mago tinha o rosto suado e achou que não deveria ser apenas pela empolgação com que proferira o discurso, mas talvez por uma euforia exagerada, que acentuava sua diabólica expressão.

– Tudo, mais que tudo, saberá. Mas, no final, se o desespero for tão grande que destruirá a vontade de viver, restará só a eterna e infinita meditação, quer dizer, a morte. Então, meu estimado professor, qual dessas lembrancinhas de viagem o senhor vai querer? Acho que não tem fisionomia de mercador... Vejo mais em seus olhos o desejo de um remédio milagroso que sacie sua incontrolável sede. É uma sede material ou carnal? Não, não acredito. Tenho certeza, ou quase, que está aqui porque deseja saber mais, ou melhor, saber demais. Cuidado, meu amigo, por causa dessa mesma sede de verdade Giordano Bruno acabou nas chamas do campo dei Fiori, na nossa querida "cidade eterna".

Seguiu-se um longo momento de silêncio no casebre depois da extensa fala do pregador. Calipso havia voltado às tarefas da casa e não olhava para os dois, mas com certeza prestava atenção aos mínimos detalhes. Foi então que Ettore tomou coragem e decidiu intervir, depois de clarear a voz:

– O senhor é Guru San, se não me engano?! Então, senhor Guru San, o meu nome não importa muito, mas realmente sou, vamos dizer, somente um professor e estou ligado à Universidade de Roma.

Sentiu-se à vontade e continuou falando de uma tal amiga que havia lhe dado a pista para chegar a ele e depois mencionou as razões que o empurraram para aquela interminável procura.

– Como o senhor bem falou, estou aqui realmente para "saciar uma incontrolável sede". Quero saciar minha sede por sabedoria, chegar onde o raciocínio lógico não chega. Saber, em suma, a verdade escondida no ser humano. E, como já deve ter entendido, quero ir fundo nessa questão, a qualquer custo. Quero comprar os quatro potes do mistério da vida, aqueles que trouxe do Himalaia...

– Claro! – interrompeu-o Guru San. – Gostei do senhor, professor. Gostei da sua determinação e, mais ainda, gostei da sua sinceridade, e espero que você goste da minha...

Confirmou que os potes eram extraordinários e ninguém sabia se de fato traziam consigo a morte. Ettore não pareceu preocupado e concluiu com uma frase definitiva:

– Um pesquisador não pode ter medo, quero as poções do senhor!

Guru San foi até um grande armário ao lado da cama e pegou três garrafinhas com líquidos esverdeados. Sentou-se ao lado de Ettore que só então descobriu que as três eram numeradas, em algarismos romanos: I, II e III.

– Não eram quatro?

– Eu não falei – a resposta veio rápida – que gostei de você?

– O senhor disse que gosta de mim, mas guarda a última garrafa para depois aumentar o preço?

– Não, não, professor, uma pessoa como o senhor não pode falar uma coisa dessas. Não é do seu nível desconfiar de mim. Sou seu amigo, nunca faria isso. Não me faça mudar de opinião sobre sua pessoa e... O senhor é muito inteligente e, como tal, a este ponto deve ter entendido que eu, repito, eu estou dando as cartas; mais ainda, sou dono do baralho e posso sair com ele a qualquer momento. Quer dizer, posso acabar com esta negociação a qualquer instante e garanto que não faltam interessados em adquirir essas garrafas, que trouxe com carinho até aqui... Porque eu sabia, desde o início, que o senhor professor iria procurá-las um dia. Quem sabe, futuramente, poderei mudar de ideia e vender a quarta poção para o senhor. Mas hoje?! Não, hoje, não... E não esqueça que estou fazendo isso porque sou seu amigo! Se quiser, fica assim, se não quiser, a dúvida o atormentará. Além do mais, as primeiras três não são tão caras, e o senhor deve ter no bolso do paletó dinheiro suficiente para pagá-las. Mas a quarta... A quarta está ainda sem preço e será muito, muito mais cara, caso eu queira negociá-la.

Ettore levou a mão à cabeça e a coçou olhando para baixo: tinha uma viagem marcada para a Sicília dentro de poucos dias, e muitas coisas para definir na universidade antes disso. Era pegar ou largar. Olhou para Calipso, que havia se virado de frente e o olhava também. Por um instante pensou que aquele rosto lindo ficaria gravado na sua memória e levantou o olhar até o começo do teto, onde havia outro ponto de luz mais forte: era um raio do pôr do sol se infiltrando em uma fresta menor, pronto a deixar a noite tranquila invadir o canal de Fiumicino.

CAPÍTULO 11

"Quantos reis, grandes na terrena vida,
Virão, quais cerdos, se atascar no lodo
Fama de si deixando poluída!"
Dante Alighieri
A Divina Comédia — Canto VIII, Inferno

Ettore fixou a estrela Polar do lado norte, pegou a pequena garrafa e engoliu o líquido de uma só vez. O sabor era igual ao da primeira poção, porém um pouco mais forte. Fixou novamente o olhar na estrela: lá estava o lindo rosto de Calipso, brilhando. Lentamente, tudo o que havia em volta desapareceu. Em seguida, a visão da imagem da garota esvaneceu-se, restando apenas a estrela Polar, perdida em meio ao nada. Até que, de repente, ficou mais reluzente e grande, cada vez maior, até acabar invadindo todo o céu e depois o universo inteiro.

Nesse clarão se formou, passo a passo, uma outra realidade bastante diferente daquela da casa da Sicília.

O forte e úmido cheiro das florestas equatoriais se sobrepôs ao delicado perfume dos laranjais. O rio Bhagirathi corria mais rápido que o normal, recarregado pelas chuvas que haviam castigado os territórios mais ao norte. Nesse mês de junho de 1757, as monções chegaram com um pouco mais de antecedência ao golfo de Bengala, região da pequena cidade de Palashi, Plassey para os ingleses. No alto, as nuvens se mexiam nervosas, empurradas por ventos fortes que contrastavam com a calma aparente do nível do solo, de onde, na margem oriental do rio, os militares haviam erguido um acampamento de médias proporções, todo de tendas, encostado em um bosque de mangueiras.

Na margem ocidental, a vegetação era mais alta e intacta, mas não chegava até o rio, deixando um espaço irregular entre as árvores e a água, como se fosse um caminho construído pelas enchentes mais violentas. E bem ali, seguindo do sul para o norte, apareceram três cavaleiros vindos de longe. A quarta montaria, um pouco distante, veio depois.

Edgar Write estava à beira do rio, de sentinela. Justamente por ser um dia tranquilo, o escolheram. Ainda com sono por causa de uma noite maldormida devido à umidade intensa, ao calor e aos mosquitos impiedosos daquela região da Índia, o jovem recruta bocejou lembrando que havia entrado na infantaria como voluntário para outro tipo de ação – mais épica e mais gloriosa – depois de ter superado, com certa malandragem, os exames médicos que não descobriram uma forte miopia que o afetava desde os primeiros anos de vida. Que honra servir a Infantaria Real inglesa em uma importante missão a leste da Índia! Admirou as botas de couro preto que brilhavam, como exigia a ferrenha disciplina, e depois levantou o olhar para a outra margem do rio e... O que era aquilo?!

Enrugou as pálpebras para enxergar melhor. Esquecera os óculos ao sair pela manhã, atrasado e às pressas como sempre.

– Será que são os franceses, prestes a atacar nosso acampamento? – perguntou-se enquanto tentava decifrar as figuras. – São três... Não, quatro. Um deles está um pouco mais atrás. O primeiro cavalo é branco; o segundo, marrom; o terceiro é preto, e o quarto... Não dá para ver... A cavalaria francesa! Não, não pode ser, nem uniforme eles têm...

Não pensou duas vezes e correu acampamento adentro chamando em voz alta o sargento-major Johnson. Quando o encontrou, atento às outras tarefas rotineiras, explodiu ofegante:

– Estranhos! Tem estranhos na outra margem do Bhagirathi!

– Recruta, não leu o regulamento? Primeiro as continências, depois a fala, entendeu?

– Sim, senhor – respondeu, batendo continência. – É que os inimigos estão perto, quer dizer, do outro lado do rio.

– Acredito que o nosso recruta possua um nome, ou não?!

– Sim, senhor: soldado Edgar Write. Às ordens!

– Então, o nosso recruta Write está me dizendo que estamos sendo atacados?

– Não, senhor, não é bem isso, é que...

– Os inimigos estão perto, eu sei. Mas que se mostrem abertamente a você é estranho, muito estranho. Concorda?

– Sim, senhor, mas são quatro... Da cavalaria...

– Quatro?! A tão falada Cavalaria Francesa?! Quatro corajosos! Temos seis pontos, digo, seis pontos destacados de vigia e ninguém viu nada?!

– Mas eu vi, senhor...

– Tem certeza que você enxerga direito, recruta?

– Sim?!... Sim, senhor!

Não dava para notar, mas a pele clara e cheia de sardas do galês, que não sabia mentir, ficou rosada.

– Por acaso bebeu álcool feito aqui, em fundo de quintal? Mas, pelo sim, pelo não, vamos averiguar.

O primeiro cavalo a entrar na mata, do outro lado do rio, em frente ao bosque de mangueiras, foi o branco, seguido pelo marrom de sangue árabe; muito ágil e nervoso, vinha montado pelo cavaleiro mais armado. Quando a folhagem se fechou atrás dos outros – o preto e, por último, aquele que vinha mais distante –, o ruído do pisoteio dos animais se confundiu com o forte borbulhar da correnteza próxima que formava pequenos rodamoinhos. Nesse momento, apareceram dois militares na margem oriental. Parados no final do acampamento, no limite do pomar de mangueiras, ficaram olhando toda a extensão ao sul do rio: nada, não havia nada, nenhum sinal que revelasse a presença humana.

Ouviam-se somente piados, cantos isolados de pássaros e o barulho leve da água cada vez mais turva sob as nuvens carregadas e escuras.

– Então, recruta Write, onde está o inimigo?

– Senhor, eu juro que estavam lá, vindos do sul, e...

– E sumiram, desapareceram! – interrompeu o sargento, que não era paciente, mas escondia, por trás do tom áspero da voz e da dureza na expressão, certa afeição de pai para com os jovens soldados, dentre os quais muitos não retornariam para as próprias famílias. E, assim, deram-se conta do sumiço da cavalaria, dos homens e das armas... Até mesmo dos canhões?! – Onde foram parar os canhões e todo o resto? – O sarcasmo do sargento contrastava com a reverente seriedade do soldado.

– Devem, senhor... Devem ter percebido minha presença e...

– E fugiram. Você acha que sozinho assustaria alguém? As tropas francesas são numerosas, muito, muito mais que isso! Têm números incontáveis de soldados bem treinados, bem armados, e sabem fazer barulho quando se mexem: barulho de balas! Se é que você de fato viu alguma coisa, deviam ser camponeses com ferramentas. Agora volte ao seu lugar e não me procure mais por besteiras; tenho importantes tarefas a executar e uma reunião urgente com o comandante!

Deu as costas ao recruta e se afastou, pensando que, na prática e naquele lugar, um sentinela não servia para nada – mas era obrigado a cumprir o regulamento.

CAPÍTULO 12

Situada no meio do acampamento, a tenda do comandante Robert Clive, afastada e bem maior que as outras, estava em uma clareira com cerca de trinta metros de diâmetro. Havia certa movimentação com militares de vários graus, sinal que algo muito importante estava acontecendo. No final da tenda, atrás de uma cortina, ficavam a cama e os pertences do comandante; do lado direito havia uma saleta com quatro poltronas pequenas e um armário médio onde ele escondia seu inseparável whisky, de boa marca e ano. À esquerda, notava-se uma mesa desproporcional com uma significativa quantidade de papéis espalhados ao lado de um grande desenho da região em planta baixa, em cima da qual apareciam pequenas peças de vários tamanhos e cores. Representavam as várias unidades de combate dos dois exércitos em suas posições de batalha. A outra ponta estava praticamente vazia, somente com algumas cadeiras em volta: era ali o lugar das frugais refeições do comandante.

De pé, ao lado do mapa estratégico, o general Robert Clive explicava aos responsáveis das várias companhias detalhes da crítica situação que enfrentariam. Eram eles: o tenente Green, que comandava dois mil e cem "Sepoys" da região, e noventa e um experientes "Toasses" – soldados de origem europeia que haviam participado da recente conquista de Calcutá –; e o capitão Morrison, à frente de cento e cinquenta homens da lendária marinha, a serviço de sua majestade George II. Quinhentos e cinquenta eram da infantaria "Royal", sob comando do tenente Turner. Os restantes cento e setenta e um artilheiros, oito canhões, dois óbices e sessenta e três homens da cavalaria dependiam diretamente do general, que preferia comandar diretamente esta "elite" das suas forças. Firme e tranquilo, ele explicava:

– Não vou perder tempo com informações redundantes sobre nossa tropa, que os senhores conhecem bem; confirmo que todos estão em boa forma, bem treinados e em boas mãos. Em suma, os soldados estão prontos para o combate e, se necessário, prontos para morrer em defesa desta pequena fatia da Índia, que muito pode significar para o nosso país, para nosso rei e para a Companhia das Índias Orientais. Companhia esta que, em um próximo futuro, se tudo der certo, governará economicamente a região. A diretoria de Londres delegou, para representá-la, o senhor Reley Clark, que todos acabaram de conhecer e está agora no meio de vocês.

Clark acenou a todos e esboçou um sorriso, enquanto Clive continuava:

– Ele traçou, junto com o futuro ministro de Guerra, William Pitt, a estratégia desta ação. Se parece impossível defender nosso posto avançado com tão poucos futuros heróis, ao contrário, esta batalha poderá se revelar a mais fácil que os senhores já enfrentaram. Confiando na genialidade dos idealizadores e nos trabalhos ocultos e secretos da nossa inteligência (e na válida ação política executada ao longo de anos), conseguiremos a vitória em pouco tempo, contrariando a lógica previsível.

Entrou na tenda o sargento-major, um dos poucos soldados de baixa graduação que podia se aproximar do general, que, ao vê-lo, interrompeu a reunião e o chamou de lado:

– Sargento, o senhor tem hoje duas tarefas muitos importantes, chamei-o por isso – falava em voz baixa. – A primeira tem que ser executada imediatamente. Quantas tendas de reserva temos?

– Umas oitenta tendas sobressalentes em boas condições, senhor, e pode ficar sossegado, todas as tarefas serão executadas com perfeição e rapidamente, como sempre.

– Muito bem. Use as oitenta para deixar todas as reservas de pólvora protegidas de uma eventual chuva, e deixe também duas ao lado de cada peça da artilharia para cobrir a pólvora de uso imediato.

– Senhor general, permita-me alertar: ficaremos sem tendas de reserva e...

– Execute, sargento-major Johnson. Melhor molhados que mortos!

– Sim, general.

– E a segunda tarefa é ter hoje um cuidado todo especial com as tropas: além de uma acurada revisão e limpeza das armas, que o treinamento seja curto e as refeições, dobradas.

– Estou deduzindo que amanhã será dia de batalha.

– É provável, mas o senhor não sabe de nada. Fui claro?

– Estaremos prontos, em nome da Coroa Britânica e sob o comando do senhor general! – disse enquanto batia continência.

– Pode ir, sargento, e fale com os dois sentinelas para não permitirem a entrada de ninguém!

O general Clive voltou para a mesa onde o representante da Companhia explicava a importância dela na futura ampliação de poder do rei, em todas as colônias orientais. Ele teve que parar o relato, adivinhando a urgência daquilo que o militar iria falar.

–Vamos direto ao centro do problema, que é a magnitude do exército inimigo: quando conhecerem os detalhes, certamente chegarão à conclusão de que estamos em uma situação dificílima, mas é necessário que saibam, que estejam bem conscientes quanto aos números das forças franco-bengalesas... Sem se abalarem! Nossos homens foram escolhidos entre centenas de oficiais; com a valentia que, tenho certeza, os senhores têm e com fé em Deus, conseguiremos acertar o alvo. Escrevemos história em Calcutá e escreveremos outras páginas inesquecíveis na batalha de Plassey. Acreditem na nossa força – falou, olhando para o representante da companhia –, estejam atentos e precisos com nunca o foram!

– Dois exércitos do nawab do Bengala, Siraj ud-Daulah, estão à nossa frente – prosseguiu o general –, e pelas últimas informações nos fecharam em semicírculo contra o rio, sem nos deixar nenhuma saída. Sob o comando do jovem e hábil general Mir Mudin Khan estão o primeiro exército com oito mil milicianos e dois mil seguranças do nawab, dentre os quais duzentos montados, e cem franceses comandados pelo oficial Saint Frais, com seis canhões. O melhor vem agora: sob o comando do ajudante direto de Siraj ud-Daulah, o famoso e conhecido general Mir Jafar, nos espera uma cavalaria de quinze mil soldados, uma infantaria de trinta mil homens e alguns elefantes. Entre a reconquista de Calcutá, que infelizmente agora voltou para as mãos deles, e este enorme exército está a nossa coragem. Entre o poder francês e o poder da Coroa Britânica nesta imperdível colônia que é a Índia está a nossa valentia! Vocês são soldados acostumados a seguir ordem, e a ordem é resistir e contra-atacar com valentia feroz ou morrer.

No silêncio que invadiu a tenda, certo nervosismo tomou conta dos oficiais em volta da mesa. Alguns olhavam para o companheiro ao lado, enquanto outros disfarçavam, mas todos estavam apreensivos: a superioridade inimiga era tamanha que ninguém conseguia imaginar como enfrentar – com pouco mais de três mil soldados – uma desproporcional força de sessenta mil inimigos.

– Sigam rigorosamente a estratégia que veremos a seguir e lembrem-se sempre que a história se escreve com os fatos, não com as palavras. Vamos aguardar o ataque do primeiro exército, aquele sob comando do jovem Mir Mudin Khan. Certamente será com a artilharia, que, aliás, não nos preocupa; por sinal, é o único ponto no qual somos superiores e estamos mais bem equipados. Responderemos imediatamente com os nossos experimentados canhões morteiros, deixando os óbices para serem usados depois.

O dia todo foi de preparativos no acampamento inglês, mas, quando a noite chegou, o silêncio invadiu a calma. A escuridão era quase total, com as estrelas dos trópicos escondidas atrás de um pesado colchão de nuvens. Até as tendas claras agora pareciam cinzentas, menos uma. A maior, ao centro do acampamento, se destacava por ser mais iluminada, transparente, parecendo acordada, a tomar conta de todas as outras, nas quais dormiam tranquilos os soldados, sem saber que para muitos deles esta seria a última noite.

CAPÍTULO 13

Sentado em uma das poltronas, o general Robert Clive degustava a curtos goles, com o representante da companhia Reley Clark, o conteúdo de uma garrafa recém-aberta de whisky da sua reserva pessoal, naturalmente misturando ao álcool água filtrada, que não podia ser comparada em pureza e leveza àquelas das torrentes da Escócia.

Clark, o economista Reley Clark, laureado pela Universidade de Oxford com máximo louvor, falava com propriedade:

– E tudo começou no século passado, meu grande amigo general Clive, quando os holandeses deram início ao tráfico do ópio para a China: a demasiada propagação da tóxica dependência obrigou, há cerca de vinte e cinco anos, o imperador Yongzheng a proibir seu uso e comercialização. Depois, os portugueses continuaram com essa tentativa tramitando pela colônia de Macau, mas com parcos resultados. É o nosso momento! Podemos ter aqui ópio de boa qualidade, com manufatura simples e barata, a ser exportado para a China, com a qual, afinal, conseguiremos equilibrar nossa balança comercial. Já resolvemos o problema do "proibicionismo" com um trabalho em níveis altos há mais de quatro anos, usando do meio nada tradicional da corrupção. Às vezes, penso que essa prática já era comum na Idade da Pedra. A Coroa Britânica nunca dispensou a tradição e sempre a usou com apreciáveis resultados. Como escreveu o insuperável Maquiavel, "a finalidade justifica os meios". Bem, dessa forma conseguiremos abrir caminho e daremos partida à vasta importação no imenso território dos "Ming"; depois da China serão abertas as portas para um enorme comércio continental e mundial. General, consegue imaginar o tamanho deste negócio, do lucro que nos dará e do poder que deriva daí?

Clive escutava com atenção, mas esperava com curiosidade o final do monólogo que certamente era do seu interesse, saboreando o whisky.

– E será justamente aqui em Bengala que cultivaremos ópio em grandes extensões de terra livre, usando a mão de obra local, acostumada a salários miseráveis. Depois exportaremos como Companhia das Índias, apoiados pelo governo nacional. Quer dizer, um fato interno asiático, totalmente estranho ao nosso país – continuou o economista. – Sabemos que os franceses têm as mesmas intenções, mas não tão abrangentes, querendo principalmente conseguir poder absoluto sobre os dois grandes territórios da Índia e da China. Em suma: querem ampliar suas colônias. Temos que ganhar essa batalha amanhã, porque significará caminho livre para dominar a região de Calcutá e, consequentemente, vitória na guerra. Por tudo aquilo que falei, fica clara a importância da reunião que teremos daqui a pouco com Mir Jafar: é fundamental selarmos o acordo pessoalmente, antes do confronto militar.

– Ele em pessoa vai confirmar nosso pacto secreto – prosseguiu Reley Clark. – Virá acompanhado por meu secretário particular, Joseph Marlow, que colabora comigo nesta difícil obra de convencimento e que, hoje podemos afirmar, no futuro será o primeiro conselheiro do nawab do Bengala. Mir Jafar, obcecado pelo poder, tio consanguíneo de Siraj ud-Daulah, atual dono e senhor desta região... O sobrinho traidor estará à sua frente, general Clive, como aliado.

– Belo trabalho. Belíssimo trabalho, senhor Clark – reconheceu Clive.

– Esta obsessão por governar foi trabalhada, aumentada por nós ao longo dos anos: eu pessoalmente o visitei várias vezes e ganhei-lhe a confiança. Nem minimamente suspeita que este poder será efêmero... Porque quem realmente mandará nestas terras será o futuro governador.

O general gostava muito da Índia, e, afinal, um pouco de descanso com bastante dinheiro, depois de lutar em campos de batalha com uma retribuição inadequada a vida inteira, seria aquilo que almejava, de que acreditava ser merecedor. Esperava as próximas palavras com expectativa quase juvenil.

– Será o senhor, general Robert Clive! Quem melhor para mandar neste país que o senhor? Naturalmente, junto à Companhia. Esta é a vontade de sua majestade George II, e a nossa também.

Era a oficialização daquilo que mais ou menos Clive tinha escutado por fontes não oficiais. Por um momento perdeu o autocontrole, sua melhor qualidade, e levantando o copo brindou com um entusiástico "Saúde!", ao qual, estranhando um pouco, se juntou Reley Clark. Quase no mesmo instante em que os copos se tocaram, entrou um sentinela acompanhado por dois homens: um indiano pronto para a batalha, mas com um uniforme bastante sofisticado, e um civil inglês, o secretário Joseph Marlow, alto, magro e com evidente expressão de cansaço. Reley, que não chegou a beber depois de brindar, aproximou-se dos dois e parou com um sorriso amigável diante do indiano, que retribuiu falando com as mãos juntas, encostadas no peito:

– *Sat sri akaal.*

– Namastê – respondeu Reley, também com as mãos juntas ao peito, inclinando a cabeça para baixo, em sinal de respeito. Em seguida, apresentou o general, que estava ao lado.

Os quatro falavam no idioma indiano, e o único a ter alguma dificuldade era o general Clive, mas conseguia disfarçar. O clima da reunião era tranquilo, amigável, como se fosse entre velhos conhecidos e não entre inimigos, prontos a se enfrentar, como deveria ser. O pequeno grupo se deslocou para a mesa, ficando ao lado da reprodução do campo de batalha. O hindu olhou, entendeu tudo com muita rapidez – pela longa experiência de guerra que tinha – e, sem pudor nem cautela, não demorou a dar os números e posicionamentos de suas tropas, demonstrando acreditar nos ingleses, sem temer nada, convencido de sua esmagadora superioridade. O general Clive estava agora seguro de que tudo iria dar certo no dia seguinte e teve certeza quando Mir Jafar tirou da cintura, do lado oposto ao da espada, um punhal com uma bainha enfestada de pedras preciosas e o ofereceu ao comandante inglês, abaixando por alguns instantes a cabeça, num leve gesto de submissão.

A reunião não foi longa, mas definitiva. O general Robert Clive dormiu muito bem naquela noite aparentemente tranquila, úmida, mas sem chuva, acompanhada por leve ribombar de trovões bem afastados, às vésperas das batalhas e satisfeito pelo magnífico final de carreira que se projetava para ele.

Diferente era a situação de Reley Clark, que não conseguia pegar no sono, apesar da satisfação pelo espetacular resultado profissional; sentia certo frio na barriga ao pensar na iminente troca de tiros com a qual não estava acostumado e na qual os ingleses se viam em clara desvantagem. Tudo estava baseado na declarada traição de Mir Jafar. E se ele mesmo, no dia seguinte, decidisse mudar de ideia, seria o fim inevitável e dramático dos ingleses. Como experiente anglo-saxão que era, não deveria ter dado tamanha confiança às promessas de um hindu, mas o risco valia a pena, pelos frutos que essa suja história poderia lhe dar. Tentava se convencer de que não conseguia dormir por causa da cama do acampamento, da temperatura e dos mosquitos, mas no fundo sabia que não era nada disso: tratava-se de medo – puro e incontrolável medo.

Clareou em Plassey com uma umidade que invadia tudo. Apesar da mensagem dos trovões, agora mais fortes e secos, acompanhados por rápidos relâmpagos no horizonte, não chovia, mas não havia dúvida sobre a chegada das monções com seus temporais violentos.

As tropas começavam a se preparar, dispondo-se nos lugares prefixados: tudo parecia estar sendo feito com calma e lentidão. As ordens, dadas em voz alta e clara, ressoando embaixo das camadas de nuvens, criavam um eco sombrio e eram seguidas por tempos mais longos de um falso silêncio de poucos minutos, necessários às tropas para a execução.

Robert Clive caminhava em direção a um velho casarão de caça à beira do rio; ao seu lado, o sargento Johnson explicava os detalhes:

– Preparamos uma plataforma de tábuas de madeira com cobertura de lona, para termos melhor visão. Durante o dia acho que dá para ver até o campo dos franceses, com aquele telescópio portátil que o senhor me mostrou. De lá, vai perceber a movimentação das tropas inimigas sem que elas percebam e sem que possam fazer o mesmo, já que não têm nada tão alto. A escada é boa e permite subidas e descidas rápidas, se necessário for.

Do ponto de observação, Clive conseguia ver a movimentação dos inimigos com bastante clareza. Dava para enxergar boa parte do exército sob comando de Mir Mudin Khan e uma grande tenda onde, naquele momento, acontecia uma reunião de oficiais: soube-se depois que a atmosfera do encontro não fora das melhores, quase tensa, sem explicação explícita e bastante diferente daquela da noite anterior, quando houve perfeito entrosamento e clima de tranquilidade entre o corrupto e os corruptores.

Nos acampamentos seguiram-se momentos de calma aparente, como sempre ocorre antes das grandes batalhas: em Plassey essa atmosfera sonolenta era maior, como se as tropas tivessem preguiça de entrar em confronto em um dia de tamanho calor e umidade. Era como se os generais preferissem estudar-se ao invés de se enfrentar. O tempo passava e ninguém decidia agir primeiro, até que o impaciente Siraj ud-Daulah – que estava bem longe da primeira linha, atrás do seu exército, em localização favorável ao recebimento de notícias sobre o confronto por mensageiros – mandou pessoalmente um recado ao seu comandante Mir Mudin e ao brigadeiro francês Saint Frais, que comandava a artilharia, para iniciar o ataque.

CAPÍTULO 14

Sem perder a postura e esbanjando elegância em um uniforme que parecia novo, Robert Clive estava acomodado em uma cadeira do ponto de observação, acompanhando a cavalaria adversária através do telescópio portátil da Royal Navy – presente que um amigo almirante lhe dera antes da última viagem à Índia –, quando foi surpreendido pelo estrondo do primeiro tiro de canhão, disparado pela artilharia francesa por volta de onze da manhã. Uma série de disparos se seguiu antes que o general inglês desse ao corneteiro, que estava ao seu lado na plataforma, ordem para o primeiro sinal: uma sequência de poderosos e surdos estampidos cobriu a barulheira da artilharia inimiga. Esse duelo durou certo tempo sem graves consequências para ambas as partes, posicionadas em pontos estratégicos, atrás de morrinhos, em trechos de mata ou escondidos nas trincheiras.

O barulho dos trovões, agora ameaçadores, passou despercebido, encoberto pelo tiroteio, fazendo com que a violenta tempestade de chuva e relâmpagos surpreendesse a todos. Quando a artilharia francesa parou, o general inglês percebeu logo e ordenou ao corneteiro que desse sinal para os canhões deles pararem também.

Foram duas horas de intervalo na batalha, no qual alguns se abrigaram – aqueles que não conseguiram acabaram sentindo literalmente a chuva na pele. O recruta Edgar Write era um deles. Tinha se colocado em posição fetal, quase sentado nos calcanhares, segurando-se ao fuzil avant-carga com a parte posterior na lama. Muitas perguntas passavam por sua cabeça nesse momento, mas a mais recorrente era se realmente valia a pena largar o bem-estar londrino e a sua carinhosa família para viver essa aventura nas florestas bengalesas. Ah, aquela cama gostosa de onde conseguia ver pela janela diante dele, sem se molhar, a chuva insistente, porém leve, muito comum na Inglaterra. Como lhe fazia falta também um *breakfast* especial com uma boa xícara de chá indiano, que ultimamente nem sequer havia experimentado nesse país que o produzia. Pensava com os olhos fechados, quase sentindo o perfume dos amados ovos com bacon. Repentinamente sentiu um cheiro bem diferente e abriu os olhos.

– Tu não estás morto?! Achava que tivesses morrido antes do tempo! – Um rude e velho soldado de carreira tirou Edgar dos sonhos, falando e rindo ao mesmo tempo. – Bebe esta porcaria, garoto, nestes momentos serve para animar! – disse ele, enfiando um cantil sem tampa debaixo do nariz do recruta. – Toma, é grátis.

– Obrigado, não costumo beber alcoólicos.

– É batismo de guerra! Dá para ver, camarada. É a tua primeira vez, mas te garanto que com um gole desse meu antídoto irás te sentir outro! Ajuda, dá coragem, e não só – continuou o soldado mais velho. – Vai nessa, garanto o resultado!

– Não, não quero: sou voluntário. Tenho que encarar.

– Certo, garoto, boa sorte. Eu sou Sam, e você?

– Edgar.

– Prazer, Edgar, a gente se vê depois! De repente, tu mudas de ideia.

Concluiu com um leve sorriso no rosto enrugado e foi embora fechando o cantil. Edgar voltou aos seus pensamentos, à querida namorada, que doce garota. Amava-a profundamente; mais ainda depois que engravidara. Os beijos no embarque, a barriga que crescia e encostava nele. Será que veria a criança? Será que terá cabelos ruivos como ele ou serão loiros como os da mãe? Muitos suspeitaram que estivesse fugindo do casamento, mas não era nada disso: havia se alistado no exército para ganhar algum dinheiro e garantir, com a carreira militar, um futuro melhor para a família. Os dois, que estavam longe, em Londres, precisavam dessa atitude dele, de homem bom. Resolveu assim, por ainda não haver concluído os estudos e também porque os trabalhos humildes que conseguia arranjar não o remuneravam o suficiente para manter três bocas. O sibilar de um projétil que passou por perto o trouxe de volta à realidade: de vez em quando os franco-atiradores inimigos apertavam o gatilho para, em golpe de sorte, atingir um inglês distraído.

O nervosismo e a impaciência tomaram conta do primeiro exército franco-bengalês, que até aquele momento não tinha conseguido fazer valer sua superioridade. Acreditando que a enorme retaguarda de Mir Jafar estivesse pronta a segui-los e que a artilharia inglesa estivesse fora de combate por causa da pólvora molhada pela violenta chuva – como a deles, que não conseguira soltar um tiro sequer –, o jovem comandante Mir Mudin deu as últimas ordens para o ataque final, quando a monção levou embora, temporariamente, a violenta chuva. Os soldados – pouco menos de oito mil, pelas perdas sofridas no duelo de artilharia – transbordaram do campo entrincheirado, como uma enchente que supera a margem, avançando em direção ao inimigo aos tiros e aos gritos.

Em menos de dois minutos toda a infantaria tinha deixado os abrigos, e a cavalaria, entusiasmada, não via a hora, assim como o seu comandante, de ouvir o sinal de ataque para entrar na batalha como suporte da infantaria, que avançava passo a passo. Os primeiros franco-bengaleses apareceram para os sentinelas da mais adiantada trincheira inglesa, enquanto o mesmo Mir Mudin se posicionava diante da própria cavalaria montado em seu magnífico cavalo árabe, ágil e rápido, perfeito para esse tipo de situação, e finalmente dava a esperada ordem.

Na primeira trincheira o recruta Edgar Write levantou um pouco a cabeça e olhou acima do limite de terra: a atenção dele foi direcionada para um cavaleiro que avançava à frente de todos: sua montaria era bem parecida com uma das quatro figuras surgidas do outro lado do rio Bhagirathi no dia anterior. Infelizmente o sargento não acreditou, mas a verdade era outra, bem outra. Um sibilo, outro e outro acompanhavam mais tiros passando por perto. Era a primeira linha franco-bengalesa que, ao avançar, disparava a esmo. Edgar se abaixou, achando melhor se esconder do que ficar olhando e esquecer de todo o resto: era preciso salvar a própria pele.

Do alto da plataforma, Clive olhava para o campo de batalha. O corneteiro, vendo aparecer do lado direito a cavalaria e do lado esquerdo, um tanto longe, a infantaria, começou a suar frio, sem conseguir evitar olhar para o general, que, na sua opinião, se mantinha calmo demais. O que estava esperando!? Para a cavalaria inimiga faltava, nesse momento, percorrer cerca de quatrocentos metros até as primeiras trincheiras, enquanto os soldados da infantaria quase cobriam toda a linha do horizonte, quando Clive ordenou:

– Terceiro toque, soldado!

Ao som da corneta, com um barulho diferente, os óbices com inclinação zero começaram a despejar balas incessantemente, mirando somente a cavalaria, enquanto os canhões morteiros semeavam morte nas filas intermediárias da infantaria, cujas primeiras linhas eram dizimadas pelo fogo violentíssimo dos entrincheirados. Mais da metade de toda a armada inimiga foi morta nesse primeiro revide, que durou pouco mais de quinze minutos. O mesmo Mir Mudin foi golpeado e morreu: alguém jura ter visto uma bala de óbice decapitar o comandante. Sem ordens, os soldados franco-bengaleses não sabiam o que fazer.

Uns fugiam em retirada, abandonando as armas, enquanto outros tentavam avançar sem critério.

– Quarto toque, soldado! – disse Clive em voz alta.

O soldado, que estava distraído vendo da tribuna aquele horror, tocou o instrumento. Os óbices silenciaram por alguns segundos até serem reposicionados, depois recomeçaram mandando mensagens mortíferas direcionadas à infantaria; ao mesmo tempo, os soldados ingleses que estavam nas trincheiras saíram em campo aberto, na direção dos poucos franco-bengaleses que tentavam avançar, agora dizimados, enquanto a maioria fugia desordenadamente tentando alcançar as posições de onde vieram.

– Quinto e último toque, soldado. – O tom agora era mais calmo.

Todos os canhões pararam. No campo de batalha, os capitães ingleses, vendo os inimigos perdidos, incitavam as tropas a sair das trincheiras e avançar atacando com tiros e baionetas. O recruta Edgar Write ia em frente, titubeante em meio aos corpos sem vida de soldados e cavalos inimigos: a chuva forte deixou um vapor nojento, misturado a cheiro de sangue, morte e excrementos. O terreno, já encharcado, dificultava a caminhada, e, a cada passo, um novo e macabro espetáculo surgia diante dos olhos incrédulos do inexperiente soldado, que começou a se sentir fortemente nauseado. Segurava o quanto podia, tentando se distrair. Pensou em algo muito importante para ele, e logo desenhou-se em sua mente o angelical sorriso da namorada. Nesse instante, não prestando atenção por onde pisava, tropeçou no cadáver de um indiano e caiu com o rosto naquele chão podre, próximo à repugnante barriga de um cavalo morto. O nojo e o desespero daqueles que avançavam não se comparavam aos de quem recuava. Era quase impossível enxergar direito em meio à neblina: no entanto, esse era um fato positivo, porque limitava a infernal visão. Sem a barulheira da artilharia, dava para ouvir os gemidos dos poucos sobreviventes feridos, misturando-se às vozes de ordens dos ingleses e a alguns disparos de arma de fogo, agora menos frequentes.

Um capitão indo-francês conseguiu reorganizar um pequeno grupo para resistir em inútil espera pela chegada da enorme armada de Mir Jafar que viria com elefantes, cavalaria numerosa e a inacreditável infantaria. Mas nada disso iria acontecer: o traidor, de longe, esperava friamente o fim da carnificina. Foi inútil o sacrifício das tropas fiéis ao nawab Siraj ud-Daulah, que já fugia, levando consigo os dois mil cavaleiros da escolta. Os últimos focos de resistência não durariam muito, e, por volta das cinco da tarde, o confronto podia se considerar encerrado. Clive desceu da plataforma da casa de caça respirando profundamente e, satisfeito, saiu à procura do sargento-major, que organizava pequenos grupos de enfermeiros e alguns recrutas da reserva para entrarem em ação.

– Sargento, o senhor sairá junto ao primeiro grupo, com dois soldados de confiança. Conte nossas baixas e socorra os feridos: somente os nossos, naturalmente. Para os outros, seus ajudantes podem gastar algumas balas e, se acabar a munição, que usem punhais!

– Como de hábito, senhor comandante!

Depois de tantos anos de batalhas, havia se criado certa amizade entre os dois militares.

– Meus parabéns – continuou o general –, trabalho magnífico, sargento-major! Sua colaboração, como sempre, foi impecável.

– Apenas cumpri com o meu dever, senhor comandante. Sempre cumprirei, estando a serviço de sua majestade o rei George e do senhor, general Clive. – Fez continência e foi-se embora, para a última e sinistra tarefa do dia.

CAPÍTULO 15

Enquanto Robert Clive entrava em sua tenda para uma reunião com Reley Clark sobre os próximos passos a serem tomados, seguindo os interesses da Companhia das Índias Orientais, o sargento-major Johnson se aproximou do grupo de soldados da retaguarda e falou em voz alta:

– Os soldados Sam Morris e Joseph Green estão vivos? – Pensou que era realmente essa a melhor escolha para a atual missão: homens de confiança, experientes, um tanto velhos, é verdade, mas aptos. Os dois se apresentaram com a expressão clara de quem sempre é escolhido para as piores tarefas.

No campo de batalha, depois de uma faixa verdejante encostada na primeira trincheira inglesa, estendia-se um grande espaço até o posto franco-bengalês avançado, onde quase não se via o chão, tamanha a quantidade de corpos de cavalos e soldados sem vida, misturados ao lamaçal de sangue.

Os homens de Clive estavam quase parados, espalhados desordenadamente, enquanto poucos corajosos já invadiam a segunda trincheira inimiga. Entre eles, o recruta Edgar Write perguntava a si mesmo como havia conseguido avançar no meio deles e como ainda estava vivo, depois de ter evitado as balas inimigas e suportado tantas cenas terríveis. Pensou também que, provavelmente, teria matado alguém... Certamente ninguém em luta corporal, mas com tiros! Nunca iria saber. Olhou ao redor e, ao ver em meio aos mortos um uniforme igual ao seu, se aproximou. A cada passo dado, a suspeita se concretizava.

– Não! Não é possível! Que porcaria é a guerra! Ainda há pouco ele disse que a gente se veria depois! – desabafou em voz alta.

A metade de um cantil fechado estava para fora do bolso do soldado Sam, morto com uma profunda e comprida ferida feita com arma cortante: saía das veias do pescoço e percorria todo o peito. Os olhos azuis, embaçados, vítreos, imóveis e exageradamente dilatados, assustavam e pareciam olhar o céu escuro. Numerosas moscas famintas percorriam a ferida e sobrevoavam o cadáver com zumbidos ininterruptos.

O recruta Edgar Write, talvez pelo cheiro nauseabundo do ar, talvez pela forte emoção da perda de um conhecido, talvez por ter à sua frente aquela visão horrenda, caiu ajoelhado e desta vez não conseguiu conter o enjoo. Vomitou enquanto lágrimas caíam copiosamente, riscando seu rosto coberto por lama e sangue.

Como de praxe, o sargento-major, mais dois ajudantes junto a enfermeiros, começaram a vasculhar a parte mais próxima das trincheiras franco-bengalesas: era possível que entre os feridos mais recentes houvesse alguns que poderiam ser salvos. Os capitães, que agora estavam reorganizando as companhias, iam ao mesmo tempo chamando pelo sobrenome os soldados que, quando vivos, respondiam:

– Às ordens!

De vez em quando o sibilar de algum projétil de fuzil rasgava o ar, mas a frequência era cada vez menor: apenas um ou outro era disparado a pouca distância.

– Sabe que vai morrer e não para de atirar. Tomara que o matem logo! Bom, vamos ao trabalho. Este é o quinze, este o dezesseis...

Os ajudantes puxavam dos pescoços os cordõezinhos com plaquetas de nomes e números dos soldados impressos e as enfiavam desordenadamente nos bolsos. Foi quando o sargento-major viu o recruta Edgar ajoelhado a poucos metros de distância e o identificou, apesar de estar praticamente irreconhecível, exatamente naquela hora em que começa a escurecer.

– Levanta, homem! – falou, se aproximando. – Não podemos fazer mais nada para esse seu companheiro. Para nós, agora ele é apenas o número dezessete. Limpa a cara, recruta! – disse ele, puxando do bolso um lenço meio sujo, oferecendo a Edgar, que, feliz por rever alguém conhecido, vivo, respondeu pondo-se de pé:

– Obrigado senhor sargento, muito... – Não chegou a terminar a frase, um barulho seco e sibilante interrompeu-o bruscamente.

Foi como se um longo alfinete de fogo lhe perfurasse o peito. O tiro atingiu Edgar entre o esôfago e o coração, derrubando-o. O sargento-major Johnson ajoelhou-se, tentando levantar um pouco o ferido.

– Soldado Morris, soldado Green, corram! Procurem os enfermeiros que estiverem mais perto, rápido! Força, garoto! Resista, por favor! – Abriu os primeiros dois botões da farda e olhou para o rosto de Edgar Write no momento exato em que, tossindo bastante, o sangue começou a jorrar por sua boca e a respiração foi ficando mais fraca. Nesse instante, o sargento teve certeza de que não havia mais nada a ser feito. Morreu nos braços do velho soldado de carreira, que o considerava, assim como aos outros comandados, como filho. Resmungou, lamentando-se inconformado:

– Esta bala era para mim, atirador de merda! Pegaste o garoto, maldito carrasco da solidão, tu mataste o garoto em meu lugar!

Quatro ou cinco tiros se seguiram até que o barulho alternado das balas do franco-atirador parou de cortar o ar: uma patrulha o descobriu.

– Morre, filho da puta! Coiote nojento! – pensou Johnson enquanto chegavam os ajudantes acompanhados por um enfermeiro. Puxou a corrente com a plaqueta de reconhecimento do bom garoto, olhou-a e colocou-a no bolso.

– Poderia ser a minha... Que morte sem sentido, logo agora! Que inutilidade!... Pare de pensar em bobagem, velho carrancudo, e volta ao teu serviço! O recruta Write agora é somente o número dezoito.

O sargento contou vinte e três mortos e cerca de trinta feridos: quase nada comparado ao massacre dos franco-bengaleses. Os primeiros soldados ingleses já haviam regressado ao acampamento quando alguém comentou que vira, na pouca luz que sobrava antes daquela noite de merecido descanso, do outro lado do rio Bhagirathi, bem diante das tendas, três cavaleiros e mais alguém atrás: saíram do mato e seguiram rumo ao norte. Começou a chover forte outra vez.

Tudo foi ficando escuro, cada vez mais escuro; quando a chuva parou repentinamente, uma pequena luz brilhou e, a cada instante que passava, piscava, acompanhada por outras e mais outras, menores, ao lado de uma infinidade de tantas outras que se acendiam. Ao fundo delas, o ar adquiria uma tonalidade azul-marinho, profunda.

CAPÍTULO 16

"Pelo futuro penetrar querendo,
Tem o dorso adiante em vez do peito,
E a recuar caminha, atrás só vendo."
Dante Alighieri
A Divina Comédia — Canto XX, Inferno

Sentado embaixo daquela velha árvore, Ettore olhou em volta: a grande casa de campo, o familiar pomar onde ele tanto havia brincado quando criança, tudo permanecera em seu devido lugar, exatamente igual. Que sonho fantástico, tudo parecia tão real... Como um filme de longa-metragem, mas colorido.

– Será que algum dia os filmes serão em cores? – pensou. – Claro que sim: a tecnologia avança rápido até demais, e tudo muda em pouco tempo. Como as guerras que destroem famílias, cidades, estados, praticamente fora do controle do ser humano... E a ambição?

Levantou-se, carregando consigo a pequena garrafa vazia, e saiu em direção à casa, relembrando cada parte do sonho vivido há pouco. Que magnífica alucinação! Sim, só assim poderia descrever essa experiência... Um tempo atrás, numa *trattoria* romana, em companhia dos colegas da universidade durante um jantar regado a doses exageradas de vinho Frascati, alguém falou de uma teoria sobre a existência da memória nas células humanas, que gravava toda a história passada, e essa fantasia, por uma razão ou outra, havia despertado certa curiosidade no cérebro do físico, extremamente sensível e atento às novidades.

Descendo a escada do laboratório, Ettore pensou que o primeiro sonho poderia ter sido uma lembrança atávica cravada no seu cérebro, mas o segundo, não. Ele não tinha nada a ver com a Índia, tampouco seus ancestrais. Então, era algo diferente.

Nem mesmo doses de absinto forte ou ópio da melhor qualidade poderiam ter lhe proporcionado uma experiência tão incrível e fantástica. Certamente havia ali substâncias desconhecidas, mas ele começou a acreditar que continha algo ainda mais potente que compostos químicos, e se convenceu de que podia ser uma fórmula quase mágica, que continha o passado, totalmente nova e possivelmente sem matéria.

Sentou-se na cadeira da escrivaninha e olhou para a terceira garrafa. Como era possível um pesquisador, um cientista como ele, não conseguir resistir ao fascínio daquela droga misteriosa? E por que razão aquele charlatão maluco havia lhe concedido o intrigante líquido, dando-lhe apenas três das quatro garrafinhas que possuía?

Quanto mais perguntas se fazia, mais crescia o desejo de prosseguir com a experimentação iniciada naquela noite. Este "total irracional" se confundia na cabeça dele, que tinha a inevitável tendência a raciocínios matemáticos próprios de sua mente.

Repentinamente decidiu-se. Agarrou a garrafa, tirou-lhe a tampa e engoliu de uma só vez o líquido. Não demorou muito e algo estranho aconteceu: estava sentado no laboratório, em uma confortável cadeira, quando todo o ambiente ao redor começou a tremer violentamente. Depois, na velocidade de um relâmpago, percebeu que estava sentado em um lugar conhecido. Olhou em volta, curioso para identificar melhor o ambiente circunstante. Viu-se debaixo da grande árvore, no jardim de casa, e lá estavam as laranjeiras. O céu pontilhado de estrelas, a cintilante Polar no mesmo ponto, tudo impregnado pelo leve e marcante aroma das frutas. Olhou para o fundo do pomar, onde acabavam as árvores, e notou algo que não poderia estar lá: o perfil de um cavalo de porte médio que lhe lembrou o terceiro do grupo na praia da falésia e o segundo da floresta atrás da beira do rio Bhagirathi, naquele dia de céu cinzento. Seriam muito parecidos ou eram os mesmos? Tentou enxergar melhor para ver se havia uma balança pendurada na sela do cavaleiro, coisa que o tinha intrigado da primeira vez, quando retornou ao laboratório, descobrindo-se sentado atrás da escrivaninha. Teve tempo apenas de olhar para a garrafinha vazia, porque o mesmo e extraordinário fenômeno o trouxe de volta ao jardim.

Estava bem desnorteado e custou a focalizar, no fundo do pomar, as três montarias que procediam lentamente na escuridão quando um grito lancinante cortou a calmaria daquela noite.

– Yaaa!!! Yaaahaaa!!!

Os cavalos dispararam em galopes, nervosos, ritmados, até que outro relâmpago trouxe Ettore de volta ao laboratório.

Não houve sequer tempo para dar-se conta de que sentia um certo medo, devido à falta de controle dos pensamentos, com um desagradável enjoo se expandindo dentro dele, quando uma rápida luz o deslocou novamente para o jardim.

O mal-estar o incomodava bastante, mas ainda assim conseguiu ver atrás das plantas a quarta figura montada no mesmo animal magro, que seguia em trote rápido e esquisito. Notou uma coisa que não havia visto antes: uma corda velha com gancho desproporcional pendurada na sela. Foi tudo que deu para ver, porque, mais rápido do que na vinda, voltou para dentro da casa, ao subsolo do laboratório, sentado na cadeira da mesa de trabalho.

Sentiu um forte zumbido que o obrigou a sacudir a cabeça várias vezes empurrando com força as mãos contra as orelhas. O medo desse carrossel aumentava e o deixava confuso.

– O enjoo passou! – pensou aliviado. Pararam também os clarões e todo o resto. Agora tudo estava tranquilo e estático no laboratório. Uma verdadeira calmaria depois da tempestade. Objetos e móveis continuavam lá, como se nada tivesse acontecido, e isso contribuiu para acalmá-lo. Ficou sentado sem fazer nada por no mínimo cinco minutos, pensando que era inacreditável um homem como ele, um físico teórico de primeira linha, um professor universitário, acreditar em um maldito trapaceiro e, mais ainda, ter a coragem de ingerir uma substância da qual não sabia dizer a procedência nem a composição. Estava de fato em dúvida: como pudera acreditar que aquelas três poções revelassem os mistérios que, durante séculos de pesquisa, estudiosos, filósofos e cientistas não conseguiam explicar? Seria simplista e acessível demais. Por um momento, Ettore Majorana sentiu-se outra vez um adolescente curioso, inexperiente e até ingênuo: melhor esquecer tudo aquilo.

– Ainda bem que todos desconhecem essas minhas experiências malucas. Posso imaginar o que pensariam meus colegas da rua Panisperna se soubessem! – pensou ele.

Lentamente conseguiu tirar da cabeça a preocupação de uma eventual volta àquele estranho pesadelo final. Estava bem fisicamente, sentia apenas um gosto amargo na boca, um pouco de cansaço e sono, devido à hora tardia. Olhou as três garrafas na mesa, levantou-se da cadeira, apagou a luz do laboratório e subiu para o quarto. Antes de deitar-se, foi até a janela: como era linda aquela paisagem! O céu estrelado, as sombras das árvores através do reflexo azulado da pequena nesga de lua, toda a natureza ao redor… Como tudo era belo, perfeito nos mínimos detalhes, até o muro branco e baixo da cerca à direita – este, sim, construído pelo homem – parecia não destoar…

As mudanças eram de fato inevitáveis, talvez fosse melhor condicioná-las e limitá-las, para que a convivência do homem com o planeta se tornasse melhor. Os estudos, as pesquisas, as descobertas valeriam realmente a pena se deixassem o homem no centro do Universo? Mas isso não estava acontecendo: uma mancha escura encobria o seu trabalho e o dos outros gênios de sucesso. Será que nenhum de seus colegas da rua Panisperna, nem o grande comandante do centro de pesquisa, Enrico Fermi, tinha esse tipo de dúvida? Somente ele? Como era possível que cérebros privilegiados não tivessem certos questionamentos?

A meta pela qual a racionalidade pura elevaria o homem a primeiro ser do Universo seria o ambicioso projeto de se equiparar a Deus? Que blasfêmia! E se a tecnologia chegasse lá primeiro, estaremos dominados por ela? Os dois vetores lhe confundiam o cérebro. Decidiu ir dormir depois da decepção com aquele último frasco.

– Amanhã voltarei para Roma e esquecerei todas estas bobagens, para seguir o rumo certo, continuando os experimentos junto de meus colegas.

Olhou outra vez para o pomar da janela do quarto: estava estático na pouca luz da lua, igual a centenas de anos atrás. Dava-lhe ideia de ser eterno, falando a língua das folhas, inebriado com uma profunda sensação de paz, de perfeita harmonia para aqueles que percebessem a sua mensagem sob a imensidão do espaço infinitamente povoado por estrelas.

Abriu a janela e viu o céu límpido. Respirou profundamente o ar puro, característico dos lugares distantes das cidades. Dormiu bem, acordou bem e, naturalmente, sentia-se bem. Amava os campos de terra árida da Sicília, que produziam pouco, exigiam grandes esforços e condenavam à pobreza a maioria da população, deixando às minorias o comando e o bem-estar. Aquele povo sempre o seduzira com sua obstinação e seu orgulho exagerado. A Sicília borbônica liberada nas formas, mas não no conteúdo, era a terra dele, da sua família, enraizada nos campos de terras secas. Eram da classe média-alta, da planície da Catânia, mas também eram do povo, provenientes de uma família proprietária de terras, mas não de latifundiários. A Sicília era uma ex-colônia grega e depois romana, pobre e cheia de contrastes, a "eterna colônia das colônias" que ele amava e havia lhe indicado o caminho das ciências como possível contribuição à resolução do difícil problema social. Uma terra que nunca conseguira desenvolver suas potencialidades.

Olhou para além do pomar, onde as baixas colinas – de terras claras, mas férteis – eram cultivadas. Dava para ver as cercas, as figueiras-da-índia e, à direita, o soberano e majestoso vulcão Etna.

– Bela paisagem! – pensou, interrompendo os raciocínios que nunca o deixavam. – Magnífico lugar, mas sempre a serviço dos outros.

Alguns anos antes descobrira que as melhorias prometidas pelo regime fascista eram apenas propaganda enganosa. Pelo contrário, a realidade ia piorando, diretamente proporcional ao aumento da população. Para mudar isso tudo Ettore Majorana lutava, era esse seu verdadeiro ideal. O que era bom para a Sicília seria bom para a Itália e para o mundo inteiro.

Mais uma vez respirou profundamente aquele ar puro e cristalino, que deixava a tonalidade azul do céu ainda mais azul, e foi pegar a maleta que havia deixado sobre o armário, no quarto de cima da casa branca que tinha diante de si o laranjal perfumado.

CAPÍTULO 17

No compartimento interno do vagão de primeira classe que lhe era oferecido nas viagens, Ettore Majorana parecia distraído, totalmente mergulhado nos cálculos que fazia de cabeça. Era bom viajar assim, sem multidões, com pouco barulho e assentos bem mais confortáveis no trem que o levava de Nápoles até a Estação Central das Ferrovias Romanas encravada no morro da Justiça, bem no centro da capital, no final da rua Cavour. Sentiu que a velocidade ia diminuindo a cada pequeno tremor acompanhado pelo característico barulho dos cruzamentos de trilhos, e inalou o inconfundível cheiro de carvão queimado das estações que aumentava ao se aproximar da longa cobertura sobre a calçada no final da linha. Olhou pela janela os outros trens já parados, com pessoas à espera de alguém, ao lado de carregadores de malas e funcionários da ferrovia, uniformizados. Preparou-se para descer, chegando ao final da costumeira viagem. As estações de trem davam-lhe uma estranha sensação de tristeza. Quantas lágrimas – motivadas por separações de partidas – haviam molhado aqueles calçadões?

Saiu do calçadão, atravessou os salões da estação e, na praça, optou por aventurar-se em um táxi Fiat T1 um pouco mais caro, mas bem mais rápido que as carroças. Ele não tinha pressa, apenas não gostava de ver velhos cavalos sofrendo ao transitarem em meio à movimentação da cidade. A viagem como sempre tinha sido longa. Encarar o trem de Catânia a Palermo, atravessar uma parte do mar Mediterrâneo em navio postal até Nápoles, finalizando o último trecho novamente de trem, exigia muito tempo. Mas gostava porque podia, de certa forma, ficar sozinho consigo, mergulhado em suas ideias.

Ao chegar ao apartamento, em um bairro residencial entre os melhores de Roma, depois de cumprimentar a velha governanta da casa, Nannella – como ele, de origem siciliana –, foi direto ao seu quarto, já que seus pais não estavam no momento, tampouco os dois irmãos e as duas irmãs. Como em um ritual, depois de ter entreaberto a janela, sentou-se na cadeira da escrivaninha, pegou um maço fechado de cigarros e o abriu. Tabagista inveterado como era, usava de cautela e carinho em cada gesto. A governanta entrou com uma bandeja, trazendo café recém-coado em uma clássica "napolitana" fumegante. Depois do café, o cigarro dava-lhe sensações inebriantes. Fumou lentamente, saboreando cada trago, deixando a nicotina penetrar em seus neurotransmissores, preparando o cérebro para novos desafios. Começou a pensar nos problemas aparentemente insolúveis que tinha deixado antes do curto intervalo na casa de campo, que seriam retomados no dia seguinte com seus colegas da rua Panisperna.

– Bom dia! Como o nosso Grande Inquisidor aproveitou a licença-prêmio? – perguntou, brincando, Emilio Segrè, que tinha o costume de, entre colegas, usar apelidos que ele mesmo inventava para cada um. Orso Mario Corbino era o Todo-Poderoso, e Enrico Fermi, o Papa. Estes eram os chefes, depois vinha a turminha da rua Panisperna. Segrè batizou-se de Basilisco, conhecida figura mitológica medieval, sagaz, que soltava fogo pelas ventas e pela boca e tinha língua muito afiada.

Os outros eram Edoardo Amaldi, chamado Adão, por óbvias razões, e Franco Rasetti, o Cardeal-Vigário, físico experimental com extrema capacidade e mais velho que todos. Com ele, muitas vezes Ettore Majorana conversava, considerando-o o mais próximo, por sua personalidade e seus ideais.

O ambiente naquela manhã era descontraído, como sempre, na faculdade de física teórica, criada por Mario Corbino seis anos antes, para favorecer a descoberta – com auxílio dos grandes cérebros guiados por Fermi – de novas e poderosas armas desejadas pelo fascismo. Os jovens professores não sabiam desse objetivo e pesquisavam incansavelmente por puro amor à ciência.

Ettore, o Grande Inquisidor, esboçou um sorriso diante da brincadeira de Emilio, mas não respondeu. O convívio com ele era um tanto complicado por conta de uma injustificada timidez, mas todos gostavam dele e, mais que isso, o apreciavam enormemente por sua capacidade científica. Franco Rasetti, que estava no escritório com os outros professores, o interpelou:

– E aí, amigão?! Que novidades trazes da velha Sicília?

– Nada de importante, mas vamos almoçar juntos e te conto algumas coisas – respondeu, sendo interrompido por Emilio Segrè, que brincava, como de costume.

– E lá vão eles... Quando se juntam o Cardeal-Vigário e o Grande Inquisidor, boa coisa não sai. O segundo inventa e quer testar sua teoria quântica de núcleos radioativos com o doido, que é o primeiro. Quero só ver! Não me espantaria se os dois explodissem a rua Panisperna. Vejam lá o que vão aprontar!

Ettore precisava falar com alguém sobre os últimos acontecimentos, e o único confiável e capaz de manter o segredo era justamente Rasetti, homem calmo e vivido, diferente dos outros.

Depois desse momento de descontração, todos retornaram às próprias salas, e o silêncio voltou a reinar no instituto, até as doze e trinta, quando começava uma pausa para almoço. Aquelas duas horas, à moda romana, permitiam a quem queria um passeio ou a tradicional *pennichella*, curta sesta depois da refeição, tradição antiga que resistia ao tempo. Era um longo intervalo, mas merecido, porque nenhum dos jovens gênios tinha hora para acabar, e às vezes trabalhavam até a noite funda.

Ettore e Franco pegaram um bonde para trajetos curtos em direção às imediações da praça Navona, para depois caminharem até o popular campo dei Fiori, praça famosa pelo mercado e por um monumento a Giordano Bruno, erguido no lugar onde ele fora queimado pela Inquisição. Para eles, o atrativo era a Trattoria Carbonara, que oferecia um penne à carbonara inesquecível. Montado ao ar livre, o restaurante permitia apreciar a movimentação e a vista da praça, recheada de histórias de trágicos eventos, lugar perfeito para uma boa conversa acompanhada pelo costumeiro garrafão transparente de meio litro com vinho dos Castelos Romanos. O relato de Ettore foi direto à recente aventura: o encontro com Guru e Calipso, até chegar aos extraordinários efeitos das poções e à decepção final da última garrafa. Franco apenas sorriu e comentou:

– Que você é um tanto doido eu já sabia, mas chegar a isto?! É muita coisa. Espero que ao menos essa loucura lhe traga algum tipo de realização, porque ingerir drogas desconhecidas é sempre muito arriscado.

– Não eram drogas, Franco, estou certo de que não eram drogas! E você sabe muito bem que a minha intuição não costuma falhar! Era algo diferente, estranho... Digo-lhe mais: quem sabe um dia você mesmo não vai correr atrás da quarta garrafa?!

Franco o interrompeu:

– *Elogium stultitiae*. Que a genialidade seja magnífica é certo, mas caminha lado a lado com a loucura. É melhor não brincar com isso, o seu cérebro é indispensável para todos nós e temos que preservá-lo para a nossa missão, de extrema importância. E, a propósito da pesquisa, o Papa não conseguiu convencê-lo a publicar a nova teoria sobre os núcleos, feitos de prótons e nêutrons?!

– Nada disso.

Enquanto falava, pegou o lápis que sempre estava consigo, anotou uma fórmula em um pedaço de papel do maço de cigarros e o guardou no bolso. Franco olhou-o, admirado.

– Leu a notícia de que a equipe de Chadwick está no mesmo caminho?

– Os imbecis descobriram os prótons e nêutrons e nem perceberam... Pouco me interessa o que os outros fazem – respondeu, largando os cálculos por um momento.

– Mas você está muito à frente e tem que divulgar suas descobertas. Pelo bem da ciência.

Ettore gostava de escutar o experiente Franco, que era calmo, racional e profundo como Fábio, o velho pai dele, a quem fora particularmente ligado desde a infância. Escutou-o por um bom tempo, mas não se deixou convencer e voltou a escrever números em um papel amassado que estava em seu bolso; era outra teoria que resumiu para o amigo como "as forças de intercâmbio entre átomos", que só uma imaginação como a dele poderia descobrir.

No final do almoço e da conversa, Ettore sentiu-se aliviado. Decidiu deixar de lado as besteiras e tocar adiante os estudos, escondendo os sentimentos e a rápida atração que sentira na casa de Fiumicino, guardando-a naquela parte do cérebro onde armazenava somente boas lembranças. As tentativas de esquecer Calipso, permitindo ao máximo considerá-la como um amor efêmero, pareciam dar certo. Queria convencer-se de que, naquela Roma universitária, divertida, atrativa e bela, nada lhe faltava. Tinha ainda a sorte de ser o único a conseguir tratar Fermi como um passageiro, e o Papa, que o considerava um verdadeiro gênio, como Newton ou Galileu. Apesar da jovem idade, vinte e seis anos, estava pronto a ingressar no restrito círculo dos grandes físicos nucleares europeus e mesmo mundiais. O único empecilho era – em razão do caráter fechado – sua relutância em divulgar as próprias descobertas.

Ele era o melhor: se os outros pesquisavam, ele descobria; se os outros amavam a ciência e se esforçavam para entendê-la, ele a concebia dentro de si.

CAPÍTULO 18

Nos meses seguintes, Ettore Majorana aprofundou-se nos estudos e concluiu, nos mínimos detalhes, a teoria das forças de intercâmbio entre os átomos, proibindo que Fermi a publicasse, com a justificativa de sempre: era, ainda, imperfeita. Por essa última descoberta foi premiado com uma bolsa de estudos da Universidade de Física de Leipzig, com carta de apresentação para Werner Heisenberg, reconhecido reitor de lá, especialista em energia nuclear. Depois de passar as festas de Natal e final de ano junto à família na casa de campo em Catânia, como de hábito, Ettore voltou a Roma para se preparar para a viagem a Leipzig. Era começo de janeiro de 1933, e o instituto da rua Panisperna estava ainda em recesso quando ele o visitou durante uma tarde chuvosa e um tanto fria. Franco Rasetti, o único a frequentar a universidade quando fechada, parecia escondido em meio às pilhas de livros, enquanto escrevia.

– De malas prontas, Grande Inquisidor?

– Ficarei fora por um bom tempo, no mínimo uns cinco meses.

– Com certeza vai se dar muito bem em Leipzig; terá oportunidade de conhecer os melhores da Europa, ou do mundo, da física teórica.

– Só da teórica, porque o campeão de física experimental está aqui diante de mim!

Rasetti sorriu e mudou de assunto:

– Como foi o Natal? E a virada de ano, foi boa?

– Foi, sim! Mas tive uma estranha sensação com meu pai, ele estava diferente do que é normalmente, não era o mesmo que das outras vezes. Acredito que esteja envelhecendo muito rapidamente, não é mais aquele homem forte e ativo de antes. Passou a maior parte do tempo sentado, estático, olhando para o nada.

Ficaram conversando por certo tempo, e Majorana contou que tinha uma nova intuição, sobre uma desconhecida energia molecular, mil vezes mais potente que a cisão nuclear. Disse que, ao voltar da viagem, quando suas pesquisas e experiências estivessem mais desenvolvidas e claras, ele iria precisar do amigo para continuar e pôr em prática o projeto.

Em seguida, Ettore se despediu e foi até sua sala para retirar das gavetas folhas e mais folhas de cálculos, muitos anotados em maços de cigarros, abertos com cuidado, ou em estranhos papéis de contas de bares – nos momentos criativos, qualquer papel servia.

Guardou tudo o que precisava dentro da pasta de couro e saiu apressado. Passou rapidamente em casa para buscar alguns documentos que estavam na segunda gaveta da escrivaninha e apanhar as roupas acomodadas na mala nova que sua mãe, Rosina, lhe havia comprado e preparado especialmente para a viagem da manhã seguinte, que ela considerava exageradamente longa, ainda mais para um lugar desconhecido onde seu filho ficaria sozinho, sem o suporte da família. Naquela última tarde em Roma, ele deixou a bagagem pronta no corredor do apartamento e saiu.

De bonde, em pouco tempo chegou ao largo do Tritone e seguiu andando até a rua Capo le Case, bem no meio do bairro Colonna, quando percebeu que já estava escurecendo.

O bordel, àquela hora, ficava praticamente vazio, mas Adelina estava no salão logo depois da entrada, como se esperasse por ele, sorridente e meio despida. Cumprimentaram-se quase que timidamente, e Ettore dirigiu-se à sóbria cafetina que trajava um conjunto um tanto masculino, indo logo em seguida ao caixa para comprar a ficha super luxo, que lhe dava o direito de passar toda a noite ali.

Fechou a porta da suíte para ficarem a sós e sentiu-se melhor: não conseguia tirar de si aquele pudor da rígida educação cristã com a qual a família o submetera na juventude – relembrada na elegante sala de entrada do bordel por um belo crucifixo de bronze e madeira ironicamente admirado na parede da frente pelo retrato fotográfico de Mussolini, obrigatório em todas as repartições públicas, inclusive nos prostíbulos, que eram do governo.

Adelina se comportava quase como uma namorada de Ettore, era muito gentil, carinhosa e gostava também de bater longos papos com o homem que considerava mais que um amigo.

– E aí, querido, faz tempo que não aparece! – disse ela, sentada na cama, sorrindo para Ettore, acomodado na poltrona. – Será que me esqueceu, me trocou por aquela nova paixão de Fiumicino? Aquela tal de, de... Calipso? É isso, Calipso? Que nome estranho! É assim que ela se chama? Você falou tanto dela... E o pior é que fui eu que dei a dica para vocês se encontrarem.

– Não, não, nada disso. É que estive muito ocupado no trabalho, realmente não sobrou tempo para vir até você. Estão acontecendo coisas importantes para a minha carreira, o que me leva a dedicar cada vez mais e mais tempo à pesquisa – respondeu Ettore.

Mas, inevitavelmente os pensamentos dele se voltavam para Calipso: a impressão deixada por ela era mais forte, até mesmo que a experiência com as poções, que ele tentava apagar. Calipso não era apenas o amor de um passado recente. Excitava-se, enquanto esperava para dormir, ao lembrar da imagem dela sob aquela veste branca, curta, transparente. Sentiu um desejo imenso de estar com ela, e pensou que ela estaria muito melhor em seus braços apaixonados do que na cama do velho Guru San, que decerto não era o seu cuidadoso tio. Lembrava dessas coisas e ao mesmo tempo falava com Adelina, que o escutava sem desconfiar que os sentimentos dele eram por outra.

– Acho que a história da minha vida começa a mudar a partir de agora. Fui convidado a passar um tempo na Alemanha com uma bolsa de estudos. Ficarei em Leipzig, onde as pesquisas sobre a física estão bastante adiantadas. Abrir meus horizontes, trocar ideais com cientistas do meu nível, ver e conhecer um mundo novo longe desta cidade, que cheira a império e vive de um passado que há muito tempo findou. Quero conhecer universidades modernas, jovens de outros países e novas ideias... Dizem que há lugares onde se toca um diferente gênero musical vindo de New Orleans chamado jazz. Leipzig tem uma história curta, mas é hoje a cidade da cultura e das artes. Goethe estudou lá, e Wagner compôs lá as suas primeiras músicas.

– Eu já ouvi falar deles. Goethe é escritor e Wagner, músico – comentou Adelina. – É bom para você ficar longe, no meio de todas essas pessoas importantes por muito tempo, para conseguir esquecer todo o resto: melhor para Ettore, ótimo para Adelina!

Ele sorriu, divertindo-se com a pureza de alma daquela garota sofrida, e voltou-se inteiramente para ela.

CAPÍTULO 19

Depois de uma longa viagem, o trem, chegando a Leipzig por volta de dez horas da manhã, se aproximou dos limites da estação que parecia pintada de branco. Estava nevando, e os grandes flocos caídos durante a noite cobriam tudo com uma cândida camada de ao menos vinte centímetros. Os únicos contrastes eram os trilhos retos e escuros e algumas manchas de fuligem das locomotivas a carvão. Enquanto o trem diminuía a marcha, Ettore sentiu a força daquele quadro que emanava tranquilidade: a neve, que escondia no branco todas as outras cores, relaxava. Os ruídos amortecidos e sem reverberação, voando em meio aos flocos que caíam suavemente, tiravam os últimos respingos de tensão. Aquela falta de cores, aqueles sons filtrados, criavam uma aveludada atmosfera ao redor. A calmaria da neve parecia ter amenizado até mesmo a temperatura. O trem parou, e Ettore começou a amar Leipzig.

Nos primeiros dois meses que passou nesse último reduto do humanismo da velha Europa romântica – perdido no frio de uma Alemanha um tanto tristonha e confusa pelo período de turbulências estruturais –, ele dedicou-se principalmente à aprendizagem da língua alemã. Tinha que aprimorá-la rapidamente para conseguir conversar com domínio e segurança com Heisenberg, por quem, desde o primeiro momento, sentiu grande simpatia.

Ettore apreciava a profunda e abrangente cultura e a consistente base filosófica do físico, que ficou admirado pela genialidade do italiano. Nesse primeiro período, reuniam-se apenas uma vez por semana, justamente pela dificuldade de Ettore em se familiarizar com o idioma, que estudava na faculdade de línguas com a professora Liselotte Schulz, dedicada particularmente a ele. O bairro universitário era muito interessante, com simpáticos bistrôs à moda francesa que serviam comida honesta a baixo custo. Durante o dia eram frequentados por jovens, mas à noite lotavam com clientela variada: uma nova cave onde, em um grande espaço tipo adega subterrânea, músicos não famosos, mas bons artistas, apresentavam as últimas novidades internacionais, inclusive melodias e contramelodias de jazz recém-chegadas dos Estados Unidos.

Na companhia de Liselotte, Ettore começou a dar mais espaço às diversões, vencendo assim sua natureza fechada e a timidez. Aos poucos, foi esquecendo os problemas existenciais dos últimos tempos e se aproximou dos grupos jovens e, em companhias divertidas, esteve em algumas festas vanguardistas, em que o absinto era consumido em alta quantidade e, em certa ocasião, o ópio também. A sua amiga e companheira, mais ou menos da mesma idade, era muito diferente das mulheres italianas, bem mais liberal, feminista declarada extremamente emancipada, e não tardou em seduzi-lo em um final de noite.

– Essa é uma das vantagens do feminismo – pensou Ettore. Mas, no fundo, com o passar do tempo, sentiu saudades dos mistérios e das repressões das moças sulistas.

Liselotte era razoavelmente bonita, com seus cabelos loiros e olhos verdes ou azuis – nunca conseguiu decifrar –, tinha um corpo excessivamente magro, porém bem-feito, e foi um verdadeiro presente como amiga, amante, professora e acompanhante conhecedora de todos os segredos da cidade. Esse agradável e despreocupado período foi interrompido no dia 27 de fevereiro, quando aconteceu o incêndio no Reichstag, o Parlamento alemão, atribuído aos comunistas pela rádio e pela imprensa, controlados pelo nazismo.

Liselotte, Heisenberg e Ettore discutiram o assunto muitas vezes e chegaram à conclusão que o dolo era de quem acusava. Daquele momento em diante, ele perdeu o encanto, descobriu a gravidade do problema que o país estava vivendo e começou a perceber os sinais de um futuro terrível. Nesse momento, tentou testar novos lugares, foi para Zurique seguindo o programa preparado por Fermi para conhecer Wolfgang Pauli, o maior cientista daquela década, e, em seguida, partiu para Copenhague para ver Bohr, o conhecido físico. Mas a cidade não lhe causou o mesmo impacto de Leipzig, e o dinamarquês não lhe pareceu ter as qualidades de Heisenberg.

Voltou para uma curta visita à família, para esclarecer certas questões com o pai que o preocupavam, mas, em 12 de abril, retornou à Alemanha – tendo já certo domínio do idioma – com a intenção de finalmente começar a trabalhar com os assistentes de Heisenberg, com quem pretendia se reunir todos os dias. As noitadas foram reduzidas a quase nada. Muito raramente saía acompanhado por Liselotte e alguns amigos. A atração inicial que o casal sentia um pelo outro minguara em ambos, mas sobrou a amizade, que lhes proporcionava longas e interessantes conversas.

Em maio daquele ano, finalizou com sucesso suas primeiras teorias, conseguindo, depois, dedicar-se à terceira pesquisa, que o deixava um tanto receoso, tamanha a potencialidade prometida. Por fim, achou melhor aconselhar-se com o amigo, Heisenberg.

Era uma bela manhã primaveril que permitia finalmente ver, através das grandes janelas entreabertas da universidade, a folhagem verdejante das árvores e do gramado – que agora parecia ter tonalidades mais intensas que o normal. Era uma outra Leipzig, e esse fato se refletia nas pessoas. Todos pareciam mais felizes, mais risonhos; ruas e parques estavam ocupados por uma animada movimentação.

O escritório, notadamente sóbrio, contava com uma portentosa estante abarrotada de livros em perfeitas condições. O móvel cobria uma parede inteira, ao lado de uma confortável poltrona de couro natural. Uma mesa, diante da janela alta e de tamanho exagerado, vivia cheia de documentos, tendo à sua frente duas cadeiras e, na parte posterior, uma outra, giratória, em madeira maciça e almofadada, para uso exclusivo de Heisenberg. Ele levantou o olhar de uma carta que tinha acabado de redigir e, através dos óculos, sorriu para Ettore, que estava sentado, e lhe falou cordialmente:

– E aí, meu grande amigo Ettore Majorana, a que devo esta visita, que você definiu como importantíssima, não tão técnica, quase pessoal, mas indispensável para seu futuro? Está acontecendo alguma coisa errada aqui na universidade?

– Não, absolutamente não, Heisenberg – respondeu rápido Ettore, chamando-o pelo sobrenome, como ele gostava. – Está tudo certo aqui. Trata-se objetivamente de uma nova teoria em que estou trabalhando e que me preocupa muito. Já discutimos algumas vezes sobre certas inseguranças e dúvidas minhas, sobre a evolução científica e em particular sobre nossa última intuição (digo "nossa" porque a tivemos praticamente ao mesmo tempo): a teoria do núcleo atômico que leva à cisão nuclear, com um enorme potencial para as novas energias, mas que traz consigo um grande perigo, o uso bélico! Já falamos longamente sobre o estranho momento que vivemos, sobre acontecimentos que reverberarão no mundo inteiro e em particular na situação da Alemanha, hoje. Heisenberg, você mesmo, com seus conhecimentos profundos, tem plena consciência da galopante evolução do nazismo em seu país. Como sociólogo que é e a quem não passam despercebidas as crises econômicas, como a 1929 nos Estados Unidos, que se refletiu desastrosamente na Europa inteira, você mesmo, Heisenberg, me confessou ter dúvidas, incertezas sobre o rumo de tudo isso.

Dava para perceber que as palavras lhe vinham do fundo da alma, e o interlocutor, imóvel e atento, olhava fixo para Ettore, que continuava:

– Hoje a minha dúvida é enorme. Sabe por quê? Descobri uma nova teoria, em que estive debruçado, trabalhando incansavelmente, na qual aparece uma energia assustadora, mil vezes mais potente que a cisão nuclear e que libera um imenso calor devastador. Ao mesmo tempo é tão simples, muito mais simples liberá-la, que a energia atômica. Ela está à frente, sempre à frente de nós.

Virou um pouco para o lado oposto à janela e continuou:

– Heisenberg, olhe para fora. Lá está o sol lindo brilhando no céu, em um processo que parece muito simples. Inverta a fissão e, no lugar de afastar os neutros, aproxime-os. Nesse instante se libera um calor absurdo, e aí está: no sol, o hidrogênio muda para outros dois tipos de hidrogênio. Um é o deutério e o outro é o trítio. Nesse ponto nasce uma energia calórica de milhões de graus Kelvin, liberando no final somente hélio, Heisenberg. É tamanha energia calórica liberada que seria inimaginável se a gente não estivesse vendo isso todos os dias, da alvorada até o pôr do sol. E tem mais, meu caro amigo.

A genialidade e a fluidez de raciocínio de Ettore deixavam Heisenberg sem palavras e mais interessado a cada instante.

– E tem muito mais: os cálculos me deram a confirmação de que não é impossível juntar a energia nuclear com a calórica do hidrogênio. E os cálculos não mentem! Percebe-se que existe uma possibilidade de que as duas se encontrem em uma condição casual que chamei de "ponto alfa", que é o "extremo perfeito", que gera algo provavelmente incontrolável e cumulativo, com uma supermegapotência, desta vez progressiva. Estamos chegando ao grande final, no qual há algo a ser descoberto que extrapola o meu pensamento... Parece ser imaginação, fantasia ou loucura, mas sinto que é possível! Escute o que estou a falar, Heisenberg, você tem capacidades de me entender. O homem está no centro de tudo, muitos filósofos definiram isso. Tamanha energia liberada, se autoalimentando e crescendo cada vez mais, poderá provocar o surgimento de um novo universo, destruindo o antigo, ou melhor, mudando tudo tão inteiramente que o antigo passaria a ser novo. Provavelmente em uma nova dimensão: o homem se cria e se destrói? É o "átomo primordial" de Lemaître.

Seguiu-se um momento de silêncio, com os dois mudos, se olhando. Ettore recomeçou:

– Eu, Ettore Majorana, estou confuso e não gostaria de participar deste processo devastador.

CAPÍTULO 20

Werner Heisenberg, pela primeira vez na vida, ficou sem ação. Como bom alemão que era, tinha um autocontrole invejável, mas, dessa vez, sentiu necessidade de fazer algo e arrumar tempo para pensar. Depois de longo silêncio, que pareceu interminável, levantou-se e começou a andar de um lado para o outro – entre sua cadeira e a janela –, resmungando:

– Formidável! Formidável, formidável!!!

Ettore olhava incrédulo, nunca o tinha visto daquele jeito. Passado um tempo, ele sentou-se e, olhando firme para o amigo, do outro lado da mesa, falou com enorme tranquilidade:

– Você é um gênio, meu caro Ettore. O seu raciocínio flui como flui a matemática das fórmulas que cria! Eu tenho a honra de tê-lo conhecido e hospedado aqui na Universidade de Leipzig. Tudo aquilo que me falou é simplesmente formidável! Não tenho dúvida de que poderá comprovar por meio de fórmulas muito ou tudo daquilo que falou, mas agora ouça-me, por favor, ouça-me. A nossa função, como cientistas, é fazer justamente aquilo que estamos fazendo. A cultura, o conhecimento acumulado, nos ajudam... Mas nada tem que atrapalhar, não pode nem deve interferir naquilo que é nosso dever. Quem somos nós para hipotecar o futuro? Francamente, nem com auxílio de bola de cristal!

Nesse momento, Ettore se distraiu por um segundo pensando em Guru San, mas voltou rapidamente a prestar atenção no que Heisenberg seguia dizendo.

– Ninguém pode predizer o futuro, ninguém sabe qual será nosso destino amanhã. Não há fórmula matemática ou corrente filosófica que consiga afirmar com precisão o que vai acontecer no próximo segundo, portanto, o que diremos nós sobre um futuro longínquo? Olhe para mim, você conhece a opinião que tenho sobre meu país nos tempos atuais, sobre o imperialismo crescente e aquelas políticas raciais idiotas que você mesmo, caro amigo Ettore, tanto repudia. Mas estou aqui, faço o que sei fazer e continuarei fazendo, tentando acreditar que tudo o que descobrirmos será usado da melhor maneira possível, para um futuro positivo da Europa e do mundo. Convença-se de que o perigo maior poderá vir de outros lados: um letal e indestrutível vírus, criado sem querer em laboratório e espalhado involuntariamente no planeta, pode matar toda a humanidade. Ettore, se você pudesse, pararia, por medo, todos os testes médicos?

Nunca Ettore havia pensado nisso. Por qual razão teria que ser o átomo ou o hidrogênio a causa da última praga do mundo? Seu horizonte clareou, ele chegou a mudar de expressão enquanto Heisenberg argumentava com convicção:

– A eletroeletrônica e as ondas de rádio, aparentemente seguras, têm potencial para destruir a civilização: hoje somos muito ignorantes quanto ao assunto, mas estamos avançando e as desenvolveremos cada vez mais. Quem inventou o carro pensou que revolucionaria as guerras? E que as guerras aperfeiçoariam os carros? E que os carros, invadiriam as estradas do mundo? Quem sabe um dia não matarão a todos os homens?

Essa ideia o divertiu a ponto de fazê-lo sorrir, enquanto Ettore pensava que as guerras sempre existiram e continuarão a existir.

– As novas energias – continuou Heisenberg – serão o futuro, não podem nem devem parar, serão desenvolvidas, usadas, proporcionando aos homens melhoria de vida, principalmente para aqueles que dispõem de poucos recursos. Temos que acreditar nisso, somos exclusivamente cientistas, não somos políticos nem pregadores e tanto menos escritores. O nosso dever é acreditar nas ciências, e você, Ettore, é um gênio, suas ideias não devem ser desperdiçadas! Siga o seu lado racional, deixando um pouco de lado essa sua maravilhosa imaginação: use-a apenas para trilhar o seu caminho. O mundo dos bons o merece!

Heisenberg ficou satisfeito pela forma com que havia lhe falado, com sinceridade e convicção. Por certo tempo continuou aprofundando os argumentos usados no início da sua fala, enquanto Ettore começava a se tranquilizar, provavelmente porque escutava aquilo que queria ouvir do amigo. Afinal, não eram poucas as pessoas que esperavam o resultado positivo da sua permanência em Leipzig. A rua Panisperna toda acreditava nele.

– Ettore, você é um jovem acima da média e tem um belo e esplendoroso futuro pela frente. Tudo isso poderá lhe proporcionar grandes satisfações profissionais e até econômicas. Falando em economia, recebi há pouco uma carta do meu amigo, o professor Leo Szilard, ele é húngaro e vai nos visitar daqui a duas semanas. Este sim é muito ligado a resultados. Mora em Londres, onde vem patenteando todas as descobertas que tem realizado. É muito preparado e conhece a fundo a dinâmica do átomo. Costuma vir aqui de vez em quando, a gente troca ideias, conversa bastante, ele escuta meus argumentos e vai embora aprimorando os projetos que toca. Gostaria que o conhecesse, também porque ele próprio pediu-me que conseguisse uma carta de apresentação para Fermi. Acho melhor, já que você está aqui, combinar um encontro entre o seu diretor e ele, em Roma. Mas alerte a ele.

Ettore sorriu e falou que com certeza teria essa reunião, que falaria com ele com enorme prazer e que a troca de conhecimentos entre cientistas de renome internacional o agradava bastante. Até porque sentia que dessa forma descarregaria também um tanto do excesso de responsabilidade que suas próprias teorias lhe traziam – e quem sabe daí poderiam surgir novas ideias?

– Novas ideias!? Duvido muito. Depois daquilo tudo que me falou, duvido que surja, em breve, algo mais inovador! Mas, voltando às nossas dissertações, como você vê, os caminhos que levam a ciência adiante são muitos, inclusive o dinheiro. Não é o meu caso e menos ainda o seu: nós somos levados por natureza ao caminho da física pura, ao cálculo perfeito e aos ideais límpidos, mas o mundo não para e segue adiante de qualquer jeito, às vezes sem muita moral, mas para a frente de qualquer maneira. Meu caro amigo, você tem ainda tantos anos pela frente, poderá eventualmente mudar de rumo ou até mesmo desistir de tudo. Quando adquirir mais experiência, mais conhecimento, a certeza virá. Agora, não! Agora, o seu destino é vasculhar o desconhecido, fazer descobertas e não jogar fora o maravilhoso cérebro que Deus lhe deu.

Ao ouvir o nome de Deus, Ettore se distraiu mais uma vez, achando muito estranho um cientista como aquele, vivendo na Alemanha nazista e expansionista, falar em Deus. Mas Heisenberg era uma exceção, e pensou em Lutero.

– Devemos deixar a fantasia de lado, abandonar sentimentos, a criatividade, e nos deixar vencer pelos números, por essas malditas fórmulas que sequer deixam a gente dormir! Esqueça as dúvidas, tire uns dias de descanso, sua semana foi dura! Estamos na primavera, olhe para fora, respire fundo... Ah, lembrei-me! Por onde anda nossa amiga Liselotte Schulz? Procure por ela, é boa companhia, vai lhe ajudar a sentir-se melhor.

Continuaram falando por mais uns dez minutos sem entrar nos detalhes técnicos das pesquisas, que deixaram para uma próxima reunião. Ettore estava melhor, aliviado, satisfeito com a conversa e pensava realmente em procurar Liselotte, a quem não via há mais de uma semana. Um pouco mais tarde, antes do horário de almoço, ele foi até a faculdade de línguas estrangeiras à procura dela, que estava se especializando, dentre outros idiomas, também em italiano. Nas aulas de alemão, ela não falava com Ettore no belo idioma dele, mas agora não havia mais empecilhos e podia finalmente treinar.

Ficou contente ao vê-lo, se falaram rapidamente e combinaram um encontro entre a tarde e a noite para passear, jantar e, eventualmente, assistir à inauguração de um novo "cabaré" no centro de Leipzig, onde Josephine Baker, chamada "a deusa crioula", uma estrelinha norte-americana, cantora e algo mais, apresentaria um espetáculo que fazia grande sucesso em Paris. Ettore ficou bem interessado.

CAPÍTULO 21

Leo Szilard chegou à Universidade de Leipzig suado e incomodado pelo forte calor continental. Era um lindo dia, prelúdio da chegada do verão. Heisenberg e Ettore Majorana sentaram-se com ele em uma exagerada sala de reuniões, escura, barroca e estranhamente alegrada por uma grande tela da escola de Rubens, protagonizada por róseas mulheres redundantes. Esta primeira reunião foi informal e até divertida. Apenas no final falaram em trabalho, exclusivamente para estabelecerem a programação e o cronograma dos encontros com Leo, que não o entusiasmou. O físico italiano, nas três vezes que se reuniram, se limitou a corrigir falhas nas fórmulas teóricas e nas execuções práticas das ideias apresentadas, e não se importou com uma certa tendência do interlocutor em levar a pesquisa para o lado de interesse econômico. Antes de se despedirem, Ettore recebeu uma carta destinada a Enrico Fermi e confirmou que pleitearia um encontro entre os dois, em Roma. Não entre os três.

No final de maio, trabalhou exclusiva e dedicadamente nas suas últimas "intuições", mas preferiu agir sozinho, evitando despertar curiosidade e interesse dos outros professores nesse momento. A partir do mês de abril, seu relacionamento com a Alemanha tinha se desgastado definitivamente, sobretudo por três razões: a primeira era que, depois das últimas eleições de março, havia se consolidado o totalitarismo do Terceiro Reich; a segunda, quando foram aprovadas as primeiras leis racistas contra os judeus; e a terceira, em 10 de maio, quando as associações de estudantes saíram às ruas em favor de Hitler.

Ele desabafava somente com Heisenberg, que compartilhava os mesmos ideais e que, certo dia, lhe disse:

– Sorte a sua, que daqui a pouco poderá ir embora deste país!

O restante do tempo era preenchido com aprofundadas pesquisas utilizando a farta biblioteca da universidade sobre novas matérias, inclusive estratégia naval, que sempre fora uma paixão desde sua infância. Não era pequeno o volume de atividades a ocupar quase completamente os pensamentos de um cérebro normal, mas não o dele. Conseguiu afastar as lembranças que julgava perigosas e começou a sentir tremendas saudades da família, da amada Sicília, dos companheiros da rua Panisperna, da Itália de modo geral, mesmo sabendo que sua terra não passava por um bom momento.

Em um domingo de meados de agosto, sem ter avisado a quase ninguém, lá estava ele, acompanhado por Liselotte e Heisenberg, na plataforma da estação de Leipzig, pronto para embarcar no trem que o levaria a Viena e, depois, a Roma. Deixaria assim aquela cidade, que em um primeiro momento o atraiu tanto e agora era quase um peso.

Liselotte e Heisenberg gostavam dele, mas, no fundo de sua alma, Ettore sabia que o último abraço que levaria consigo seria de adeus, não de até logo. Na hora da partida, disse ao amigo, que tinha a mão estendida:

– Lembre-se de me escrever sobre os novos projetos, sobre o princípio da indeterminação, que tanto nos fascina.

– E você, Ettore, não deixe de me confidenciar como descobriu o "gato de Schrödinger!".

Os dois apertaram as mãos enquanto Liselotte comentava:

– Esses papos de cientistas loucos são incompreensíveis, não são para mim!

Os três riram quando ela puxou, literalmente, Ettore por um braço, abraçando-o e beijando-o intensa e longamente. O sexto sentido feminino fazia com que ela intuísse que nunca mais o veria. Talvez por isso o beijo foi infinitamente melhor que os das outras vezes. O *station master* levantou o instrumento de sinalização e em seguida apitou: Ettore subiu os dois altos degraus, fechou a portinhola e ficou estático olhando pela janela enquanto o trem acelerava vagarosamente. O professor Majorana viu Liselotte e Heisenberg se afastarem na plataforma, que fugia aos poucos. Um curto assovio da locomotiva interrompeu essa imagem, e Ettore relembrou da primeira estação, quase submersa na neve, de uma Leipzig que ele tanto tinha amado. Agora, no meio do aperto quente do verão, tudo era diferente, com a desordem dos trilhos aparecendo e a poeira de carvão cobrindo totalmente os pedriscos e as travessas: aquele romântico quadro invernal mudou para um excesso de ferragens e tecnologia. Um trem vindo na direção oposta, nos trilhos do outro lado, desfilava lentamente, de certa forma escondendo todas as imagens da janela próxima a Ettore: era um comboio militar.

Os mesmos cheiros de carvão, ferro e chumbo, ele também sentiu na chegada à estação de Roma. Prestes a partir, um vagão de um trem de linha estava inteiramente ocupado por crianças vestidas com uniformes pretos; eram os "Balilla". Cantavam alegres por viajar e participar de alguma cerimônia fascista. Nas plataformas, em meio aos civis, havia muitos "camisas pretas", como eram conhecidos os milicianos da segurança nacional, de graduação mais baixa; sem contar com a própria "milícia ferroviária", também trajada de preto.

– Este luto disfarçado que aumenta a cada dia – pensou Ettore – sugere um triste presságio.

De imediato sentiu-se conectado à família que estava prestes a encontrar. Infelizmente, um tio dele, o pai e o avô senador cultivavam amplas relações com essas perigosas e malignas figuras, infladas de presunção e de indigna soberba.

Sentiu-se incomodado com aquela sensação, mas essa era a realidade; querendo ou não, ele teria que tocar adiante a vida em Roma, ao lado da família. Ao menos teria pequenos prazeres, como respirar ar puro a plenos pulmões na casa de campo que fazia tempo ele não visitava. Pensou nos laranjais, na imponência do vulcão e na brisa da tarde, trazida do mar da Sicília. Saiu da estação e pegou um táxi.

Entrou no quarto com certa pressa, foi até a gaveta da escrivaninha e pegou um maço de cigarros. Lá estava ele, como sempre. Olhou pela janela entreaberta e acendeu o cigarro da sua marca preferida, que fazia tempo não apreciava. Sentou-se e por alguns momentos relaxou, como era de costume. Seguiu até a cozinha para um fumegante café, como nos velhos tempos, servido por Nannella, prelúdio ao próximo cigarro, agora muito mais gostoso. Sentado na cama depois de ter tirado os sapatos, que começavam a incomodar, pensou na estadia em Leipzig. Logo em seguida, apreciou a tranquilidade daquele quarto familiar que o ajudava na concentração indispensável aos trabalhos. Provavelmente, ali conseguiu suas maiores conquistas. Levantou e foi abrir um pouco mais a janela para olhar para fora: com certeza, em um dia lindo como este, todos os membros da família estavam passeando. Imaginou alguém no Pincio, admirando aquela vista espetacular da cidade eterna, ou outros perdidos no parque da Villa Borghese. Os mais gulosos estariam ainda sentados, depois de um rústico almoço, trocando ideias ao ar livre em uma pequena e simples trattoria de Trastevere. Esse era o motivo de os verdadeiros romanos não gostarem de sair de férias no mês de agosto, quando a cidade vive o seu melhor momento, quando os monumentos parecem mais bonitos, mais vivos e atuais, testemunhas grandiosas de um passado de glória e de horrores, mas companheiros fiéis de quem vive aqui. Ettore, então, saiu para um longo passeio, no qual o sol de verão e a solidão o traíram, repescando Calipso nas suas lembranças escondidas. Sentiu uma enorme saudade que atiçou sua fantasia, mas tentou afastar estas sensações, convencendo-se que eram infantis.

CAPÍTULO 22

No dia seguinte, Ettore dormiu até mais tarde, almoçou em casa e foi ao Instituto de Física, porém nem o dedicado e zeloso Franco Rosetti estava lá. Acabou decidindo pegar o caminho mais longo para a rua Capo Le Case, pisando nos paralelepípedos, que pareciam derreter no calor bem mais sufocante que em Leipzig. Depois de meses passados no exterior, sentia necessidade de se comunicar com alguém da sua terra, mas a amiga e companheira também não estava, como disse uma colega da moça de nome Farah, conhecida de Ettore:

– Thamar, para você Adelina, foi visitar a família em Ciociaria, um lugarejo pobre, abandonado. Acho que ainda há malária por lá. Virgem! Você deve saber, não é? Foi até lá levar dinheiro para a família, mas amanhã estará de volta, com certeza! Hoje, eu estou aqui!

– Obrigado Farah, mas queria só falar com ela e... Deixa pra próxima.

Despediu-se com um beijo fraterno, mas o cheiro de âmbar do pescoço dela, parecido com o da cabana de Fiumicino e a presença de Calipso, não deixava suas narinas. Despencou pela escada correndo, mas não conseguiu afastar o pensamento.

– Acho que vou até... – pensou, enquanto a saudade dela, dessa vez acompanhada por um desejo irrefreável de vê-la, tomou conta dele. Queria retornar ao canal de Fiumicino e eventualmente falar também com Guru San, se ele estivesse por lá, mas sabia qual a verdadeira razão que o empurrava. Foi até a estação da Porta San Paolo como um fantoche nas mãos do destino e subiu ansioso no trem que ligava Roma a Óstia, onde iria procurar, dessa vez, um táxi que pudesse aguardá-lo, para trazê-lo de volta antes do escurecer.

O motorista, já velho, falou no trajeto todo enquanto o passageiro olhava distraído a paisagem. Havia se passado quase um ano desde que ele lá estivera e nada havia mudado, tudo exatamente igual, parado no tempo: até as redes de pesca sobre o canal pareciam penduradas na mesma altura.

– Não quero ser indiscreto, mas o que o senhor, tão elegante, vem fazer neste fim de mundo? Não é para pescar, é? É?

– Nada de importante, nada de importante... – respondeu Ettore, mentindo enquanto descia do carro. Ao percorrer o curto trajeto até a casinha, pensou que, ao abrir aquela porta, certamente iria ouvir o mesmo barulho. E assim foi. Mas a sequência dos fatos, infelizmente, não foi agradável para ele.

– Quem está aí? Não sabe bater antes de entrar? – Uma voz rouca, alta e arrogante, que Ettore reconheceu imediatamente como a do Guru San, interrompeu as suas agradáveis expectativas.

– Sou eu, o professor, como você me chama – ele falou, entrando enquanto Guru San olhava para ele, atento, esboçando um sorriso sarcástico.

– Professor! Há quanto tempo! Você aparece assim, do nada? Falou muito, sumiu e nunca mais voltou para visitar o seu fiel curador de almas confusas. Que falta de consideração! Fui seu amigo, dei provas disso e você não acreditou em mim!

– Cheguei do exterior há pouco, fiquei fora bastante tempo – tentou justificar-se Ettore, sem saber por quê. – Estive na Alemanha e voltei aqui para rever... – Parou ao perceber que, sendo sincero, cometeria um erro. Ocorria que aquele velho o deixava bastante encabulado.

– Para contar ao senhor... – continuou, sem conseguir lembrar se havia usado esta forma respeitosa na visita anterior. –

Sim, para contar ao senhor sobre minhas experiências quando bebi o conteúdo dos três potes que me deu – enquanto falava, virava a cabeça de um lado e do outro, procurando algo insistentemente, até que Guru San, virando-se para onde ele olhava, o interrompeu.

– Professor, professor. Parece-me que estás em busca de alguém... Alguém que não está aqui, que só voltará à noite. Algum recado?

– Não, não. Vim especialmente para falar com o senhor – disse, mesmo achando que não estava sendo convincente, mas continuou, esquecendo o sorriso maroto do curandeiro, ou charlatão que fosse. – Vim justamente falar sobre o que aconteceu, sobre os efeitos das poções. Faz um tempão que as tomei, bem antes de viajar. Então, podemos falar?

– Mas é claro que sim, professor! Estou aqui para colaborar, dividindo contigo toda a minha sabedoria, aliás, sabedoria milenar, adquirida ao longo dos anos, em inúmeras e longas viagens, em passagens inesquecíveis, das geleiras dos fiordes noruegueses às areias das dunas do Saara e até os altos vales do Himalaia. Coloco à tua disposição todo o conhecimento que me foi passado. Simplesmente porque, como já te disse anteriormente, gostei de ti, considero-te um fiel amigo. Sim, podes falar, deves falar tudo, nos mínimos detalhes, não deixe escapar nada, conte tudo!

Esse não era o real motivo da visita, mas, estando ali, o melhor que ele podia fazer era esclarecer as dúvidas que continuaram lhe martelando a cabeça por muito tempo.

– Procurei um lugar sossegado, muito tranquilo mesmo, bem longe de tudo e de todos. Queria que a experiência não tivesse interferências de outras pessoas. Depois do tomar o líquido do pote número um, tive um sonho, que me pareceu mais que um simples sonho. Na verdade, é como se eu tivesse estado na antiga França, durante o período da Inquisição. O desfecho foi trágico e me acordou abruptamente. Já o líquido da segunda experiência me "transportou" até uma grande batalha colonial, na Índia. E também acabou tragicamente, porém existem detalhes que considero importantes, creio que devo relatá-los: no começo e no final de cada sonho aparecem três cavaleiros...

– São de outra época – continuou o jovem –, mas sempre os mesmos três, seguidos por um outro que também cavalga; uma figura diferente, que não consigo identificar. O mais estranho é que, quando bebi o terceiro líquido, nada aconteceu. Apenas vi os cavaleiros passarem pelo pomar, no lugar onde eu estava. Depois, quase desmaiei e, logo em seguida, acordei no laboratório subterrâneo na casa ao lado. Muito esquisito! Nada mais aconteceu... Tudo voltou à realidade. Daí pra frente retomei a minha vida normal. Nenhuma história fantástica. Voltei ao trabalho, às amizades, à família, na maior normalidade. E, por esta razão, agora estou aqui.

Guru San escutou-o atentamente, mas pela expressão dava para ver que ele sabia a resposta ao relato de Ettore e não demorou a começar a falar:

– Então está tudo claro, tudo certo... Os potes são como o vinho, quanto mais velhos, melhores são – disse, sorrindo. – Tu, professor, pensas, pensas bem e descobrirás que a verdade já foi dita, já foi escrita, vista e carimbada. Desde o tempo do pescador, dos apóstolos e mais para trás ainda, desde a Pré-História. Tu, meu amigo, tens uma expressão muito, muito inteligente e não podes atolar na superfície das coisas. Supera esta lama escorregadia que está por cima, vai fundo na questão e entenderás o recado.

Enquanto o curandeiro falava, Ettore tentava descobrir o significado das palavras dele, tentava achar vestígios, conexão entre o que Guru San dizia e aquilo que os potes lhe mostraram, mas nem a sua formidável intuição conseguiu ajudá-lo nesse momento. Seriam mentiras bem contadas de um charlatão?

– Pensa... Volta a pensar: tem anos para descobrir. Verás que é bem simples. Vai continuar a tua vida, e, de improviso, a verdade aparecerá no meio do inexorável rumo do tempo, clara, simples, transparente, facílima de se alcançar. Quando? Nem o pescador, na sua imensa sabedoria, poderia informar o momento exato, mas pode ter certeza que vais chegar lá!

Por um momento, Ettore acreditou que o pescador poderia ser o curandeiro, mas descartou essa hipótese; concluiu que nessa história faltava uma peça, então perguntou:

– Guru San, já que não aconteceu nada depois que tomei o terceiro líquido, acredita que a "verdade" que o senhor cita está naquele quarto e último pote, e que talvez esteja na hora de alcançá-la, tomando-o?

Mal tinha acabado de falar e Guru San o interrompeu brusca e bravamente:

– Ai de ti se beber daquele pote, ai de ti! Deixe de lado essa curiosidade exagerada; saber menos é melhor, lembre-se disto: saber menos. Contente-se com o que tens, com o que sabes, não procure algo que não está ao teu alcance! Eu já disse que será o fim, o fim de tudo! Morte ou não, ser ou não ser? Mas sempre será um final definitivamente privado de esperança, um ser destruído e acabado. Provavelmente um envergonhado andarilho, coberto apenas por agasalhos esfarrapados e sujos, pedindo esmola aos peregrinos, em direção ao oeste, até Meca, no meio das dunas sedentas do deserto do Nefud? Ou será que preferirás escolher um "não ser"? Alguém que decidiu se punir com a ferida mortal, com o pior dos pecados, até o mais infame que manchou eternamente Caim? Qual dos dois quer ser, professor? Fala! Qual dos dois "sem esperança"? Já te falei, eu sou teu amigo, não quero um fim desses para ti! Não me peça mais, por favor! Nunca mais!

Foi categórico e definitivo ao pronunciar essas palavras enfaticamente e em voz alta, fixando com olhos agressivos e dilatados o professor, que não teve coragem de desculpar-se e continuou escutando enquanto Guru San, em um só segundo mudou radicalmente a expressão e salientou, sorrindo de um lado:

– Algum recado para minha mulher? Ops, errei: para minha jovem sobrinha?

Ettore ficou com a língua presa, parada contra os dentes, dividido entre uma tremenda vontade de xingar e a vergonha que o invadiu.

– Mas, professor, vamos lá, seja sincero: tu vieste aqui por causa dela. É muito feio querer passar por santinho. Abre os olhos! Como diz o mandamento, "não desejai a mulher do próximo". A situação fica ainda pior quando se trata de desejar a mulher de um amigo.

Deu uma sonora gargalhada, divertindo-se às custas de Ettore, que não gostava nada daquilo, mas não conseguia encontrar argumentos para rebatê-lo e, como a vítima de um predador, não se desvencilhava do agressor: sem forças, era obrigado a assimilar as insinuações que, infelizmente, eram verdadeiras.

– Cuidado, é impossível olhar para o meu rosto e não ver minha origem cigana. Como o professor deve saber, a gente resolve estas questões na faca. – Riu muito e continuou: – Meu amigo, se preferir, podemos resolver de forma muito melhor para nós dois. Se a gente faz um pacto de sangue, tu viras meu irmão e assim posso te oferecer minha mulher, naturalmente depois de me entregar uma abundante quantia. Ela é gostosa, muito gostosa, tanto quanto você nem pode imaginar.

Nesse instante, Ettore encontrou a força necessária; levantou-se, esquecendo e deixando de lado toda a educação que tinha, e gritou:

– Você é um velho nojento, de alma suja, de pensamentos podres. Vou-me embora, nunca mais voltarei para ver esta sua cara que só me estimula o vômito!

Saiu rápido sem olhar para trás, enquanto Guru San, na porta da casa, ria e esbravejava, alternadamente.

–Vais voltar, sim, professor de hipocrisia! Estou certo de que voltarás aqui para rever o amigo que te salvou a vida!

Sacolejando entre os buracos, o táxi pegou o caminho de volta, levantando poeira do chão seco.

– O senhor conhece bem aquele indivíduo?

Ettore respondeu ao motorista que preferia não comentar e que, por favor, dirigisse sem falar. Olhou para trás e observou, cada vez mais ao longe, Guru San na porta da casa enquanto, ao lado da barra e um pouco acima do horizonte do mar, o sol se pintava de tons mais avermelhados, filtrados pela forte evaporação de verão e pela poeira do táxi. Percebeu que estava triste e ferido pelo ocorrido e mais ainda pelo desrespeito com a garota que tinha tatuado o seu coração.

CAPÍTULO 23

Nos meses que se seguiram, Ettore voltou a mergulhar no trabalho incansavelmente, até com exagero. Isso o ajudava a esquecer aquela deprimente história, enquanto tentava tirar definitivamente a misteriosa beleza de Calipso da sua cabeça. Fazia horários absurdos na rua Panisperna; não contente, continuava lendo e pensando em casa. Pontualmente, a cada duas semanas, visitava a conhecida casa Le Tre Venezie, porém, mesmo com Adelina, não era mais o mesmo. Combatia uma sensação estranha com doses excessivas de concentração, mas algo não o convencia desde o ano anterior, quando o pai não apareceu em Catânia para as festas de fim de ano e, principalmente agora, notava que ele estava cada vez mais velho e ausente.

Não tardou a chegar o Natal, mas, dessa vez, ninguém da família viajou. Uma certa euforia que sempre acompanha esses momentos atenuou os pensamentos obscuros que o atormentavam. A preocupação era fundamentada, e, no começo daquele ano frio e chuvoso, o pai de Ettore, Fábio, piorou depois de ter contraído uma forte gripe e, em decorrência das várias complicações, faleceu.

O choque foi terrível, não só pela perda do familiar mais próximo, mas também pela ferida aberta em sua racionalidade. Era a primeira vez que, em idade adulta, se deparava com uma perda definitiva. Que significação poderiam ter todas aquelas teorias e fórmulas diante desse fenômeno tão simples, normal, determinante e forte? A resposta: nada, nada, nada. Esse episódio o levou a uma profunda depressão, que nem mesmo a fé conseguiu vencer. Não costumava ir à igreja, mas, no dia do funeral, realizado no cemitério Varano sob um céu cinzento que chorava uma garoa fina, tudo parecia branco e preto, como em fotografias.

Depois de ter seguido o féretro atrás de uma longa fila de homens e mulheres sem cor, entrou na primeira basílica que encontrou. Porém, não conseguiu o alívio que esperava. Andou sem rumo por ruas desconhecidas durante horas, e, casualmente, seus pés o levaram até a rua Capo le Case. Quando viu o bordel, teve uma sensação repulsiva, respingo da rígida moral católica, mas o desejo de trocar ideias com alguém que pudesse ajudá-lo falou mais alto. Quando Adelina viu a dor desenhada no rosto de Ettore, entendeu que algo grave tinha acontecido. Nunca o vira daquele jeito e fez questão de ela mesma falar com a cafetina antes de irem juntos para o quarto, onde ele tirou o paletó escuro, afrouxou a gravata preta e se deixou cair na poltrona que tão bem conhecia. Ela saiu por poucos segundos e voltou se justificando:

– Fui pedir algo forte para você.

Sabia que ele não costumava beber, mas pensou que naquele momento lhe faria bem. Ajoelhou-se, pegou-lhe as mãos e o acariciou. Ficaram sem falar por um bom tempo até que Farah entrou no quarto com uma garrafa de Armagnac. A moça olhou com compaixão para o conhecido, que estava bastante diferente desde a última vez que o viu, e sentou-se na cama. Fixou a colega com uma expressão de interrogação, mas, quando ele tentou falar, a amiga fez um gesto com a mão, impedindo que se pronunciasse. Os três fizeram silêncio por bom tempo, como que abraçados pela penumbra daquele quarto de bordel – pequena ilha perdida no oceano, a salvar um náufrago vencido pelo sofrimento. Adelina encheu um copo exageradamente grande, com líquido transparente como topázio, e ofereceu a Ettore.

– Vai te fazer bem. Bebe, depois conversamos.

Ele pegou o copo e, pensativo, engoliu o conteúdo de uma só vez. O primeiro efeito foi devastador – pela ardência provocada no estômago fragilizado por causa da forte gastrite crônica –, mas logo o anestesiou física e psiquicamente. Sacudiu a cabeça em gesto instintivo e esticou o braço, como sinal e pedido de mais álcool. Sua dedicada amiga levantou-se sem dizer nada e serviu outra superdose. Quando acabou de beber, ela o advertiu cautelosamente:

– Vai devagar. Calma, amor. Você não está acostumado.

Ele pareceu não escutar. Depois de alguns minutos sem falar, esticou o braço novamente, já desnorteado pelo rápido efeito da grande quantidade ingerida em curto tempo. Pensamentos bizarros voltaram-lhe à mente, trazendo a imagem do caixão do pai descendo à cova e a terra escura sendo jogada sem piedade sobre a madeira por rudes operários. Voltou a se sentir angustiado, não resistiu e chorou. Chorou sincera e copiosamente, como uma criança, esquecendo os freios daquela frase repetida a ele milhões de vezes pelos pais, em seus primeiros anos de discernimento:

– Homem não chora!

Duas grandes e silenciosas lágrimas desceram do rosto maquiado de Adelina, que agora não parecia Thamar, como todo mundo a chamava ali. Tinha voltado a ser uma simples e frágil garota, que se comovia facilmente. Farah, não querendo se deixar contagiar pelo choro da amiga, agarrou a garrafa e bebeu direto no gargalo. Respirou fundo, se dirigiu a Ettore e começou a massagear-lhe os músculos que estavam tensos, muito tensos, e falou calmamente:

– Você, meu amigo, e Thamar também, vamos parar com isto ou esta reunião vai parecer um velório!

Seus dedos enérgicos, mas suavemente femininos, conseguiram deixá-lo relaxado. Aos poucos ele cessou aquele jorro inusitado de emoções e conseguiu pronunciar uma curta e definitiva frase:

– Meu pai faleceu...

– Desculpe, eu não sabia e... – disse a moça, completamente sem graça, enquanto Ettore, se recompondo, a interrompeu:

– Deixa para lá, não tem problema. Você não sabe que as palavras voam e são exclusivamente os fatos que determinam e marcam?

Ele já falava meio arrastado, e Farah achou melhor deixar os dois a sós enquanto saía à procura do gramofone de maleta portátil, uma das últimas inovações tecnológicas; queria ouvir um pouco de música para aliviar. Adelina sentou-se no colo do amigo, beijou-o, abraçou-o e finalmente sussurrou com a voz mais doce que encontrou dentro de si:

– Desabafa, meu amor, ponha tudo para fora, vai te fazer bem...

Ele falava com dificuldade, mas, a cada palavra, sentia um grande alívio, que, somado à euforia alcoólica, o deixava mais tranquilo e relaxado. Até que sentiu vontade de tirar aquelas roupas escuras, tomar um bom banho que cancelasse os vestígios do funeral e do cemitério. Como se fosse possível afastar aquele cheiro de morte que o acompanhou o resto do dia...

A doce companheira preparou-lhe a banheira e o ajudou a entrar na água perfumada por sais de espuma. Com a ajuda de uma grande esponja natural, começou a lavar o amante, quase sonolento pelo calor da água.

Até que pela porta entreaberta se insinuou e se espalhou, em meio ao vapor, o som fascinante de uma música de Mozart vindo do pequeno gramofone de setenta e oito rotações que Farah tinha acabado de ligar.

Tudo ficou nebuloso na cabeça de Ettore naquela atmosfera de sonho, a ponto de quase não perceber quando – lenta e silenciosamente – a atraente amiga de Adelina abriu a porta, se despiu com movimentos leves e, nua, sentou-se sobre ele. Passado algum tempo, os três entraram no quarto sem que nada cobrisse seus jovens e belos corpos. Deitaram-se na grande cama vencidos pela vontade de viver, de extravasar, na penumbra daquele ninho de sensualidade. Thamar renasceu sobre aqueles lençóis e foi amada por Farah, que a deixou fremente, pronta, úmida para engolir o macho na sua máxima função. O tique-taque do grande relógio de pêndulo, que ficava ao lado da cômoda, marcava os segundos. Depois de um longo tempo, os amantes, quase desmaiados pelo cansaço e inebriados pelos cheiros de gozo, abraçados, dormiram.

CAPÍTULO 24

Aquela noite com Thamar e Farah foi somente um inesquecível e curto parêntese, ao qual seguiram-se horas e mais horas sem que ele conseguisse dormir, até clarear. Ettore, tentando, com o trabalho, combater a crescente depressão e vivendo na ameaça de a gastrite virar úlcera, complicava sua situação já deteriorada pelos cigarros que consumia nervosamente, sem parar. Frequentava o Instituto de Física da rua Panisperna, mas tinha perdido a assiduidade anterior, preferindo se dedicar a outros assuntos na quietude do quarto de sua casa. Com os colegas falava cada vez menos e até parou de rebater, com sarcasmo sutil, os comentários deles. Todos perceberam que algo de extremamente errado estava acontecendo com Ettore, que piorava lenta e inexoravelmente.

Nos meses que se seguiram quase nada mudou, apenas notaram que ele aparecia cada vez menos em sua sala de trabalho. Enrico Fermi já havia encerrado as reuniões com seu assistente preferido e agora conduzia os experimentos com outros colaboradores. Chegou o grande momento de testar a primeira reação atômica em laboratório. Ettore Majorana, com cabelos compridos e barba por fazer, fechado em seu mundo, sequer aparecera no instituto. Naquele mesmo dia de outubro, já no final da tarde, Emilio Segrè e Edoardo Amaldi foram ao apartamento da família Majorana para comunicar a Ettore o resultado dos testes. Ele estava no quarto, fumando como sempre, sentado na cadeira de sua mesa de trabalho, onde havia um livro aberto, do filósofo que ele mais amava: Schopenhauer. Debruçado sobre as páginas, pouco ligou para os amigos, que se sentaram na cama. Ele então virou a cadeira, olhou-os e, tentando ser simpático, disse:

– Meu amigo Basilisco, acompanhado pelo glorioso Adão?! A qual razão devo essa honrosa visita, depois de tanto tempo?

–Você, querido Ettore Majorana, vulgo Grande Inquisidor, é o primeiro a saber do nascimento, comprovado em laboratório, da maior de todas as novas energias jamais descoberta. Você vai conhecer hoje tudo o que aconteceu no "experimento do século"! Simplesmente fantástico! A partir de agora, a energia atômica está nas mãos do homem. A rua Panisperna será famosa no mundo inteiro!

– E justamente você – interrompeu-o Amaldi – tem que ser o primeiro a saber. Devemos a você o maior e reconhecido merecimento. Por toda a evolução da teoria desta extraordinária energia. Sem os seus estudos e intuições, não chegaríamos lá. Hoje, no nosso laboratório, aconteceu a primeira ficção nuclear.

– Deixa que eu conto! – Dessa vez foi Segrè quem o interrompeu. – Foi muito estranho e curioso como aconteceu. Como você bem sabe, Fermi se adiantou...

Ettore parecia prestar atenção, mas sua expressão, um tanto escondida pelos longos e despenteados cabelos e pela barba não feita, disfarçava o pouco interesse, que passou despercebido apenas pelo tamanho do entusiasmo dos dois professores.

– Então, estamos em período de exames na universidade, e nós, assistentes, temos trabalho dobrado. Por isso, nosso glorioso Papa esteve sozinho no laboratório, sem mim e tampouco sem o aqui presente Adão; o nosso Fermi, nervosinho e ansioso como é, não quis esperar por ninguém e decidiu trocar o cunho na máquina de teste e, no lugar de chumbo, colocou uma outra matéria... Pronto, aconteceu!

Os dois esperaram uma reação de alegria por parte do amigo, uma frase entusiasmada, no mínimo um "Parabéns a todos nós!", mas nada disso aconteceu. Ettore ficou pensativo e, olhando alternadamente para os dois colegas, deu uma clareada na voz e começou:

– Faz muito tempo que eu sabia disso; desde o ano passado, quando voltei da Alemanha, descobri que o hidrogênio era indispensável para o início da reação atômica em material radioativo. Tanto sabia que falei com Fermi sobre as moléculas de parafina, carregadas de hidrogênio, serem a solução. Não sei por que continuaram a experimentar com chumbo. Vai ver que vocês têm cabeça de chumbo...

– Você é chato, muito chato, mas, realmente, você é um gênio – falou Amaldi. – Vamos mudar o seu apelido de Grande Inquisidor para Grande Chato. – Continuaram conversando com mais serenidade agora, como só amigos de longa data conseguem.

Dois professores em exercício comentando o dia a dia do Instituto de Física, e Ettore explicando sua mudança de interesse, que deixaria de lado as ciências exatas para as humanas, como filosofia e literatura. Essa atitude confirmou a significativa mudança de Ettore e não passou despercebida aos seus amigos. No final da conversa, Segrè e Amaldi tentaram convencê-lo a voltar a frequentar mais constantemente a rua Panisperna, frisando que, sem a colaboração dele, a equipe parecia mutilada, principalmente agora que Rasetti se reunia somente com Fermi. Ettore respondeu dizendo que pensaria no assunto – mas era visível que aquelas palavras foram ditas apenas como tentativa de pôr fim às insistências – e concluiu agradecendo pelos elogios, que, de certa forma, mexiam com o ego dele.

As visitas à rua Capo le Case se mantiveram, porém com menos frequência; ele permanecia em casa, concentrado nas novas pesquisas, movido por extraordinária intuição e raciocínio afiado. Mas as dificuldades eram enormes, e, quando se aproximava da reta final, que continuava sendo descobrir a essência da vida humana, uma barreira praticamente insuperável o separava da solução desse mistério. A ansiedade por tal procura e a falta de resultados contribuíam para a potencialização de seu estado depressivo, ao qual havia se entregado desde a morte do pai. Distante estava Leipzig, distante eram as novas energias descobertas, assim como as preocupações sobre o uso do átomo para fins bélicos: se abria na alma do professor Ettore Majorana um profundo abismo, difícil de ser preenchido.

Sempre gostou de passear a esmo, e agora, nesses momentos complicados, sua cabeça não funcionava de forma diferente; estava ainda mais agitada, como se estivesse separada do corpo e dos sentidos. Caminhava, escutava, via o que estava em volta, mas os pensamentos fluíam soltos, independentes e rápidos. Em uma dessas saídas passou em frente a uma antiga igreja no centro da cidade e entrou. Gostava de sentir o perfume de incenso, observar as luzes estranhas, quase coloridas pelos reflexos dos vitrais na penumbra daquele ambiente silencioso, que sempre conseguiram calar as vozes e os pensamentos exaustivos de seu espírito perturbado.

Conseguiu relaxar um pouco, depois, sem saber por quê, sentiu, no estranho modo de sua fé, a presença de uma força suprema que parecia governar o Universo: a quem ele chamava de "entidade das forças naturais", não de Deus. Achou que talvez essa fosse a sua fé e a visita ao templo, sua maneira de rezar. Conformado com o precário resultado que a sua crença atingia, sentiu-se bem depois dessa catarse. Na saída, pegou um daqueles "santinhos" que ficam sobre velhas mesas próximas aos portais das igrejas, impressos como uma espécie de contrato de compra do perdão, com as orações: sempre o tinha divertido essa simplória atitude medieval da Igreja Católica Apostólica Romana. Notou que a imagem reproduzia um famoso quadro de Adão e Eva sendo expulsos do paraíso terrestre por uma severa figura de Deus com semblante humano. Ao relembrar os pensamentos de antes, sorriu. Por que aquela maçã madura, citada nas escrituras, era tão importante? Acreditava haver pistas escondidas em símbolos que sábios citavam em livros, e concluiu que o fruto ali representado nada mais era que a presunção, que empurrava dois míseros seres humanos a tentar ser iguais a Deus: finalidade egoísta que os ajudaria a melhorar, com o conhecimento, suas limitadas vidas. E assim foi que ganharam a consciência de não serem animais e perderam a tranquilidade e a paz. Concluiu que a sua maçã poderia ser a física, e mais que a física: a sua procura pela verdade universal.

Gostou da ideia e, enquanto descia os degraus da igreja, parou para olhar o relógio de pulso que tinha comprado na Alemanha: eram quatro da tarde, ainda dava tempo de ir até lá. Andou poucos passos pela rua estreita e virou à esquerda, entrando na grande avenida que levava ao foro romano. No verão, costumava ir até as antigas ruínas para assistir ao esplêndido pôr do sol em meio às colunas e anfiteatros.

Era um misto de história, de potência e de natureza, tudo invadido por tonalidades quentes, imprevisíveis: algo que se podia ver repetidamente, parecendo sempre novo, sem nunca cansar os olhos. Seguiu com passos firmes, sabendo que um belo dia de outono como aquele só poderia proporcionar sensações agradáveis como essas.

No final do ano, a família Majorana decidiu não ir para a casa de campo, e Ettore passou o Natal e a virada do ano com os irmãos, ao lado da mãe, recém-viúva e agora oficialmente "matriarca". Seguiram-se semanas e meses sem que o comportamento dele mudasse. No Instituto de Física, apareceram novos vultos, dentre eles Giovannino Gentile, filho do conhecido filósofo Giovanni Gentile. E foi ele quem praticamente o substituiu.

Quando Ettore – cada vez com intervalos maiores – ia até a rua Panisperna, costumava se reunir com Segrè, Edoardo Amaldi, o Adão da velha-guarda, e o recém-chegado Gentile. Rasetti já tinha optado por seguir Fermi e, como diziam os colegas, "estava de malas prontas" para atravessar o oceano rumo aos Estados Unidos. Foi assim que o pequeno grupo de quatro componentes começou a se encontrar, sem muita assiduidade, mas com certa constância, na casa dos Majorana ou, mais raramente, no instituto. Poucas vezes Ettore foi à Sicília. Ia somente para escrever algum ensaio curto. Em outubro, quando tropas italianas atacaram a Etiópia sem que houvessem sequer declarado guerra formalmente, convenceu-se definitivamente da desastrosa política expansionista do seu país e pensou ter agido dignamente ao se afastar dos estudos sobre física atômica. Ao mesmo tempo, suas preocupações sobre o futuro da Europa e do mundo aumentavam.

Os dias passavam inexoráveis, assim como os anos, e ele não mudava, continuava estudando muito e produzindo pouco. Tudo parecia piorar ao seu entorno: no ano seguinte, a Itália fascista declarou ter anexado a Etiópia ao seu império, depois do fim das hostilidades, e, como se não bastasse, a coalizão entre Hitler e Mussolini entrou na Guerra Civil Espanhola apoiando Francisco Franco, outro ditador disfarçado. Passo a passo, a Europa estava se dissolvendo em meio à violência de todos os tipos. Isso contribuía para piorar as suas condições psicofísicas, já debilitadas.

Antes do Natal de 1936, os três amigos Segrè, Amaldi e Gentile foram visitar Ettore no apartamento dele, com a desculpa dos cumprimentos de bons augúrios: na realidade queriam saber como ele estava. Não o viam há muito tempo, porque deixara de ir à rua Panisperna.

CAPÍTULO 25

O falecido Mattia Pascal era o título do livro que Ettore lia, meio deitado na cama, não pela primeira vez: conhecia todas as óperas de Pirandello, mas esta o entusiasmava mais que as outras. Não se deu ao trabalho de levantar o olhar quando entraram no quarto Segrè, Amaldi e Gentile. Eles também não deram importância: conheciam-no muito bem.

– Companheiro. Companheiro – falou com voz baixa Giovannino, o mais "comunista" dos três. – Companheiro, estamos aqui.

– Eu sei – respondeu Ettore, olhando para os três. – Sabia que viriam.

– Você tem a capacidade de piorar o visual cada dia mais – falou sorrindo Giovannino, que nos últimos tempos tinha se tornado seu amigo mais próximo, não só porque era o seu substituto, mas também pela similaridade de interesses, principalmente em filosofia.

– Sempre em companhia do mesmo livro! Vai acabar fixando o texto inteiro na memória! – disse rindo Amaldi, o mais jovial, antes de mudar de assunto. – Falando em memória, a sua está nos fazendo tremenda falta. Faz muito tempo que você não aparece por lá. Saia deste quarto! Vá nos visitar!

Ettore levantou-se da cama, convidou os três a se sentarem nela e como sempre, sem nenhuma formalidade, acomodou-se na cadeira, coçou a cabeça e respondeu que tinha novas e fantásticas ideias, principalmente em sociologia e economia política – que o ocupavam muito ultimamente, deixando que sobrasse pouco tempo para a física e para eles. Continuaram falando por quase meia hora até que Segrè, depois de ter observado longamente Ettore, disse a Giovannino, que estava do seu lado, em voz baixa:

– Desça, vire à direita na avenida e entre na primeira rua. Vi que logo depois da esquina tem uma barbearia. Chame um deles aqui com tesoura, barbeador e todo o necessário para dar um jeito nesse cara. Ao menos para o Natal.

Giovannino acenou positivamente com a cabeça e, concordando com a boa ideia, arranjou uma desculpa e saiu. Ettore, depois de um tempinho, percebendo que o amigo estava demorando, perguntou para onde ele tinha ido e recebeu pronta a resposta de Segrè:

– Que surpresa! Vai chegar com nosso presente de Natal. Ele vai trazer aqui um barbeiro. Você não tem espelho em casa? Parece mais um velho *clochard* da periferia de Paris. – Todo mundo riu. Ettore ficou um tanto perplexo, mas aceitou a brincadeira e achou bom que os amigos se preocupassem com sua aparência.

Até a primeira metade do ano seguinte, nada mudou. Ele foi à Sicília somente duas vezes e voltou de lá com dois ensaios - bons, mas pouco aprofundados. O primeiro era sobre teoria simétrica do elétron e do pósitron, ligados às pesquisas do instituto, o "Valor das leis estatísticas na física e nas ciências sociais", este mais abrangente e ditado por uma ideia em que Ettore acreditava e vinha trabalhando incessantemente. Esta nova teoria tinha como ponto básico a crença de que o Universo era governado por leis físicas; até aí, nada de extraordinário, mas a novidade era que, teoricamente, uma série de cálculos com a ajuda de várias ciências, como química e outras, poderia chegar à exatidão sobre o passado. Dessa forma, qualquer fato poderia ser reconstruído com precisão e, mais que isso, esses cálculos, melhorados, poderiam prever exatamente o futuro do Universo, da Terra, da humanidade e até de cada ser. Pensamento louco, fantasioso, mas possível.

Voltou a Roma para encontrar e reunir-se com os fiéis amigos, falar e ouvir opiniões sobre as novas ideias – não tão exatas, mas certamente fascinantes, e comentar também os eventos da guerra que havia estourado longe da Europa, entre a China e o Japão, fortalecidos pelas alianças com a Alemanha e a Itália. Um segundo conflito mundial estaria prestes a acontecer? O fim da humanidade estava realmente próximo? Estas eram as perguntas que mais o intrigavam no momento. Para sua surpresa, ao chegar em casa, havia um recado dos colegas para que se apresentasse à rua Panisperna o mais rápido possível. Aquilo lhe pareceu muito estranho, nada similar a isso havia acontecido anteriormente. Quando lá chegou, soube que durante sua ausência o chefe político de Fermi havia falecido, e todo mundo o procurava porque haveria uma grande mudança na reitoria da faculdade de física, sendo cogitada a criação de uma nova sede em Nápoles. A grande novidade, segundo conversas nos bastidores, era que queriam oferecer a nova cátedra de física teórica justamente a ele, Ettore Majorana, que, como sempre, não demonstrou entusiasmo, nem decepção. Respondeu simplesmente:

– Depois da reunião com Fermi sobre esse assunto, quero bater um papo com vocês, falar das minhas recentes descobertas, fantásticas.

E assim aconteceu. Disse ao seu diretor que daria uma resposta em breve e que, por enquanto, não podia dizer se aceitaria ou não. Quando voltou a falar com os amigos Segrè, Amaldi e Gentile, que ficaram perplexos sobre sua indefinição, tratando-se de uma ótima oportunidade, comentou secamente e com poucas palavras. Depois, mudou de assunto e falou da decisão final de Rasetti e Fermi, de saírem da Itália para desenvolver os projetos nos Estados Unidos.

– Será que é realmente melhor que saia a bomba atômica

nesse tal projeto "Manhattan"? Certo é que, nas mãos de Hitler, a arma seria terrível...

Ettore saiu distraído, fechado nos próprios pensamentos, desiludido sobre praticamente tudo: tinha certeza de que em pouco tempo a rua Panisperna e seus jovens professores iriam acabar, como também não tinha mais dúvida sobre o próximo começo do segundo conflito mundial.

Perdida a esperança de conseguir algum resultado positivo quanto à sua busca da essência da vida, pouco lhe sobrava para criar o entusiasmo necessário e tocar em frente. Caminhou bastante tempo, passando pelo foro romano, pelo Circo Massimo e pelas termas de Caracalla, até que improvisadamente voltou a si ao se deparar com a estação Ostiense.

Foi como um relâmpago no céu azul! Fiumicino, Calipso, Guru San... Teria sido um erro esquecer toda aquela história outra vez? Será que o louco sentimento por Calipso injetaria força na sua confusa cabeça? Afinal, não tinha mais nada a perder, e, de repente, o bruxo safado poderia ter mudado de ideia e lhe venderia a quarta poção! Não pensou duas vezes e, logo após, estava sentado na poltrona do trem: a viagem foi mais longa que as outras, tanta era a sua ansiedade por chegar à conhecida casa à beira do canal. Estava mais deteriorada do que nas outras vezes, e teve dificuldade em abrir a porta, que parecia fixada no chão.

Um barulho estridente acompanhou a vista do interior da residência: notou rapidamente que estava quase vazia. Não havia mesa, nem cadeiras, nem fogão, somente uma tenda suja, aberta e encostada naquilo que restava de uma cama sem colchão.

Deu alguns passos e olhou para cima, onde frestas de luz desenhavam caprichosas imagens, como teias tecidas por aranhas, rompendo a escuridão filtrada pela poeira que invadia o ambiente, que cheirava a umidade. Improvisadamente escutou passos arrastados na madeira do chão, atrás dele. Virou-se rápido, sonhando rever Calipso naquele instante, mas diante dele apareceu, vestido com roupas simples e até cômodas demais, um velho desconhecido, que o questionou.

– Procurando alguém, rapaz?

Depois de recompor a expressão de decepção, Ettore tentou decifrar a imagem diante de si. Quem seria aquele homem velho – mas ainda forte – que tinha o rosto queimado de sol, esculpido por dezenas de rugas profundas? Apressava-se em responder quando o velho o preveniu:

– Perguntei se está à procura de alguém, porque aqui não tem mais ninguém!

– Sim. Realmente estava procurando pelo Guru San, que morava aqui – respondeu Ettore, que imaginou ser ele pescador.

Nesse instante, sem querer, lembrou da frase pronunciada pelo Guru na última vez que se encontraram: "Pense bem e descobrirá que a verdade já foi dita, escrita e carimbada, desde o tempo do pescador". Entendeu agora o significado daquilo e também quem seria o pescador.

– Está me ouvindo? Parece meio aéreo – continuou o velho. – Então, aquele cara, o Guru San e sua, sei lá, sobrinha, mudaram daqui já faz um tempinho. Até que eram simpáticos... Meio esquisitos, mas não faziam mal a ninguém. Nesta solidão daqui, de vez em quando a gente batia um papo, era bom. A gente sentava junto para tomar um cafezinho. E, agora, se foram... Mas o que é você?

– Eu sou Ettore. Ettore Majorana.

– Não, não. Não quero saber o seu nome. Quero saber o que você é! Eu sou pescador e você é o quê? Um médico, advogado ou sei lá, o quê?

– Ah, sim, entendi! Sou professor, professor universitário.

O velho o observava milimetricamente, da cabeça aos pés – como Ettore bem notou – e, depois, continuou:

– Então, o "professor" é você mesmo. Igual à descrição que a moça me fez antes de eles partirem. Faz tempo, mas finalmente você apareceu. – Enquanto falava, procurava algo dentro do enorme bolso da calça larga e, quando o encontrou, mostrou a Ettore um papel um tanto amassado: – Aqui está, não perdi. Acho que é um endereço... Sabe como é, dei uma olhadinha e está assim porque sempre o levava comigo. Me deram antes de entrarem em um carro meio velho, carregando todas as malas. Acho que quem dirigia era um amigo deles. Pronto, aqui está, para você.

Ao ler, Ettore estremeceu.

CAPÍTULO 26

"Final da rua Collegiata, s/nº, ao lado do Borgo Casamale – Somma Vesuviana, Nápoles"

Que endereço era esse, sem maiores informações? A nova moradia deles? E por que o Guru San teria deixado aquela "pista"? Com certeza, um fato muito estranho e inesperado, mas, além de todas essas perguntas que lhe rodavam no cérebro, havia algo muito importante que o deixava perplexo: pela segunda vez naquele dia, a cidade de Nápoles era mencionada com possibilidade de ter forte influência no seu futuro próximo. Que destino seria esse que o levaria à sombra do Vesúvio? Pura casualidade ou um infinitésimo desenho de forças universais que, segundo suas últimas intuições, governavam tudo: passado, presente e futuro? Tudo se fundia em extraordinários cálculos? Seria mesmo sinal do destino, detectado pelo subconsciente ou descoberto por sua extraordinária genialidade?

Tentou esquecer por alguns momentos as perguntas que surgiam na sua cabeça, até que aceitou o convite do velho para acompanhá-lo até a casa dele, ali ao lado. Poderiam tomar um cafezinho feito na hora, pelas mãos de um sujeito que era melhor na preparação do café do que na pesca, segundo afirmação do próprio.

Custou a dormir naquela noite, devido ao turbilhão de pensamentos que se alternavam em sua mente: o primeiro era sobre o destino, o segundo, sobre as coincidências da cidade de Nápoles e do "pescador", que poderia ser o velho do canal de Fiumicino ou o João das Escrituras; o terceiro e, provavelmente, mais importante: a emblemática Calipso, que de apenas uma lembrança voltara prepotentemente à sua vida: era realmente o seu ideal de mulher, aquela com quem ele sonhara a vida inteira?

Acendeu a luz da mesa de cabeceira e pegou um livro sobre numerologia, na qual não acreditava absolutamente, mas que o ajudava a adormecer. Nos dias seguintes, aprimorou, nos mínimos detalhes, o último ensaio para entregá-lo à universidade e continuou os estudos sobre economia política e ciências sociais, alternando-os com longos passeios e visitas ao foro romano na hora certa daquela estação quente. Na realidade não queria comunicar sua decisão de aceitar a cátedra antes do dia combinado, para não ter que explicar o motivo daquela rapidez.

Quando foi à rua Panisperna todos elogiaram a sua escolha, e o comentário geral era: "Botou a cabeça no lugar". No final de outubro, depois de obter a oficialização da cátedra sem ser submetido ao juízo da alta comissão – devido à clara e comprovada perícia, refinada ao longo dos anos –, foi pela primeira vez à faculdade de física teórica de Nápoles, ainda fechada pelos atrasos burocráticos. Queria encontrar o diretor Antonio Carrelli, que Ettore já conhecia e apreciava como físico e como amigo. Tinha ocupado uma suíte simples, mas suficientemente grande para trabalhar no hotel Terminus, alugando-a por um período renovável, pagando por um mês antecipadamente; logo depois da reunião ele voltou para lá, trazendo consigo um mapa da cidade. Precisava descobrir se de fato existiam e onde ficavam a rua e o bairro daquele endereço enigmático deixado por Calipso e Guru San.

– É meio longe, mas acredito que em trinta minutos mais ou menos estaremos lá – falava o taxista com um carregado sotaque da região. – O senhor não é daqui. Percebi quando entrou no carro – disse, olhando de vez em quando pelo retrovisor para comunicar-se melhor; o que não lhe faltava era simpatia. – Sabe, são muitos anos que trabalho na praça; já na primeira olhada defino o perfil do cliente...

Ettore não costumava falar muito, mas aquele era um dia diferente, e até sua expressão tinha mudado.

– Tens razão! Não sou daqui, mas, se tudo der certo, ficarei por bastante tempo.

– Conhece bem a cidade? – perguntou o motorista.

– Sim, conheço, mas não a fundo, com certeza muito menos que o senhor...

– Nápoles é linda, única, muito divertida. Aqui, até o outono é quase verão, canta-se muito e come-se bem! O bandolim é nossa vida e o mar azul, a inspiração. O vulcão não parece assustador porque somos felizes. Falando em Vesúvio, estamos indo na direção da base dele, onde estão se formando bairros novos. São ocupações abusivas, mas os políticos fecham os olhos. Deus queira que o velho aí não cuspa lavas e fumaça, como em 1906. E estas novas barracas!? Sei lá, mas é necessário ser fatalista, a vida tem que ser vivida da melhor maneira. Aqui, costumamos dizer assim: "Canta, que a tristeza se espanta". É simples. Sabe quem ensinou o mundo a cantar?

O táxi tinha deixado a avenida que beirava o mar Mediterrâneo, de um azul que parecia tingir o céu de tom mais escuro, e virou em uma estrada que contornava o majestoso vulcão, enquanto Ettore, refrescando-se com uma gostosa brisa pela janela do carro, escutava atento, sorrindo.

– É verdade, doutor! A canção moderna foi inventada aqui em Nápoles, na metade de 1700, com o título "Janela que brilhava". É uma história muito triste... O cara foi cantar uma serenata para a namorada e descobriu que ela havia morrido. Mas aposto que um mês depois devia estar cantando para outra moça! – disse e riu, contagiando o passageiro, que não lembrava quando fora a última vez que conseguira dar uma risada como aquela, inesperada e agradável.

–Você conseguiu me fazer rir, de coração. Gostei da sua maneira de encarar a vida, vamos dizer, da sua filosofia.

– Essa tal "filosofia" não conheço muito bem, mas garanto que, quando o assunto é encarar a vida, sou mestre.

O tempo passava e os quilômetros também, quando finalmente chegaram a Somma Vesuviana, onde demoraram certo tempo até encontrar o bairro Borgo Casamale e a rua Collegiata, que descobriram ser uma estreita estrada de terra. A casa, se é que assim se podia chamar, lembrava um pouco aquela do canal e era a última antes de uma vegetação baixa que cobria os primeiros metros da subida até a cratera, que ficava no topo. Saindo do carro, Ettore pensou por alguns instantes que esse lugar lembrava bastante o panorama familiar da base do Etna, que ele via da casa de campo, em Catânia, quando o motorista o chamou:

– Doutor, vou esperá-lo aqui.

Ele nem respondeu e caminhou até a porta, que encontrou trancada. Repentinamente um forte desânimo tomava conta dele, quando escutou uma voz, um cântico suave vindo dos fundos da casa. Sem pensar, Ettore se dirigiu para aquele lado quando viu uma figura feminina, de costas, pendurando no varal roupas recém-lavadas. Entoava uma antiga e doce cantilena. Era ela! Era ela, sim! Não poderia ser outra. Tinha que ser ela, depois de todo aquele tempo. Não se conteve e sua voz saiu do coração:

– Calipso?

Ela virou-se, permanecendo estática por alguns instantes, em silêncio, e depois, enxugando as mãos no avental, quase gritou:

– Professor!?

E correu alguns metros sem falar nada. Abraçou-o apoiando a bochecha no peito dele. Logo depois, deu um passo para trás, sorrindo um tanto envergonhada, e, suspirando, disse:

– Desculpe. Eu, eu…

CAPÍTULO 27

Ela estava muito bonita, mais linda do que nunca, com os olhos claros de âmbar acesos jorrando felicidade, meio escondidos por alguns fios de cabelo preto brilhante. Tinha o rosto de menina, mas o corpo bem esculpido, de pele clara levemente bronzeada e minimamente sardenta, revelava uma mulher extremamente sensual, em vestes simples – apropriadas às tarefas domésticas – que sugeriam haver, embaixo delas, um fruto gostoso, cheio de doces sucos, maduro no ponto certo, como só a natureza em estado de perfeita e intocável harmonia pode gerar e oferecer.

Ettore ficou sem fala, de boca aberta, parado. Aquele entusiasmo o derreteu, golpeou seu coração já alvejado, como um tiro de misericórdia. Nem a extraordinária intuição da qual era dotado poderia prever tamanha reação. Qual seria o significado daquela atitude? Os sonhos dele não chegavam nem de longe a imaginar essa magnífica demonstração de carinho e jamais poderia idealizar Calipso transparecendo tamanha ternura, que se traduzia até mesmo em sua voz.

– Vamos entrando, professor. A casa é pobrezinha, mas acolhedora.

Ela tomou a dianteira, entrando pela porta dos fundos, e Ettore a seguiu, mudo.

– Sente-se... Sente-se aí. São apenas duas cadeiras.

Sorriu e continuou falando da casa, do lugar, dos vizinhos, mas não tocava nos assuntos cruciais que interessavam a Ettore. Ao passar os olhos em volta, reparou não haver quase vestígios de Guru San, somente aquele velho casaco de couro estava por ali, acompanhado por um chapéu de lona crua, marrom. Superado o primeiro momento de descontrole pela proximidade de sua musa, seguro e tranquilo, interrompeu-a:

– Por que vocês vieram para cá?

A pergunta pegou Calipso desprevenida, e ela ficou calada por alguns instantes, mas depois começou a contar que o Guru San tinha viajado para sempre, seguindo o próprio rumo, para a Ásia de que ele tanto gostava, deixando para ela como únicas lembranças o velho casaco, o chapéu e um ano de aluguel pago pelo novo barraco. Afirmou que ali o valor era bem menor do que em Fiumicino; que ela e o curandeiro eram somente amigos, que ambos tinham vida própria e optaram por seguir caminhos diferentes. Disse ainda que estava na hora de alguém como ela, forte e saudável, começar a ganhar a vida trabalhando fora. Que chegara a tentar, sem consegui-lo, pelo fato de ter aprendido poucas coisas, já que dedicara muitos anos cuidando muito bem de Guru San... Fez uma pausa e riu.

Sentada ao lado de Ettore com os braços apoiados no tampo de mármore da velha mesa, ela falava, tranquila, abrindo-se como se estivesse com um velho amigo que não encontrava há muito tempo. Ele a olhava, deslumbrado, tentando prestar atenção aos assuntos, mas meio ausente, confuso pelas fortes sensações que estava vivendo. Nunca tinha percebido como as expressões que se alternavam no rosto dela revelavam ser a moça uma atriz em potencial. Como articulava bem a bonita voz, mudando os tons com perícia: era um prazer escutá-la. Ela falou muito, detalhando até mesmo o último dia na velha casa, quando deram o bilhete com o novo endereço ao velho pescador, para que o entregasse ao professor. Disse não ter amigos e sentir-se um tanto perdida por ser sozinha, e que muitas vezes tinha esperado que ele aparecesse em Nápoles para ajudá-la: seria Ettore a solução para a sua vida?

A sinceridade da garota era extraordinária, e o questionamento de que ele poderia ser a sua luz o deixou muito curioso. Que tipo de ajuda poderia ela querer? Preferiria talvez uma amizade mais profunda, ou outro tipo de relacionamento? Ou era algo que nem ele conseguia imaginar? Então decidiu interrompê-la:

– Mas, Calipso, por que eu? Não consigo entender!

– Bem, professor, antes de mais nada, deixando de lado as formalidades, como posso te chamar?

– Eu sou Ettore!

– Bem, Ettore... A partir de agora somos verdadeiros amigos, te direi tudo o que penso e você poderá me dizer, se quiser, o que passa pela tua cabeça e tudo aquilo que sente. Pode ser?

– Sim, claro que sim.

– Vou começar a responder suas dúvidas. O Guru San deixou aquela famosa quarta garrafa para eu te entregar, mas disse duas coisas importantes também: a primeira é que o Guru, que gostou de você, não te aconselha a experimentar o quarto pote que contém a verdade. A segunda é que apenas pessoas como você podem comprá-la, porque custa muito caro, cinco mil liras... Que somente um professor genial e maluco poderia pagar tudo isso para correr um grande risco. Isso foi exatamente o que ele me disse. Ah, esqueci de um importante detalhe: o pagamento deverá ser feito a mim.

Ettore sorriu: a esperança quase infantil de que Calipso estivesse com saudades dele foi substituída por uma realidade um pouco crua, mas bem aceitável. Agora era claro: ela não via a hora de ele aparecer, por precisar de um certo apoio. Tomou coragem e pegou na mão dela – que não a retirou. Olhou firme naqueles olhos de âmbar e disse, tentando se manter suficientemente frio, deixando de lado a gostosa sensação do tato e da visão.

– Você não tem ideia de quanto este momento é importante para mim. Muito, muito mais do que para você.

Calipso sabia muito bem o significado dessa frase. Desde o primeiro momento em que Ettore a vira atrás da tenda, naquele dia quente em Fiumicino, sentira que o coração dele e o dela também tinham sido atingidos, provavelmente surgira algo naquele acanhado professor que agora acariciava a mão dela e a seduzia com palavras carinhosas.

– Então, se entendi bem, este reencontro é bom para nós dois. Vamos em frente, vamos ver o que acontece. Entendo bem o momento que você está passando e creio que, sim, posso ser seu amigo e lhe ajudar.

Naquele dia, a vida de Ettore mudou totalmente. Esses fatos o influenciaram de tal forma que até o seu jeito de tratar os outros melhorou, assim como o profundo negativismo que vinha vivendo clareou e permitiu que se abrissem novos horizontes e interesses para o futuro. Perguntou a si mesmo se por acaso estaria amando Calipso, mas não quis se aprofundar nisso, porque o mais importante era estar ali ao lado dela e quase sentir o seu calor. Disfarçou e continuou:

– A famosa garrafa me interessa, sim. Dentro de uma semana estarei de volta, prometo. Tenho que retornar a Roma para acertar algumas questões de ordem prática como banco e documentação da universidade, mas serei rápido: estou me transferindo para a Universidade de Nápoles e acertarei contigo o valor da poção, mas acho melhor deixar a garrafa aqui mesmo até o dia de testá-la. Logicamente, se isso não a incomodar.

– Claro que não, você será sempre bem-vindo! Estou muito feliz pelo fato de você vir morar aqui perto, poderemos nos encontrar com frequência. Aliás, se quiser, quando aparecer da próxima vez, posso preparar uma boa amatriciana, que aprendi aqui em Roma. Desculpe, aqui não. Estamos aos pés do Vesúvio. Sendo sincera, é uma das poucas receitas que sei executar direito: vai gostar! Vou conseguir os tomates, a água e o sal. E você vai trazer todo o resto, inclusive o bacon, certo? E não se esqueça do queijo pecorino!

Ettore não se conteve e riu, divertido, e Calipso o acompanhou. Depois, colocou uma mão no bolso e pegou o dinheiro: era uma boa quantia, daria para comprar muito mais que um pouco de massa:

– Não quero te ofender – falou Ettore –, mas prefiro que você compre o que for necessário.

– Ofender? Nem um pouco. Vai querer o troco ou posso abastecer o armário?

Ela era divertida; ele sorriu e mudou de assunto. Conversaram sem parar, e o tempo voou. Os dois se davam muito bem, parecia haver uma liga que os juntava firmemente. De repente, vindo do lado de fora, ouviram o toque da buzina do carro. Ettore saiu e viu o motorista do táxi que estava de pé, apoiado na porteira, e notou que tudo estava ficando meio escuro, apesar de a luz do sol ainda brilhar atrás do enorme vulcão.

– Doutor, me desculpe, mas não me falou que iria demorar tanto. Tenho que levar o senhor ao hotel e voltar para casa antes que anoiteça completamente, minha mulher não gosta que eu atrase para o jantar. Sabe como é...

– Está certo! Aguarde só mais um tempinho, vamos sair daqui a pouco – respondeu Ettore, voltando para dentro da casa. Foram poucos mas intensos os minutos em que permaneceu ao lado de Calipso, que o abraçou, oferecendo o rosto à espera de um beijo que veio, não como ela queria. Ettore ainda não tinha vencido aquela timidez que o acometia com frequência e, além do mais, estava totalmente satisfeito com tudo o que estava acontecendo, sem precisar de mais nada.

– Cuidado, doutor! – começou a dizer o motorista no táxi, depois de manobrar e pegar a estrada de volta. – Muito cuidado, porque uma *femmina* desta qualidade vira a cabeça de qualquer um.

Ettore gostou dessas palavras, pronunciadas em dialeto napolitano. "*Femmina*" era bastante apropriado, dava a exata ideia de fêmea, em todos os sentidos. Sentiu-se extremamente leve. Tudo aquilo era um verdadeiro êxtase para ele. Até a conversa do motorista, carregada de sabedoria popular, combinava com a situação.

– *Na' bella femmina, na' pizza con la pommarola an coppa a na' bella musica de mandolin… è la felicità…*

Ettore deduziu mais ou menos o que significava: "Uma bonita garota, uma pizza com muito tomate e uma boa música de bandolim são a felicidade".

– No fundo – pensou ele –, a simplicidade é sempre melhor: a solução da vida, dos problemas e dos enigmas geralmente está perto da gente, ou melhor, está dentro de nós…

CAPÍTULO 28

Durante toda a viagem de volta, e em Roma também, passou a pensar nesse assunto e sentiu que estava próximo de entender e decifrar algo que apelidara, com a contribuição dos colegas da rua Panisperna, de "ponto-final", quando comentavam sobre sua nova vida.

Os últimos estudos de sociologia e política o deixaram perplexo quanto às falhas práticas do marxismo e também das democracias capitalistas, chegando à conclusão de que as únicas alternativas ao nazifascismo seriam minadas no futuro e depois destruídas pelos avanços da tecnologia, que estava predestinada a dominar a humanidade. Só não tinha certeza se as grandes e magníficas invenções do homem não seriam, em breve período de tempo, o seu fim definitivo.

Encontrou-se com Segrè, Amaldi e Gentile várias vezes para comentar esses assuntos, mas nunca mencionou Calipso, que preferiu também deixar escondida da família. O motivo não sabia, mas tinha certeza de que, se ela estivesse mesmo ligada ao futuro dele, era melhor que ninguém tivesse conhecimento de sua existência. E não era pela idade dela, nem pelas diferenças culturais, porque sua inteligência e simpatia supriam muito bem as limitações causadas pela interrupção dos estudos quando criança.

Ao se despedir de Adelina não falou da moça, preferiu não tocar no assunto para não magoá-la. Os dias corriam rápido, tinha que resolver formalidades da universidade e vários problemas pessoais, inclusive abrir uma conta bancária em Nápoles, sem esquecer de transferir aquela boa quantia de dinheiro como pagamento pela quarta garrafa do Guru San. Passou também um bom tempo com os familiares, principalmente com a irmã caçula, que era sua preferida.

A primeira parte da vida de Ettore Majorana estava chegando ao fim, e ele já percebera que as pontes que o ligavam a Roma tinham que desaparecer, mudando para algo diferente. Criado em berço de família como fora, parecia difícil se afastar totalmente, mas se convenceu de que poderia superar esse fato com a troca de cartas, ou, quem sabe – em um futuro próximo –, usar alguma nova invenção ou a telefonia, que vinha se aprimorando. Em contrapartida, a determinação era tamanha que até começava a aceitar a ideia de um afastamento físico, deixando que a ligação se estabelecesse somente no plano espiritual – que poderia ser fortíssimo e, a essa altura da vida, o fascinava muito mais.

Sua saída teve um atraso de dois dias, por falta de certo documento que deveria ser emitido pelo Ministério da Educação. Não gostou nada disso e ficou preocupado, achando que poderia atrapalhar o sonhado reencontro com Calipso, mas nada disso aconteceu.

Ela o aguardava e o acolheu com muito carinho. Disse ter sentido saudades, deixando Ettore mais entusiasmado do que já estava, fazendo questão de mostrar os ingredientes que havia comprado para preparar a famosa receita, que afirmou dominar com maestria e que logo em seguida preparou.

– Comprei também um vinho que combina muito com esse prato. É da mesma região, das terras dos Castelos Romanos. Muito leve e gostoso. Quer um copo agora, enquanto sirvo o antepasto à mesa?

Após aquela terrível ressaca do conhaque ele tinha deixado de lado qualquer tipo de álcool destilado, mas, de vez em quando, apreciava uma taça de vinho durante as principais refeições.

Agora, praticamente em jejum, preferiu esperar para não arriscar alguma recaída, e sentou-se na cadeira ao lado da mesa, observando Calipso, que estava de costas, atenta às panelas, trabalhando e falando ao mesmo tempo. Ele se sentia muito bem e, sem prestar atenção aos argumentos um tanto fúteis da menina, deixava os pensamentos soltos, à procura de uma boa maneira de se aproximar dela, sem perturbar, sem quebrar o entendimento daqueles momentos que estavam vivendo. Será que esse amor estava condenado a não ultrapassar a fase platônica, ou talvez não fosse ainda o momento de tentar algo diferente?

Logicamente escolheu a segunda opção, deixando as coisas como estavam; o tempo, por si só, definiria a situação. O mais importante era continuar a frequentá-la, não perder a agradável companhia dela, que o deixava tranquilo, feliz e satisfeito, até que pudesse acontecer naturalmente uma mudança, sem empurrões; fluida e verdadeira, desejada e em harmonia: no tempo certo.

O almoço foi ótimo e a companhia, melhor ainda, encurtando enormemente as horas que passavam voando. Ettore tinha liberado o táxi a pedido de Calipso, que o convenceu a voltar de condução pública, saindo do final da linha, distante cerca de meia hora a pé da casa dela. Assim, o momento da despedida chegou antes do previsto, para tristeza de ambos. No final, ele lembrou de resolver o problema da última poção e marcar um encontro no mesmo lugar, sábado:

– Querida, aqui está o devido pela garrafa, mas…

A moça nunca tinha visto tamanha quantidade de dinheiro, que permitiria até mesmo mudar a vida dela ou, no mínimo, proporcionar-lhe um longo período longe dos apertos e das necessidades dos últimos tempos. Com olhos arregalados se apoiou na mesa, sem conseguir falar direito.

– Hoje quero somente ver a poção: sei que está em boas mãos.

Agora tenho muitas pendências para resolver na universidade, depois decidirei o que fazer com ela.

Repentinamente, surgiu no semblante da moça uma expressão estranha, um sorriso franco, que demonstrava sua sincera felicidade. Ela sentia emoções que jamais havia vivido: estava com vontade de abraçar Ettore, mas conteve-se dirigindo-se para o armário, muda.

– Você se esqueceu de contar as notas, e tem algo muito importante que quero lhe dizer...

– Se faltar algum dinheiro, melhor – disse Calipso, interrompendo-o –, assim terei a certeza de que você voltará para me dar o resto e... me ver!

Parou, agora mais segura, em frente à mesa, apoiando a garrafa e o papel ao lado do dinheiro. Quem estava mudo agora era Ettore, esperando que ela continuasse:

– Aqui está! A poção e um envelope lacrado que o Guru San pediu que eu entregasse a você. Não abri o envelope. Confesso que tive vontade, até porque ele disse que continha algo muito importante.

– Então, vou pegar a carta e deixo aqui a garrafa.

– Não vai ler agora?

– Não, prefiro ver depois, com calma.

– Paciência! Teria gostado de saber, mas você é quem manda.

– Bem, voltando ao assunto de antes, queria lhe dizer que... Você precisa entender o porquê das minhas próximas palavras. Quero que saiba que de forma alguma gostaria que você se sentisse em dívida comigo. O que fiz é negócio, e não quero que interfira na nossa amizade.

– Pois eu acho que gostaria de te dever.

Ettore se manteve frio, procurando as palavras para responder.

– Não quero que este fato deteriore a nossa relação. Sim, a nossa relação de amizade. Consegue entender o porquê?

– Está bem, está bem. Não voltarei mais a esse assunto! – afirmou a garota, sorrindo e pegando a garrafa para recolocá-la no armário, e continuou: – Está na hora de partir, você não deve arriscar e perder o último bonde. Vamos, te levo até lá.

Saíram conversando e notaram que abaixo das nuvens tudo escurecia rapidamente. Até mesmo no sul da Itália os dias ficam mais curtos em novembro, mas não fazia frio, porque um vento leve, quase morno, soprava vindo da África saariana.

CAPÍTULO 29

"Como o delfim, que da tormenta brava
O nauta avisa, o dorso recurvado,
Presságio do mau tempo, que se agrava."
Dante Alighieri
A Divina Comédia — Canto XXII, Inferno

No interior do bondinho vazio que sacolejava bastante nas muitas curvas do trajeto precariamente iluminado por uma luz amarelada, Ettore ajeitou-se como pôde, relaxou e, fechando os olhos, cochilou naquela situação de inércia, depois das fortes sensações que tinha vivido naquele dia. Até o ritmo alternado e o barulho estridente do motor elétrico o ajudaram a perder contato com a realidade. Quando o condutor diminuiu a velocidade bruscamente, o passageiro solitário abriu os olhos e pensou que alguém, imprudentemente, estivesse atravessando os trilhos. Na escuridão, à sua esquerda, do lado da subida do vulcão, enxergou a sombra escura de um cavalo montado. Instintivamente forçou o olhar mais à frente e teve a impressão de reconhecer três figuras. Mas estava tudo muito, muito escuro.

No instante seguinte, quando piscou, o bonde acelerou, e aquela imagem que lembrava as quatro inesquecíveis figuras que havia visto um tempo atrás na Sicília sumiu. Foi então que se lembrou da mensagem do Guru San, que estava no seu bolso. Pegou a carta, abriu o envelope selado e começou a ler com certa dificuldade as poucas linhas.

"Você pense... O tempo te fará descobrir. Verás que é muito simples. Continue a sua vida e quando menos esperar, a verdade irá aparecer em meio ao inexorável rumo do tempo. Clara, límpida, fácil de alcançar. Quando? Você chegou a ela neste instante, ao ler esta carta. O destino apareceu, aparece e aparecerá junto com a verdade!"

Ettore, depois de ler estas poucas linhas escritas com péssima caligrafia e sem assinatura, estremeceu. Lembrava que as palavras eram mais ou menos as mesmas pronunciadas pelo charlatão na última vez que se encontraram, mas o final pareceu diferente e acendeu-lhe uma pequena luz no fundo da alma, que, de repente, se transformou em clarão. Estava entendendo muito bem o significado de "você chegou a ela neste instante". Essa era a chave, a ajuda que o velho lhe dava para que descobrisse que a terceira história, a terceira viagem, nada mais era do que tudo aquilo que o professor Majorana estivera vivendo nos últimos meses como grande protagonista. O final era ainda mais intrigante: "O destino apareceu". Qual seria o significado disso? As indecifráveis figuras das montarias, no começo e no fim de cada "história" vivida por ele, seriam a verdade final? Achou fantástico! Como as peças se encaixavam, perfeitas e preparadas para se unirem extraordinariamente, com exatidão de cálculos e fórmulas.

Estaria perto de descobrir o futuro da humanidade ou o ponto-final da sua vida? Todas estas perguntas o acompanharam por boa parte da noite, enquanto se revirava na cama sem conseguir dormir. Encontrou um pouco de calma quando seu pensamento chegou até Calipso, que era parte integrante do momento importante que vivia. A sedução foi mais forte que qualquer outro sentimento, até que adormeceu.

Depois de passar o dia inteiro com os assistentes da faculdade, encontrou o diretor e amigo pessoal Antonio Carrelli e começou a introduzir o assunto de seu futuro próximo, dividido entre a vontade de continuar na profissão e a de abandonar tudo e se afastar. No fundo estava questionando, naqueles dias, sua função como responsável pela cátedra de física teórica, mas tinha ainda muitas dúvidas, até porque seus problemas pessoais eram grandes e complexos.

Antonio, que conhecia muito bem Ettore e os acontecimentos que haviam marcado a vida dele nos últimos anos, tentou incentivar o amigo a continuar os estudos e se dispôs a ajudá-lo. Mas, no final da conversa, entendeu que poucas eram as possibilidades. Já tinha sido difícil convencê-lo, tempos atrás, devido à forte personalidade, mas agora seria ainda mais complicado, pelo jeito estranho com que se expressava, com olhos quase ausentes e palavras que soavam tristonhas, depressivas, demonstrando estar ele em uma outra realidade, longe daquela dos seres comuns.

Repetiu no dia seguinte as mesmas coisas, os encontros com os assistentes e a reunião com Antonio no final do expediente, para depois, fechado em si mesmo, esconder na rotina o drama interior que o afligia.

A noite tensa finalmente acabou. Pegou o bonde para ir ao encontro de Calipso. Preferiu assim, agora que conhecia o caminho. A grande preocupação que o perseguia era poder ter uma desagradável surpresa ao chegar à casa dela. Será que ela teria viajado aproveitando-se do dinheiro?

Sob um céu cinzento, uma garoa leve quase imperceptível que polvilhava de vez em quando, ele refletia enquanto o bondinho percorria, soluçando pelos trilhos, a última parte do trajeto da sua repetitiva viagem, rangendo, sonolento, em cada curva.

Nos últimos passos, percorrendo as ruelas do bairro pobre, conseguiu deixar de lado a ânsia que o acompanhava. Era somente um pequeno ser humano andando aos pés do feroz vulcão, assim como também eram pequenos e mesquinhos os pensamentos que o preocupavam naquele momento. Mas um verdadeiro alívio se deu quando viu que Calipso estava lá, tranquila, exatamente igual à última vez em que a deixara. Até o avental era o mesmo. Sentada nos degraus em frente à casa, olhava para longe, distraída, mas, quando o viu, levantou-se rapidamente.

Foi impossível segurar o desejo que acabou por uni-los em um abraço tão forte quanto sincero, mas a pureza dos sentimentos foi vencida pelo calor dos apertos e afagos, que juntou os lábios de ambos em um beijo profundo, longo e sensual. Antes de chegarem a uma situação irreversível, Ettore apelou para toda a sua força de caráter para frear os impulsos do instinto e viver aquele momento inebriante, saboreando com prazer, gota a gota, a descoberta e os detalhes daquela boca cheirosa e inalando seus perfumes insinuantes de âmbar e incenso, misturados às essências sutis de fêmea que o envolviam. Era maravilhoso ter aquele corpo jovem e fremente perto e, mais do que perto, colado ao dele!

Tinham muito tempo pela frente, não era preciso correr. Além do mais, deveriam, antes de começar uma relação plena, resolver vários problemas. Sempre muito correto, ele tinha avaliado o fato de ser ela uma adolescente, e jamais iria comprometê-la caso não tivesse plena certeza.

– Você é linda. Eu, eu…

– Não precisa falar nada – disse ela, interrompendo-o. – Tudo já foi dito, tudo… Eu entendi, você entendeu. Estou feliz e quero te confessar algo que nunca tinha acontecido comigo: desde o primeiro momento em que te vi, senti alguma coisa diferente, depois descobri que me lembrava sempre de você. Nem mesmo sua imagem estava ainda fixada na minha memória, tão rápido foi nosso primeiro encontro, mas sua lembrança estava sempre presente, sabe?! Como quando se retira um quadro da parede branca depois de muito tempo e fica a chancela, mas não a imagem. Você me marcou, parecia mesmo que a gente havia se conhecido há muitos anos.

– Que pensamento bonito é este?! Ah, Calipso, você é imprevisível.

Pegou a mão dela e falou tudo o que tinha guardado por tanto tempo. Os dois ficaram se olhando de perto, tão perto que suas pupilas ficaram muito próximas, carregando de charme o lindo rosto dela, com um leve estrabismo, enquanto ele tentava com palavras resumir todo o sentimento que ela lhe despertava. Eram agora só dois pequenos seres humanos no sopé de uma grande montanha.

– Calipso! Eu preciso falar com você sobre um assunto muito sério que trará implicações ao meu futuro, a curto ou a longo prazo. O futuro que está começando neste momento e do qual você é parte integrante.

De mãos dadas, entraram na casinha.

CAPÍTULO 30

–Vou voltar no tempo, bem para trás, para você entender por que cheguei a procurar o Guru San. – Então, ele resumiu o quanto pôde a história da sua vida. Calipso o seguiu com atenção e se afastou um pouco apenas para preparar um bom café. – Depois de alguns meses, tive um momento triste quando meu pai morreu, quase desisti dos estudos sobre a energia nuclear. – Ettore falou por muito tempo, contando toda a sua história, enquanto Calipso o olhava com expressão atenta e ao mesmo tempo assombrada; conseguindo entender quase tudo, começava a se perguntar o que esse assunto tinha a ver com ela. Sem perceber, ele dedicava atenção extrema ao seu próprio monólogo.

–Tentei comprovar todas estas minhas nefastas teorias, mas não cheguei a nenhum resultado. Comecei a pensar na possibilidade de uma nova vida longe de Roma, longe da família e de tudo, talvez pondo em prática algumas ideias a que cheguei em pesquisas anteriores, quando o destino, que sempre me interessou e que eu tentava resumir em enormes fórmulas, brincando curiosamente com minha vida, me aproximou, no mesmo dia, de você e da cidade de Nápoles. Tudo parece estar combinado e agora procede em caminho linear, perfeito: como em um tabuleiro de xadrez, tenho que me mexer sem cometer erros, tanto na defesa como no ataque, seguindo as regras para chegar ao xeque-mate; e você, minha querida, é a peça mais importante, a rainha: com sua capacidade de se mexer em todas as direções, poderá me proporcionar a vitória final.

– Eu? O que posso fazer de tão importante assim?! – interrompeu, curiosa, Calipso. E Ettore, depois de olhar para ela com carinho, continuou:

– Tudo! Ou nada, caso se recuse a me ajudar. Chegaremos lá, mas agora vamos continuar pela ordem dos acontecimentos... Nápoles entrou na minha vida como a fúria de um vulcão, que, aliás, está ao nosso lado; e você veio com ele. Hoje você é fundamental e pode significar muito mais, se decidir ficar ao meu lado nesta louca aventura. Aliás, só seguirei em frente se estiver disposta a fazer parte do jogo. Depois de meditar profundamente, me convenci a mudar de vida. Para conseguir, tenho que me afastar de tudo e de todos aqueles que fazem parte do passado: em poucas palavras, terei que desaparecer. Sumir é indispensável, me afastar da família que amo é crucial também. Estou sendo vigiado pela polícia secreta por causa dos meus estudos sobre átomo e, por esta razão, terei que me esconder inteligentemente para poder viver uma nova vida, que eliminará o passado e incluirá você.

Calipso tentou instintivamente responder, mas Ettore não deixou e continuou:

– Não, não... Não me fale nada agora. Só depois de tudo explicado, entendido e muito bem pensado. Tenha calma, estará definindo o seu futuro. Antes de mais nada terei que dar vários passos e criar um mistério quanto ao meu desaparecimento. Poderão pensar em tudo: fuga voluntária, sequestro ou até suicídio. O mais importante é que percam minha pista. Sumirei, no nada. Quando me procurarem, já estarei em lugar seguro, perfeitamente escondido, onde, no futuro, ninguém poderá me encontrar.

Ela acompanhava cada palavra com os olhos arregalados, mas não se conteve e o interrompeu, dizendo que tudo aquilo era uma loucura enorme, quase um jogo. Ettore olhou para ela e, percebendo seu espanto, tentou acalmá-la:

– Um dia entenderá que a vida também é um jogo, uma roleta na qual podemos apostar até a última ficha e, com sorte, de repente, tudo dará certo. Entendeu, Calipso? Esta é minha última ficha. A crueldade dos desenhos do Universo me obriga a jogar também com o seu destino e cair nos números fatais da vida ou da morte. Eu estou, de fato, neste momento crítico. Se você for mesmo minha amiga, e me diga que é, terá que me ajudar neste dramático percurso. Acredite, por favor, em tudo aquilo que estou lhe falando: é indispensável que você confie em mim. Buda, na sua imensa sabedoria, um dia traçou no papel um círculo com um giz vermelho e disse que se dois seres se encontrassem ao acaso em um momento fatal, representado por esta linha de fogo, estariam predestinados a percorrer juntos seus destinos futuros. Assim somos eu e você, Calipso, e estamos...

– Tem vezes em que você fala igual ao Guru San.

Foi tão espontânea e inoportuna a frase da garota que os dois explodiram às gargalhadas, conseguindo tirar o peso e o drama daquele momento tenso. Ettore riu aliviado e pensou que a superficialidade juvenil e a sinceridade de Calipso eram imensas qualidades que, somadas ao belo caráter dela, a engrandeciam ainda mais. Então, ele continuou:

– É indiscutível que somos amigos, então. Vamos esquecer por um momento aquilo que aconteceu antes de entrarmos nesta casa.

Ela teve uma leve expressão de desaprovação, notada por ele, que, sorrindo com certa satisfação, concluiu com uma pergunta direta e definitiva: se ela, pondo de lado a atração que os ligava, somente por pura amizade, estaria disposta a ajudá-lo naquele plano até o final, por mais difícil ou estranho que lhe parecesse. Calipso estava ciente de que aceitaria, mas demorou um pouco a responder e o fez balançando a cabeça e pronunciando a fatídica sílaba "sim", como se estivesse na igreja em uma cerimônia de casamento. Soou como se fosse um "juntos para sempre" também para Ettore, que se levantou e começou a andar de um lado para o outro, disfarçando o nervosismo que a situação gerava entre o desejo e o respeito.

– Você é quase uma criança ainda, nem sei sua idade...

– Há mais ou menos dois anos – disse ela, interrompendo-o –, o Guru San me deu um documento, daqueles que só ele conseguia, confirmando minha maioridade. Ele disse que na verdade eu tinha quinze anos, mas sou bem vivida e... – sorrindo, finalizou – eu sou mulher.

Uma enorme sensação de carinho desenhou-se na expressão do professor, que se conteve mais uma vez para não abraçar e beijar loucamente a moça.

– Você é sensacional! Mas justamente por esta razão temos que deixar os fatos acontecerem na hora certa. Eu mesmo me esforçarei para superar certa inibição, e você decidirá se está pronta para viver uma história tão complexa para a sua juventude.

Depois dessas palavras, vencido por uma paixão sutil e incontrolável, perdendo todos os receios e achando que o momento era perfeito, concluiu:

– Calipso, você não tem ideia da felicidade que está me proporcionando e nem imagina o tamanho da ajuda que está me dando. A partir de agora estamos juntos, fortemente ligados pelos próximos meses, até a finalização desta minha partida para uma nova vida. E como tudo começou naquele dia em Fiumicino, no nosso cerco vermelho, desenhado pelas mágicas poções, tudo acabará com a última garrafa: será justamente depois de tomar o quarto conteúdo que será definido o meu futuro, que, se você quiser, poderá ser o "nosso" futuro. Sim, Calipso, você será parte integrante da minha vida, finalmente falarei do amor que sinto, dos sonhos e dos desejos que não me abandonam. Mas esquecerei, se preciso for. E por isso, por favor, me perdoe, você ainda é uma menina de alma pura e eu, um professor que envelheceu antes do tempo. Mas é que eu… Eu… Eu te amo…

A garota, com a agilidade e a velocidade de uma onça empurrada pelo instinto juvenil, levantou-se da cadeira, o abraçou e, com as garras, o apertou como só um animal selvagem sabe fazer: um prolongado beijo foi a consequência natural e definitiva para aquele momento quase perfeito.

CAPÍTULO 31

Calipso escutava Ettore, agora mais calma, deixando transparecer, pela expressão dos olhos, a lembrança da sensualidade que a havia vencido. Percebeu que estava feliz, que confiava totalmente no seu parceiro e, apesar de lhe parecer estranho, acreditava ser aceitável aquilo que ele pedia. Sentia um forte carinho por esse homem, que com certeza tinha lutado e sofrido muito para chegar àquelas decisões e deveria, de fato, precisar da ajuda dela para superar as próximas dificuldades. Tinha vontade de abraçá-lo, dessa vez com carinho, mas preferiu escutá-lo, sentindo que algo de muito importante estava por vir.

– Você conhece a epístola de São João sobre o Apocalipse?

A moça procurou nas suas lembranças e demorou um pouco até responder:

– Sei quem é São João e sei o que é o Apocalipse. São João era um apóstolo de Jesus, um evangelista. Apocalipse é o fim do mundo.

– Bem, esse João escreveu uma carta onde fala do fim do mundo.

– Já naquela época? – perguntou ela, interrompendo-o como sempre, roubando dele, por essa razão, mais um sorriso. Calipso era mestra em sua maneira de reverter a atmosfera, conseguindo descontraí-lo nos momentos mais complexos, com uma pureza quase infantil. Ele respondeu:

– Sim, amor, naquela época. Na famosa carta do Apocalipse, ele imagina quatro cavaleiros que acompanham a humanidade até a destruição de si mesma. O quarto e último significa a morte, o fim. Bem, eu, neste momento, estou dentro dessa história com seu misterioso jogo.

– Mas como?

– Deixe que eu continue, e será fácil de entender. O Guru San possuía quatro garrafas da verdade. Eu comprei as primeiras três, como você deve lembrar, e experimentei todas, enquanto a quarta está guardada no seu armário. Eu a tomarei, e, mesmo que, segundo afirmação do Guru San, provar de seu conteúdo signifique o fim, a morte psíquica ou corporal, ou as duas juntas...

– Eu não vou deixar. Não quero. Que loucura é essa? Vou jogar fora a garrafa e te devolver o dinheiro.

– Calma, Calipso, calma. Não acredito que isso aconteça porque o efeito das poções é como o sonho, e, além do mais, depois da última não tive nenhuma reação, ou quase nenhuma...

Estava mentindo. Mentia para não preocupá-la, era necessário atraí-la para que tudo acontecesse como planejado. Em seguida continuou:

– Posso ter um sonho e sofrer no máximo alguns efeitos ruins por certo tempo, ou posso também não sentir absolutamente nada ou ver a passagem dos cavaleiros do Apocalipse, que sempre aparecem no começo e no final de cada alucinação. É um tremendo carrossel maluco, mas tenho que rodar com ele até conseguir cair fora. Esse é meu destino inexorável, e você terá que ir até o final comigo, na esperança de um final feliz... Você nem imagina o quanto eu quero, principalmente agora, que tudo acabe bem e possamos nos amar por muitos e muitos anos. Quatro são os possíveis desfechos, como quatro são as figuras... Deixarei instruções finais em uma carta que você abrirá depois que eu tomar a última poção em sua companhia: faz parte desse jogo absurdo.

Calipso tinha perdido aquela expressão jovial da idade e agora estava muito preocupada. Um turbilhão de emoções abalava seu jovem coração. Em sua curta vida havia gravado situações complexas e ruins, mas nunca tinha se deparado com algo tão forte e devastador, nunca tinha passado, em um mesmo dia, da felicidade extrema à decepção total. Doía fundo, não queria que o sonho de encontrar alguém que a amasse de verdade acabasse. Era provavelmente necessário e inevitável que passasse por tudo aquilo que a separava de uma relação ideal com Ettore. Parecia extremamente estranho e difícil de compreender, mas o carinho e os sentimentos desconhecidos que a ligavam a ele não deixavam dúvidas: tinha que ajudá-lo. Passado certo tempo de pesado silêncio, Calipso decidiu romper o gelo, dizendo:

– Estou um pouco transtornada, mas...

– Mas não quero – disse Ettore, interrompendo-a –, não quero mesmo que você responda agora. Terá tempo para pensar. Voltarei amanhã, depois do trabalho com os assistentes, e aproveitaremos a tarde.

– Quer almoçar comigo? Vou preparar bucatini à amatriciana de que você tanto gosta!

– Com certeza, claro que quero!

– Não quer saber um pouquinho da resposta agora?

– Não, amor, quero que você pense muito bem. Ao contrário dos homens, as mulheres costumam falar antes de pensar. Não pensam antes de falar, que é o certo, particularmente as jovens bonitas, como você. Mas desta vez terá que usar essa cabecinha, esquecer a impulsividade peculiar da sua idade... Antes que eu esqueça: lembre-me de deixar o dinheiro para os ingredientes.

– Desta vez serei eu a pagar a conta, faço questão.

– Combinado! Agora vou finalizar o que estava lhe explicando. Como sempre, você me interrompe. Ah, se os estudantes na universidade fizessem uma coisa dessas...

– Desculpe, é um péssimo costume meu.

– Não faz mal, diverte-me. Vamos lá: passo a manhã na universidade e, aproveitando a ausência do meu diretor e amigo Antonio Carrelli, que está viajando, estarei aqui na parte da tarde para receber uma resposta da minha amada platônica.

– Nunca me chamaram de amada platônica, nem sei o que significa!

Os dois riram, contentes, sentiam-se bem juntos, atraídos como polos opostos. Quando Ettore saiu, estava satisfeito, tinha passado um dia formidável.

Há tempos não vivia, apenas vegetava, perdido na floresta da solidão, sozinho com suas pesquisas. A sensação de felicidade foi tão forte que ele se deu conta de haver se sentido assim somente quando criança. Calipso se mostrava cada vez melhor, nunca poderia imaginar que uma menina jovem, de origem simples, pudesse seduzi-lo de forma tão contundente.

Enquanto o bonde sacolejava de volta ao hotel Terminus, decidiu curtir aquele momento e esquecer os problemas graves que teria de enfrentar para seguir adiante depois de ser engolido por aquela engrenagem sem voltas nem paradas. Agora, se Calipso decidisse ajudá-lo, a luz no fim do túnel seria maior. Desta vez, certamente ele não voltaria a ver sombras cruzando a rua em frente ao bonde, estava recuperando o oxigênio e se sentia forte: nada melhor que um momento de felicidade profunda, embora rápida e fugaz. Foi aí que comparou esta situação aos reflexos dos raios da lua cheia em contraluz, nas calmarias do verão, no mar da Sicília. Naquela noite, Ettore dormiu bem.

No dia seguinte, falaram bastante durante o almoço, em clima de extrema alegria. Calipso declarou a intenção de seguir Ettore em tudo, dizendo que havia tomado essa decisão no dia anterior, naturalmente sem pensar muito. Sentaram-se na varanda atrás da casinha, em um banco de madeira velha que deixava à mostra várias mãos de pintura descascada, surrado há muito tempo, mas perfeito para uma conversa tranquila entre os dois, sem a presença de ninguém além do ar livre e diante da árida natureza, no sopé do Vesúvio, que ainda conservava um pouco de verde.

– Amo o sul árido desta sofrida Itália. Crua, bonita, sincera... Eu a amo, como amo você!

– Muito bem, gostei! – falou ela com aquele jeito moleca que lhe era peculiar e de que ele tanto gostava. Antes de continuar as explicações, viu-a ao seu lado, sentada, linda como nunca.

– Vamos ao que interessa, são muitos assuntos importantes...

Calipso não se conteve, interrompeu-o com uma risadinha e comentou:

– Você agora parece estar na escola.

Ettore conseguiu manter-se sério e continuou em tom de brincadeira:

– Se estamos na escola, preste atenção! Vamos lá, não brinque, porque o assunto é sério.

– Me desculpe...

– Então, já que você se decidiu, vamos falar sobre quais serão as suas tarefas e quais as minhas nos próximos dias.

CAPÍTULO 32

Nos primeiros dias de dezembro, Nápoles começava a se embelezar para o Natal. As vitrines do centro coloriam-se de vermelho, misturando-se ao verde dos pequenos pinheiros com bolas coloridas e véus de algodão lembrando a neve que a maioria dos moradores não conhecia. A atmosfera era tão contagiante que todos, mais alegres, pareciam esquecer os problemas que afligiam a Itália e o mundo, pouco se importando se a Alemanha ameaçava incluir a Áustria em seu domínio para fortalecer o núcleo central da Europa.

Calipso estava impaciente na longa fila para a retirada de passaporte, nervosa, temendo que algo desse errado, principalmente pela data do nascimento, muito estranha, no documento que o Guru San tinha lhe arranjado, e do nome esquisito, Concetta Marturana, que mal conseguia ler.

Olhava para os lados, para cima e para baixo, tentando disfarçar, e, quando chegou a sua vez, uma tênue cor rosada apareceu discretamente em seu rosto, mas ninguém percebeu. De vez em quando o funcionário a estudava, olhando através de óculos de lentes bem grossas. Ao ser chamada, ela chegou a cruzar os dedos.

– Moça, aqui está o seu passaporte. Assine, por favor.

Fez um rabisco indecifrável, retirou o documento e foi-se embora, feliz. Enquanto caminhava pelas ruas, pensava que havia se saído muito bem nessa primeira tarefa. Foi um tanto demorado, mas o documento estava com ela e isso era o que importava. Se Ettore também, depois de resolver as complicações referentes à sua saída, não arrumasse problemas com experiências da maldita garrafa, finalmente viajariam juntos, sem saber exatamente para onde, mas certamente para longe, o suficiente para que ninguém atrapalhasse a vida deles. Caminhava rápido, distraída, diferente agora que havia comprado um vestidinho – apenas um – bem simples, mas bonito, para o inverno. Essa história tinha que terminar assim, não poderia ter outro desfecho. Pensamento positivo! Lembrou que o Guru San falava que isso ajudava as coisas a sair bem. Não admitia as outras possíveis e dramáticas conclusões que Ettore havia elencado sem maiores explicações... A que mais a assustava era a última, que preferia não imaginar. Um barulho repentino e sem graça de uma buzina a fez voltar à realidade: estava atravessando a rua, displicentemente, sem olhar para os lados. Pensou que a vida era mesmo ligada a um fio sutil, e perdê-la era muito fácil – como em um jogo de azar, conforme Ettore tinha falado.

Da mesma forma, Roma estava preparada para o Natal, mas sua maior maquiagem era o símbolo do "Fascio Littorio", triste e escuro, com sua mensagem de tragédias. Depois de uma semana na velha capital, Ettore estava convencido de que sua escolha de abandonar tudo era sábia. Encontrou os poucos amigos que lhe restavam e reparou que até eles haviam mudado. Com Giovannino Gentile falou várias vezes sobre seu estado de espírito em fase de piora, que o empurrara a se afastar da família; fato que o desgastava, assim como a ideia de deixar, em breve, a cátedra de Nápoles. Quando estava no apartamento se fechava no quarto, torturado por sua consciência que não o perdoava sequer por instantes. Sofria muito e não via a hora de voltar para Calipso, única pessoa que aliviava suas penas. Seu diretor, Antonio Carrelli, havia lhe dado uma missão no Instituto de Roma, mas ele esticou a tarefa justamente com a intenção de conviver um pouco mais com a família, da qual, futuramente, sentiria falta.

– Volta para o Natal. Por favor, você nunca se recusou a me ajudar nos deveres quando eu era pequena – dizia-lhe a caçulinha. – Às vezes lia fábulas antes de dormir e certa vez consertou o bercinho quebrado da minha boneca, lembra? Te peço: passa o Natal com a gente!

O que mais o comovia era ver o olhar triste dela, quase chorando. Pensou até em desistir de tudo na hora da despedida que o levaria de volta a Nápoles. Mas prometeu que passaria as festas com a família e saiu com uma ferida profunda no coração. Tinha que apelar para a sua determinação para superar situações como essa, esperando que tudo acabasse logo. Chegou a suspeitar que sua genialidade estava se transformando em loucura, criando dentro dele uma personalidade desdobrada, esquizofrênica, dividida entre uma primeira, de sofrimento total, e outra, de paz absoluta, quando estava junto a Calipso. Ela, ao contrário de Ettore, sentia-se muito bem e protestou apenas um pouco por ter que passar as festas sozinha, já que não tinha nenhum parente. Com antecedência, ganhou dois livros como presente de Natal de Ettore: *Afinidades eletivas*, de Goethe, para que ela pudesse, ao ler, entender a força do amor e o perigo que consequentemente acarreta, e uma novíssima edição de *O falecido Mattia Pascal*, para aproximá-la ainda mais da complicada realidade dele. Ao entregar os presentes, ele aproveitou para informá-la de que nos próximos dois meses iriam se encontrar pouco, evitando o risco de serem vistos juntos, e também pelo fato de ele ter pouco tempo livre entre os deslocamentos necessários à organização do seu desaparecimento, sem contar com os compromissos de família e de trabalho. Disse à companheira que ela teria de viajar mais algumas vezes para a Sicília, o que a deixou feliz: adorava passear, se distrair da monotonia da casa, onde ficava sozinha e passava o tempo livre lendo.

Depois de um desastroso Natal e final de ano ainda pior em companhia da família, Ettore não parava de questionar suas ações, mas não conseguia desvendar se eram determinadas por um sofrimento verdadeiro ou pelo simples fato de ele ampliar o seu drama, como as famosas personagens dos livros de Ibsen que ele havia lido na juventude. Concluiu que não usava de encenação: o desespero, a profunda depressão e até mesmo uma possível aceitação de suicídio eram reais. Isto o ajudou a não triturar a consciência, a mente desgastada pela péssima relação que havia travado com a família, amigos e tudo que envolvia seu passado, menos com aquela que era a chave, a resolução da história de sua vida: Calipso.

Voltando a Nápoles decidiu mudar de residência, para dificultar possíveis investigações, e se transferiu para o hotel Bologna, maior e mais anônimo, situado na rua De Pretis, bem mais movimentada.

Diante de um grande espelho, o barman sacudia o *shaker* com maestria, protegido por uma bancada de madeira escura bem trabalhada em alto-relevo e coberta por granito avermelhado, sobre o qual estavam apoiados dois elegantes copos de coquetel cheios de pedras de gelo e meia fatia de laranja na borda: chegara a hora do aperitivo no bar do Gran Hotel Sole, em Palermo. Não havia muito público, a maioria era de casais, enquanto em uma mesa, sozinha, Calipso estudava o cardápio sem entender muito do assunto. Tinha acabado de aprontar sua mala e deveria esperar o horário de partida do navio postal para Nápoles, que saía do porto às vinte e três horas e trinta minutos. O garçom, depois de servir dois Negroni no fundo da sala, apresentou-se à mesa dela, que fingiu estar ainda indecisa.

– O que a senhora deseja?

Nunca tinha sido tratada com tanta educação, o que a fez sentir-se um pouco mais à vontade, vencendo aquela timidez natural, por estar completamente deslocada naquele ambiente. Apenas não lembrava o nome de nenhuma das tantas bebidas e respondeu, sorrindo:

– Uma limonada, por favor.

– A senhora quer que coloque um pouco de gim ou vodca na limonada?

– Não, obrigada. Mais tarde, talvez.

Nem ela sabia onde tinha encontrado tanta segurança. Gim e vodca, jamais os experimentara. Aliás, costumava beber somente um pouco de vinho, de vez em quando. Quanta coisa nova acontecia em sua vida, ultimamente: como agora, que estava em um hotel de luxo na Sicília, com todas aquelas mordomias. Havia passado dois dias em Palermo, cumprindo à risca tudo aquilo que Ettore lhe pedira, conversando bastante com várias pessoas, em lojas, restaurantes e mesmo na rua. Pedia informações para tentar imitar a cadência da fala bem diferente naquela ilha. Comprou para Ettore um chapéu preto, característico da região, chamado *coppola*, e, para si, um lenço de renda preta que lhe desse ares de quem estava de luto e escondesse seus belos cabelos, além de um xale de lã preta. Não gostou muito da ideia, mas fazia parte do jogo, tinha que se parecer com as garotas da terra, que quase sempre usam trajes pretos o ano inteiro, devido ao fato de serem suas famílias muito numerosas e geralmente haver óbitos frequentes entre os parentes. Visitou outras lojas; em uma comprou um boné escocês tipo caçador e, em outra, um belo jaleco de couro, parecido com o dos pilotos de caça da "Grande Guerra", e também um sobretudo para homem, de péssimo gosto, como pedido por Ettore. Ao voltar ao quarto do hotel, depois de haver treinado exaustivamente as poucas frases populares com o novo sotaque por dois dias, ficou muito satisfeita com o resultado: não sabia ainda direito o porquê de tudo aquilo que estava fazendo, mas executava as tarefas conforme as instruções de Ettore, que, naquela mesma tarde, enviou um telegrama para o hotel de Nápoles, com o seguinte texto: "Estou chegando".

Calipso achou um desperdício usar, no navio, uma cabine de quatro pessoas somente para ela, mas tinha feito isso com a intenção de ser reconhecida como usuária contínua nas estatísticas, caso fosse investigada em futuras sindicâncias. Custou a dormir, pois estava excitada, pensando no momento em que contaria todas as aventuras passadas nos últimos dias e nos bons resultados das tarefas que lhe tinham sido atribuídas.

Ettore estava ainda no hotel Bologna quando um mensageiro bateu à porta: era o telegrama de Calipso, enviado na tarde anterior. Vindo de Roma, ele viajou à noite e quase não dormiu pela angústia da situação com a família; passaria o dia na universidade e, no final do expediente, encontraria Carrelli.

– Que olheiras são essas? – perguntou o diretor ao entrar na sala. Ettore estava de fato cansado, preocupado, sem condição de reagir, mas relatou tudo aquilo que se referia à tarefa executada alguns dias antes. – Pelo que está me dizendo, trabalhou bem, mas pelo visto o seu estado mental não melhorou com a visita à família.

Ettore respondeu dizendo não se sentir bem justamente por ter certeza de ser um peso para todos... Inclusive para o amigo e diretor, que estava diante dele.

– Pare de se preocupar com os outros – concluiu Carrelli – e pare de se infligir punições. Encare esta sua nova vida aqui; se não se adaptar, como já comentou muitas vezes comigo, arranjaremos outra solução. Sabe que sou seu amigo, pode contar comigo. Amanhã é sábado, vá passear. Aproveite o fim de semana para refrescar a cabeça. Não pense em mais nada, relaxe:

Nápoles é o Rio de Janeiro da Itália e oferece mil diversões. Não temos o Corcovado (que o seu genial colega Marconi iluminou diretamente de Roma poucos anos atrás, lembra-se?) mas temos o Vesúvio. Não temos o Carnaval, mas temos a tarantela. Distraia-se. Quero vê-lo com outra expressão na segunda-feira.

Depois de sair, Ettore entrou no primeiro bar que encontrou e pediu um *caffè corretto*. Não fazia tanto frio assim para tomar um cafezinho com a Grappa, mas sentia necessidade de algo forte. Este não era um hábito seu, mas pensou que algo assim o ajudaria a dar um tranco na partida: podia ser útil. Não resolveu, mas melhorou um pouco. Na manhã seguinte chegou à casa de Calipso com uma novidade: pela primeira vez iriam passear juntos, em um lugar onde dificilmente encontrariam conhecidos e experimentariam os disfarces que ela tinha trazido da Sicília.

Quando ele vestiu o jaleco e colocou a boina na cabeça, a garota caiu em uma risada irrefreável que o deixou sem graça mas satisfeito, porque devia parecer bem diferente daquilo que era de verdade. Calipso trançou seu braço com o dele, andando na rua San Gregorio Armeno, no centro histórico de Nápoles. Lembraria desse passeio a vida inteira, por sentir-se como se fosse a própria esposa de Ettore; segura e protegida, andando por aquela famosa estrada que não visitara antes, ouvindo explicações de seu acompanhante, que conhecia cada detalhe do lugar: a igreja antiquíssima, edificada sobre as ruínas do templo de Ceres, a divindade ligada às flores e consequentemente à primavera, iniciada poucos dias antes; as bodegas nascidas à época do Império Romano para que artesãos vendessem estatuetas de terracota para serem oferecidas à deusa. Agora, estavam expostas as lindíssimas figuras dos presépios napolitanos. Calipso ficou deslumbrada, queria ir e voltar pela rua para rever detalhes particulares. Um ou outro presépio completo permanecia montado por ali, mesmo depois das festividades do Natal, atraindo os visitantes. Um guia improvisado que acompanhava um grupo de turistas parou repentinamente as explicações quando viu no meio das outras pequenas estátuas uma imagem caricatural de Mussolini e outros "gerarchi" e comentou:

– Até aqui esses dois?

Foram comer pizza, o que era um sonho para Calipso desde garota: a verdadeira pizza napolitana, em um lugarzinho simples, mas famoso, ali perto. Voltaram depois pela mesma rua San Gregorio Armeno para rever tudo novamente.

O final de março e do inverno chegou rápido em meio à revolução existencial que envolvia os dois.

CAPÍTULO 33

"Caro Carrelli, tomei uma decisão irrevogável, sem nenhum grão de egoísmo, mas tenho plena consciência dos problemas que o meu inimaginável desaparecimento poderá proporcionar a você e aos estudantes..."

Escrevia sem parar, mas a caligrafia revelava um certo nervosismo.

Fazia muito tempo que não via os colegas e o diretor, nem fora e nem dentro da universidade, mas lembrava perfeitamente da última conversa com ele, na qual comparou Nápoles ao Rio de Janeiro. Naquele momento se distraiu pensando que Calipso adoraria essa linda cidade, perfeita também para ser o esconderijo deles. Afugentou o relâmpago de romantismo e voltou à carta – parte de seu plano final.

"Também por isso peço-lhe perdão, mas, acima de tudo, por haver traído sua confiança e a amizade sincera que me demonstrou nestes meses..."

Já era noite lá fora, e Ettore não podia atrasar porque o navio postal sairia logo mais. O apartamento do hotel Bologna era escuro, mas havia uma lâmpada de mesa acesa que iluminava o papel sobre o qual ele estava debruçado, enquanto, sobre a cômoda, um rádio em baixo volume anunciava o noticiário da estação de Roma-Santa Palomba, da Eiar[1]: conseguia escutar, pensar e escrever ao mesmo tempo.

"Peço que você lembre de mim a todos aqueles que aprendi a conhecer e apreciar no seu instituto e dos quais conservarei boas lembranças, ao menos até às onze horas desta noite..."

1. Ente Italiano per le Audizioni Radiofoniche.

Assinou, pegou o envelope, escreveu o endereço e colou o selo que havia comprado com antecedência; logo em seguida apoiou outra folha branca na mesa.

"Tenho apenas um único desejo: não se vistam de preto..."

Essa carta era para a família, então pensou que uma frase desse tipo teria duplo sentido por conter também uma alusão antifascista. Naquele momento, o locutor da Eiar comentou o assunto que ocupava as transmissões dos últimos dias: a Alemanha tinha oficialmente incluído a Áustria.

"Se querem se submeter ao costume, tudo bem, mas peço que qualquer sinal de luto não dure mais que três dias. Depois, lembrem-se de mim em seus corações, se possível, e me perdoem..."

Fez os mesmos procedimentos para selar essa carta e, depois de apanhar uma maleta pequena, preparada anteriormente, vestiu o elegante sobretudo que usava no inverno de Roma, pegou um chapéu-panamá claro que não combinava com a estação, apagou a luz e saiu. A uma quadra do hotel havia uma daquelas caixas de correio, onde depositou as duas cartas, confirmando na plaqueta que a próxima retirada de correspondência aconteceria somente na manhã seguinte. Olhou o relógio e, satisfeito, fez sinal para um táxi que transitava. Sentado no banco de trás, observou a maleta ao seu lado: ali estava boa parte da fortuna que possuía, mais que suficiente para garantir seu futuro. Logo depois do final de ano, ele tinha sacado do banco todo o dinheiro de sua conta, e não era pouco. Na manhã daquele mesmo dia, foi às pressas até a administração da universidade para a retirada dos quatro últimos salários que não havia recebido antes: uma metade enviou para a conta de Concetta Marturana que ele e Calipso tinham aberto em Nápoles. A outra metade estava naquela pequena maleta, que, em tão pouco espaço, guardava o futuro deles.

– Que absurdo! – pensou ele, apertando a alça com uma mão.

Ettore apresentou-se para a retirada da passagem no guichê da estação marítima, onde havia um certo movimento, apesar da hora: disse seu nome bem alto, o que atraiu a atenção do encarregado, que o olhou preguiçoso, estranhando o fato de ele estar usando, no começo da primavera e faltando pouco para a meia-noite, um chapéu-panamá cor de palha, que Ettore tirou rapidamente, para coçar a cabeça, recolocando-o em seguida. Pegou o dinheiro, pagou o bilhete e guardou o comprovante.

– Falta alguma coisa?

Só então o funcionário começou a contar o dinheiro e respondeu:

– Tudo certo.

Ettore dirigiu-se até o embarque, notando que as pessoas o olhavam, justamente como ele queria. Quando o postal zarpou, ficou claro que ninguém o conhecia: não era bem aquilo que esperava, queria que houvesse testemunhas da sua ida, mas gostou. Viajaria mais sossegado naquele momento difícil e poderia mais tranquilamente escrever a carta com as instruções finais para Calipso. No último mês, havia se deslocado bastante, escolhendo lugares para seu exílio forçado e solitário se assim decidisse, depois de finalizado o efeito da última poção.

Já estava predisposto à alternativa número um, tendo renovado o próprio passaporte com certa dificuldade – pelo fato de a polícia secreta o monitorá-lo, temendo que ele fugisse para a União Soviética – e definido as etapas do tortuoso trajeto que o levaria, sem deixar rastros e em companhia de sua amada, provavelmente à América do Sul. A solução número quatro seria o fatal fim corporal sobre o qual o Guru San o havia alertado. Se tivesse que morrer por efeito da droga não seria assustador, porque a hipótese de suicídio estava radicada na mente dele e considerava ser essa uma consequência natural. As outras duas resoluções aconteceriam caso a poção piorasse sua condição mental, aumentando-lhe a depressão e o desespero. O amor que o ligava a Calipso tinha-o convencido, nesse caso, a deixá-la para sempre, para que ela pudesse viver melhor – longe e por muito tempo –, herdando sua pequena fortuna. Para ele sobraria um tempo limitado de desespero, de loucura e de solidão como andarilho, ou um final de vida longe da humanidade, feito de meditação e espiritualidade, em um convento. Havia traçado seu destino com a frieza de quem estava acostumado a calcular tudo, sem pensar em mais nada, a não ser deixar o tempo correr até o fatídico momento. Estranhamente, como os quatro cavaleiros, quatro eram as possíveis histórias futuras, mas só uma o acompanharia ao seu infinitesimal apocalipse.

Misteriosa e atraente ao lado de um copo d'água na mesa de cabeceira, a garrafinha de poção distraía Calipso, que tentava dormir, preocupada com os próximos dias. No Gran Hotel Sole, era conhecida como vendedora de tecidos para camisas masculinas que, de vez em quando, visitava clientes em Palermo. O fato era estranho na Sicília, ver uma mulher viajar sozinha, mas os tempos estavam mudando e todos os funcionários a cumprimentavam com simpatia. No dia seguinte, depois de chegar, Ettore, que já conhecia o número do quarto dela, iria visitá-la sem que ninguém percebesse. Ficariam um tempo juntos e, depois de acertados os últimos detalhes, se encontrariam à noite na cabine dela, no postal.

Estava nervosa e voltou a olhar para a mesinha de cabeceira. Sentiu vontade de despejar na privada aquele líquido maldito, mas não teve coragem porque tinha, no fundo de si mesma, o antiquado sentimento que a levava a sempre satisfazer seu homem. Estava totalmente convencida de que nada iria acontecer a Ettore; ele iria dormir, sonhar, talvez ter um pesadelo assustador, depois sentiria um pouco de dor de cabeça ao acordar e, pronto, já estariam perto de Nápoles, onde iniciariam uma nova vida a dois. Acordou com o mensageiro que batia à porta.

– São sete e trinta, como a senhora pediu.

Nua, sentou reclinando-se um pouco para a frente, com os ombros cobertos pelos longos cabelos escuros e com as coxas unidas enquanto as mãos cobriam os joelhos e os pés desenhavam um V, sem que os polegares se tocassem; urinou com prazer, suspirando: esse era sempre um momento mágico, relaxava enormemente naquela posição que valorizava sua beleza. Com as últimas gotas de chuva dourada sumiram todas as preocupações da noite anterior, sentiu-se tranquila e forte, ajudada por sua própria juventude a enfrentar o dia mais longo de sua vida.

Na saída do cais do porto para Palermo, onde atracava o postal da companhia Tirrenia naquela bela manhã de março, havia bastante confusão, como sempre: carregadores, marinheiros e passageiros se misturavam, andando com certa pressa. Ettore segurava firme a maleta, não deixando transparecer preocupação, mas não vendo a hora de entrar no táxi que o levaria ao hotel. Por baixo da aba do panamá olhou em volta para ver se, por acaso, haveria algum conhecido, mas viu apenas a multidão de estranhos. Uma testemunha poderia ajudar, mas não era indispensável. Lembrou que tudo estava combinando perfeitamente e todas as peças se encaixavam como previsto. Até Giovannino Gentile, único amigo que encontrara em Roma uma semana antes, aconselhara-o – depois de tê-lo visto em estado lastimável – a fazer uma curta viagem, apenas para se distrair um pouco, sugerindo que fosse e voltasse de Sicília, de que tanto gostava e que há tanto tempo não visitava. A ideia caíra como uma luva em suas tramas.

Depois de ter apoiado o chapéu na bancada da recepção, entregou a identidade, confirmou a saída naquela mesma noite e pagou antecipadamente:

– O documento... Vou entregá-lo mais tarde para o senhor, sabe? Formalidades... – falou gentilmente o funcionário.

– Eu mesmo pegarei aqui na recepção, obrigado – respondeu Ettore no mesmo tom, não querendo que nenhum estranho atrapalhasse seus movimentos dentro do hotel. No quarto, arrumou-se depois da noite de viagem, mas sem fazer a barba –, que cresceria um pouco mais até a noite. Na frente do espelho, desarrumou os cabelos um tanto longos: estava diferente, e na penumbra da cabine, à noite, onde depois de uma certa hora funcionava apenas a luz auxiliar acima de cada cama, ninguém suspeitaria que fosse ele, o professor Majorana, docente de física teórica na Universidade de Nápoles.

CAPÍTULO 34

No meio do corredor vazio, a porta do apartamento número quatro se abriu como uma caixinha de surpresas, logo após o primeiro toque, como combinado. Calipso estava mais linda e atraente do que nunca, com um simples vestidinho de algodão, aderente, estampado em flores pequenas e suaves, que havia escolhido para parecer uma camponesa – estava descalça e não vestia mais nada. Provavelmente, seu subconsciente já a tinha convencido de algo bem mais importante que um simples abraço. E o beijo, desejado bem antes do encontro, foi fatal. Caíram na cama abraçados, se cheirando como animais; ambos deixaram a paixão invadir seus corpos por sensações profundas e novas que cresciam a cada instante. O calor da juventude aquecia a sensualidade da fêmea, que pegou a mão do amante e a acompanhou por baixo da saia, ao longo das aveludadas coxas até a vulva inchada, coberta por macios musgos úmidos. Nunca Ettore tinha, em toda a sua vida, apreciado nada tão perfeito como esse gesto de deliciosa agressividade da amante. Uniram-se profundamente, integralmente, em um abraço que durou como uma eternidade, porque o tempo, como que parado, deu a eles a consciência de que tudo estava perfeito, extraordinário e natural, simplesmente porque estavam se amando com uma intensidade que sublimava o momento bem mais que uma simples união de dois corpos – como uma catarse que extrapola simples instintos –, parecendo o perfume do mar revolto que subia das pedras e voava até o infinito espiritual: como um gole de "muscadé de la Loire" depois de uma Fine Bretagne, que harmonizava a ostra e o paladar.

Ficaram tranquilos, se olhando, se cariciando, sem uma só palavra. Parecia que com os toques se reconheciam e com os olhares se descobriam, ao mesmo tempo.

– Tenho que refazer o quarto. – Uma voz feminina interrompeu o mágico momento dos amantes depois das batidas na porta. Ettore se preocupou e Calipso quase riu, mas se conteve e respondeu, séria:

– Não, agora não. Estou trabalhando. Só à tarde.

Levantou da cama, foi ao banheiro e fechou a porta. Voltou sorrindo e, com muita suavidade, falou para ele:

– Era necessário. Não é o momento. Melhor me precaver. É muito cedo para arriscarmos uma gravidez. Será que vai esquecer o que aconteceu no quarto "4"? Esse número é um carma seu, só podia acontecer aqui. Gosto muito de você, nunca esqueça. Eu só fiz porque queria muito, de duas formas: uma de desejo puro e simples. E outra que... Precisava também te dar uma demonstração de dedicação, selar minha sinceridade e minha fidelidade como sua amiga... Em suma, confirmar que estou disposta a te ajudar em tudo, que sou sua da forma que você quiser: pode confiar totalmente em mim.

– Não diga nada, não importa o porquê. Sei apenas que foi maravilhoso, ficará gravado na minha memória e no meu coração para sempre, mais que uma aliança no anular da esquerda, esta lembrança me ligará a você até a eternidade.

– Agora – disse ela, interrompendo-o – você faz parte da minha vida, está dentro do meu corpo e da minha alma para sempre e não vai sair nunca mais. Entendeu? Nunca mais.

Reclinou-se sobre Ettore, beijou-o e, sorrindo, continuou:

– Estou com fome. Vou vestir algo e pedir no restaurante que sirvam no quarto. Uma entrada, um primeiro prato e outro, o principal, mais queijo e frutas. Assim, comeremos os dois sem que eles percebam. Vou descer.

Ettore descobriu o que era êxtase. Só não devia fraquejar demais, não queria perder a força necessária para percorrer a perigosa estrada cuidadosamente desenhada. Ele esperava também que tudo voltasse ao normal depois da última e final experiência. Quando abriu a porta, deu uma risada sonora, como na primeira vez que o viu disfarçado. Agora, despenteado, de barba longa, com a viseira do boné escocês inclinada para baixo e ligeiramente voltada para a direita, com a gola do sobretudo cafona erguida para cima, ele estava um tanto ridículo, mas totalmente irreconhecível. Depois de dividirem o almoço, decidiram deitar-se um pouco para um cochilo, ela ao lado dele, bem juntos. Com as mãos entrelaçadas se olharam por um longo momento: os dois sentiam-se muito bem e, provavelmente, experimentavam as mesmas sensações. Ele olhou para ela, que respirava profundamente, com um leve ronco. Sentiu muita ternura e voltou aos seus pensamentos, sem se mexer para não acordá-la.

Calipso andava a passos rápidos pelas ruas do centro de Palermo, que já conhecia bem. Quis ter algo para fazer naquela tarde, uma tarefa que ajudasse Ettore, e assim foi: despediu-se dele.

– Até já. Vou e volto enquanto você escreve a carta que disse ter de enviar. Depois vou colocá-la na caixa do correio aqui na esquina. Agora vou até a loja do correio que fica aqui perto para enviar o telegrama.

Ele gostou da atitude dela, pegou o papel do hotel e se concentrou para pensar no que ia escrever.

"Caro Carrelli, o mar não me quis; voltarei amanhã ao hotel Bologna, viajando de repente com esta mesma carta..."

Calipso chegou à loja do correio, pegou o módulo, copiou o endereço e o texto que Ettore tinha lhe passado: "Não se preocupe. Está tudo certo. Segue carta. Ettore". O destinatário: Antonio Carrelli. Entregou o papel escrito para um funcionário que sequer olhou para ela, pagou e saiu. Enquanto isso, no apartamento do hotel, ele continuava a escrever:

"Estou determinado a deixar de dar aulas. Não me confunda com uma solteirona ibseniana, porque minha personagem é diferente. Estou à sua completa disposição para maiores detalhes."

Assinou, lacrou e colocou o selo e endereço. Foi até a cama e deitou-se, espreguiçando-se: deixaria passar um tempinho, relaxando, enquanto esperava a chegada da dedicada amante, a quem entregou a carta assim que chegou. Combinaram de se encontrar dentro de meia hora no apartamento 4, depois que ela voltasse.

Se na primeira vez que bateu àquela porta a surpresa foi grande, desta vez foi insuperável. O que estava passando pela cabeça de Calipso era difícil de explicar. Provavelmente queria que o amante recuperasse o tempo perdido sem relações físicas ou queria concentrar tudo em pouco tempo, por não ter a certeza de uma futura convivência longa. Estava nua na cama, esperando o amante, coberta apenas por um leve lençol. As pontas dos bicos dos seios apareciam, altas e frementes, erguidas pela excitação ao se mostrar, oferecendo-se sem pudor. Em pouco tempo ele estava sobre ela. Os dois corpos nus rolavam na cama em frenesi. O abraço foi longo, doce, sem fantasias, extremamente simples, capaz de proporcionar lentas e profundas sensações aos amantes. Ele se segurou várias vezes, conseguindo levá-la, como um maestro que conduz a orquestra ao gran finale da sinfonia. Os líquidos e húmus da mais sublime e bela história da humanidade se juntaram, coroados pelo selo da perfeita harmonia.

– Meu Deus! O que é isso? Incrível...

Foram estas as poucas palavras, vindas do fundo da alma, pronunciadas descontrolada e sinceramente por Ettore. Calipso, com olhos de topázio, molhados, riu em uma explosão de felicidade. Quando tocaram as dez badaladas da noite, ela pegou o táxi e, no porto, pediu ajuda a um carregador porque a mala grande e a maleta com dinheiro pesavam demais.

Dentro da cabine, reservada só para ela, sentiu-se sozinha e ansiosa. Não via a hora de o navio zarpar e chegar ao seu destino.

Ele se apresentou ao guichê um pouco mais tarde, vestindo um terno cinza-claro com gravata escura e sobretudo elegante, enquanto em uma das mãos carregava uma maleta pequena parecida com a dos médicos; na outra, segurava o chapéu-panamá, que colocou na cabeça diante do funcionário. Pegou um papel no bolso interno do paletó, olhou e disse:

– Ettore Majorana, reserva número "00035... Cabine 22". Só uma cama. Aqui está minha identidade. – Demorou um pouco para passar o dinheiro porque o recontou na frente do funcionário.

– Tudo certo – disse o homem. – Boa viagem.

– Tem outros passageiros na cabine? Gosto de viajar sozinho.

– Sim, senhor – respondeu ele –, o navio está quase cheio.

– Obrigado. Boa noite.

CAPÍTULO 35

Quando Ettore entrou na cabine de Calipso, acabou o nervosismo dela e provavelmente o dele também. Depois de abraçá-la longamente, falou:

– Agora, vamos ao trabalho!

– Sim, professor – respondeu ela, sorrindo, quando ele pegou na mala aberta, apoiada em uma das camas, aquele sobretudo cafona e o boné escocês. Soou o primeiro e característico apito grave do postal, que anunciava a saída próxima enquanto ele vestia o primeiro disfarce.

Foi até o banheiro para se despentear e colocar o boné diante do pequeno espelho – achou que estava perfeito, valendo-se também da barba que continuava a crescer –, quando soou o segundo apito. Passou pela portinhola, deu três passos e parou no meio da cabine diante de Calipso, que estava sentada na cama dos fundos: desta vez, não sorriu. Ettore estava muito sério. Um silêncio de tumba parecia ter invadido o ambiente em torno dos dois, que se olhavam sem dizer nada. Foram bruscamente interrompidos pelo terceiro apito, que dessa vez soou ainda mais alto e grave, avisando que o navio estava deixando o cais de Palermo: eram vinte e três horas e trinta minutos do dia vinte e seis de março do ano de 1938. Quem rompeu o gelo foi ele:

– Ettore Majorana desapareceu para sempre. Paz à alma dele.

– Como devo lhe chamar de agora em diante, já que o professor não mais existe? – perguntou ela, tentando aliviar a atmosfera pesada.

Ele deu dois passos lentamente, sentou-se ao lado dela e pegou-lhe as mãos.

– Não tenho mais nome. Nem profissão. Resta-me somente você. Então me chame de "meu amor".

– Pronto! Gostei de "amor"... E vai sair do fundo do meu coração, com sinceridade, porque estou sentindo que está lá dentro de mim e cresce a cada dia.

Nessa primeira parte correu tudo da melhor maneira. O plano parecia perfeito em sua esplêndida simplicidade, como o mais fácil dos cálculos: um mais um igual a dois.

– E você foi perfeita – disse Ettore.

Começou a recapitular todos os passos finais: ele passaria um certo tempo na cabine que havia reservado, mostrando-se o menos possível aos passageiros, que provavelmente estariam dormindo, ou quase. Deitaria para deixar passar um pouco mais de uma hora, podendo sair por volta de meia-noite e trinta com um cigarro na boca, como se fosse até a ponte para fumar, voltando logo para cabine de Calipso, para tranquilizá-la. Nesse meio-tempo, ela poderia se preparar com aquele vestidinho simples, estampado, usar o lenço de renda e se cobrir com o xale preto de lã. Ficaria deitada, tranquila, esperando com uma boa leitura. Não seria tão fácil, e ela acabou pedindo que ele voltasse logo. Depois de um terno beijo, Ettore saiu. Sozinha, voltou a sentir certa ansiedade, tentando se concentrar no livro. Uma estranha calmaria do mar, exagerada para a estação, parecia acompanhar o tempo de separação dos amantes, como um prelúdio maligno a anunciar uma grande tempestade no desfecho do enigma.

Apoiado no parapeito do navio, Ettore fumava com gosto todo especial, saboreando o cigarro preferido, sabendo que poderia ser o último. Pensou que essa sensação deveria ser parecida com aquela que sentem os soldados condenados à morte por fuzilamento, quando tragam o derradeiro fumo. Pontual, retornou à cabine de Calipso, que logo se sentiu melhor naquela cama fria do velho postal. Ela estava mais que bonita; aquele falso luto aumentava seu charme, deixando-a muito graciosa naquele vestidinho que já carregava tantas recordações. Ao olhá-la, ele sentiu um certo medo de perdê-la, mas anulou rapidamente esse sentimento antes que se apossasse de sua alma e começou a se trocar para transformar-se no personagem final.

– Um dos passageiros estava acordado e trocou poucas palavras comigo, quase não me olhou. Quando levantei e saí, passei no salão de viagem, aquele mais popular; sabe onde fica o pequeno bar que serve lanches? Tem bastante gente, mas há lugares vagos. Está quase na hora de irmos até lá: não esqueça o livro, porque terá que esperar o fim do efeito da poção. Quando o sonho vier, estarei dormindo tranquilamente. Ou assim espero! Se durar como o das outras vezes, levará mais de uma hora... Talvez duas, mas não se preocupe e não me acorde. Então, o final da longa história está chegando. Não tenha medo, tudo vai dar certo. Você ficará um pouco distante, mas poderá me olhar com facilidade, e, quando eu acordar, o nosso futuro começará.

– Não gostaria de ficar longe de você – disse ela, interrompendo-o. – Poderia estar ao seu lado, te cobrir da carinhos enquanto estiver dormindo.

– Não pode, infelizmente. Já te falei, deve ficar longe de mim para o caso de surgir algum efeito mais grave. Daí você irá se comportar como se não me conhecesse e cairá fora como prometeu. Não quero te criar dificuldades. Entendeu?

– Fica tranquilo, sou sua dedicada mulher. Calipso é sua.

Ela continuou falando enquanto Ettore enchia a mala, já tendo colocado nela todos os disfarces que haviam usado, inclusive o panamá, o boné escocês e a pasta de couro tipo médico, da qual tirou um envelope e uma corda não grossa, mas bem resistente.

Fechou a mala e a amarrou como se fosse um pacote, entortou um pouco a aba em cima da cabeça despenteada e passou o envelope com as últimas instruções para aquela que agora era sua mulher, por muito ou pouco tempo que fosse.

– Aqui está escrito o que deverá fazer depois que eu tomar a poção. Tem endereços importantes. Quero que leia esta carta apenas quando eu estiver prestes a acordar. Não esqueça que nunca amei ninguém tanto quanto você.

Abraçou-a e beijou-a com uma intensidade diferente, a ponto de Calipso sentir um calafrio, por parecer-lhe ser um último beijo, antes da despedida. Depois, olhou-o do fundo de suas pupilas, enquanto uma lágrima morna descia-lhe pelo rosto até sua boca carnuda, quando a ponta da língua rápida e instintiva colheu-a. Ela sentiu um leve sabor de sal. Tentou sorrir e fechou os olhos.

– O que é isso, menina? O seu belo rosto não é feito para lágrimas, sorria! Vamos, daqui a pouco tudo terá acabado. De agora em diante você será a senhora Concetta, viajando com seu marido Salvatore. Vamos, chegou a hora.

Ettore estava sorrindo, mas Calipso, por mais que se esforçasse, não conseguia. Os dois saíram da cabine um de cada vez, como combinado. Ele chegou ao salão primeiro e deixou a mala e a maleta em uma cadeira meio afastada, quase no canto, mas perto de uma pequena luz onde ela poderia ler; depois, percorreu cerca de cinco metros e sentou-se em outra, perto da parede: as duas ficavam quase de frente uma para a outra. Finalmente pegou a pequena garrafa cheia de líquido verde-escuro, quase preto, que retirou da estranha maleta que parecia de médico e estava bem junto a ele. Olhou a poção pensando que seria essa a última tacada de sua sinuca existencial. A verdade é a vida, ou a verdade e a morte estariam escondidas naquela insignificante e misteriosa partícula do Universo? Calipso atravessou o salão onde uma boa quantidade de passageiros dormia como podia. Olhando de vez em quando para Ettore, passou pelo bar onde um garçom meio sonolento lavava copos, e, ao lado da bancada, o relógio, no alto, marcava uma e quarenta. Sentou-se na cadeira, olhou para a mala amarrada escondendo a maleta ao seu lado e abriu o livro no ponto marcado pela carta, com as instruções. Ele passou um bom tempo olhando para ela, que também o olhava, mas não conseguira mudar a expressão triste que agora combinava com o seu luto. Conseguiu sorrir quando Ettore piscou o olho em sinal de cumplicidade, antes de abrir a garrafa e engolir de uma só vez a poção.

No ponto mais claro do salão, parado na penumbra, o garçom lhe pareceu trabalhar na velocidade de um avião, lavando milhares de copos em poucos segundos. No canto da pequena luz, Calipso parecia ter perdido as vestimentas, ficando mais jovem, cada vez mais jovem, uma criança e depois uma recém-nascida, ternamente linda e nua. Quando ele virou os olhos, movido por uma injustificada vergonha, parou instintivamente no ponto mais claro do salão, imóvel. Foi aí que tudo começou a rodar, cada instante mais rápido, como um enorme tornado que o puxava para dentro de si e para cima, onde conseguia enxergar com certa dificuldade um céu escuro, depois claro; o sol virava lua e a lua se transformava em sol, nuvens corriam atrás de estrelas que fugiam, parecendo um carrossel terrível e maravilhoso, que, assim como começou, parou de repente na escuridão total de um silêncio cósmico.

CAPÍTULO 36

"Mas ao da frente a pena se agravava,
Porque das garras o furor constante
Do dorso a pele ao pecador rasgava."
Dante Alighieri
A Divina Comédia — Canto XXXIV, Inferno

Enquanto o rodamoinho perdia força, aparecia lentamente algo semelhante a um subterrâneo: uma garagem com grandes e pequenos tubos iluminados por luzes esverdeadas e um barulho áspero e repetitivo de hélices que invadia o ambiente, saindo de uma grade, no fundo da parede cinza, à esquerda. De súbito, a imagem parou no interior da cabine de um meio de transporte estacionado no ponto mais escuro. Sua cúpula transparente fechou-se automaticamente, em seguida. Pequenas luzes intermitentes de LEDs coloridos acompanhadas por rápidos apitos piscavam no painel que dava a ideia de estar executando algum controle. Quando tudo parou, um ruído sutil de motor elétrico saiu da parte baixa do veículo, enquanto dos pequenos e sofisticados alto-falantes da cabine uma voz feminina, agradável, porém fria, começava a falar:

– Fahrenheit um, um, oito, ponto, quatro. Insira o código do destino e aperte a trava de segurança "B". Operação concluída. Boa viagem.

Rafael Ferreira, matrícula CPL01, acabara de inserir o número "0633" no painel de controle do veículo eletromagnético e automático que haviam deixado à disposição dele cerca de sete meses antes. Era um modelo novo chamado VEA-056, cujos números finais correspondiam ao ano de fabricação: 2056. O moderno automotivo de última geração conseguia percorrer qualquer uma das faixas disponíveis no trânsito, inclusive a sexta, restrita aos veículos oficiais – o que evitava eventuais e temporários fechamentos, que aconteciam diariamente. O sibilar do motor ia aumentando enquanto percorria o longo túnel onde sinais luminosos indicavam as milhas que faltavam até a saída escolhida, situada fora da periferia da cidade, em uma região predisposta à produção de energia elétrica, com seus altos postes que ultrapassavam a cobertura indispensável, feitas de ondas de ultrassom. Acima deles rodavam enormes hélices eólicas e, embaixo, o chão era praticamente coberto por painéis solares. O cenário lembrava um pouco as antigas florestas, desaparecidas há muitos anos. Esse era o caminho mais longo para ele chegar ao trabalho, porém o mais seguro e tranquilo. Longe da periferia, a oeste da capital Gran Ville de Natal, no distrito de Parnamirim, para encontrar depois a base de lançamento chamada "Barreira do Inferno" com sigla CLBI, Rafa – apelido que podia usar com os colegas de trabalho e amigos – deu a ordem de voz:

– *Entertainment.*

Poucos segundos depois, o controle a distância o conectou fazendo surgir vários ícones na tela do painel. Ele tocou aquele de cor verde com o escrito "Basic Complete Electronic". Imediatamente uma melodia magneto-surreal invadiu a cabine junto com uma fumaça leve de gás relaxante PF3 (abreviação de Pink Floyd Três) – muito bom para viagens – acompanhado por ondas luminosas e coloridas que ofuscavam a transparência do acrílico antiarmas magnéticas da cabine. O sistema de "comando de voz centralizado" tinha sido a última inovação tecnológica implantada no mundo com a colaboração de todas as três grandes potências corporativas, em comum acordo, no ano de 2051. O sistema era autossuficiente, autônomo, indestrutível e permitia acesso exclusivo a todos os serviços secretos das mesmas corporações.

Para a população, este foi um grande progresso, de extrema simplicidade: um nanochip era colocado em cada ser humano no momento do nascimento, deixando-o coligado ao sistema central até a morte. Assim, a época dos documentos, crachás, cartões de crédito e chaves passou a fazer parte do passado. Todas as funções paralelas eram executadas pelo nanochip de comando de voz.

A curtição do "Basic Complete Electronic" foi interrompida bruscamente:

– Fahrenheit um, um, cinco, ponto, oito. Recodificar para zero, cinco, pista liberada, nove minutos a menos para o destino. Executar. Concluído.

Rafa tinha acabado de recodificar o trajeto quando o veículo dobrou à esquerda e, depois de poucos segundos, estava na pista cinco, que passava pela extrema periferia da capital do Estado Líbero do Rio Grande do Norte, um daqueles que sobraram quando a República do Brasil, como aquela dos Estados Unidos, acabara se fragmentando após a crise de 2042. A megacidade, caótica como todas as outras da Terra, tinha cerca de sete milhões de habitantes e quase que a maioria da classe E3. Ou seja: uma classe praticamente de miseráveis. Rafa havia excluído temporariamente o sistema audiovisual por gostar de olhar, para além do muro transparente de "Acrilicon STR 6", os barracos das bidonvilles cheias de homens e mulheres atarefados pelas ruelas, achando isso uma prova de vitalidade que o convencia sobre o futuro da humanidade.

O seu VEA-056 diminuiu a velocidade e balançou um pouco, passando por cima de algum detrito queimado na pista. Nada preocupante para um veículo como aquele. Operários da milícia antimotim do Estado, perfeitamente identificáveis pelo macacão preto com listra transversal de cor laranja nas costas e capacete azul vibrante e luminoso, acabavam de consertar a proteção e limpar a pista. Eram restos de barricadas deixados durante alguma manifestação, dentre as várias realizadas pela classe E3, que aconteciam diariamente e bloqueavam as faixas dois, três, quatro e cinco: a de número 1 se encontrava intransitável há mais de seis meses depois de uma ocupação violenta que a transformou em um "gueto" de pequenas moradias de papelão, madeira e outros dejetos. Quando não eram manifestações, eram assaltos com arrastões bem mais perigosos e sangrentos. Essas situações criavam filas enormes, com horas de espera dos veículos particulares da classe E1.

Rafa não tinha esse problema pelas vantagens da sua função. Com matrícula CPL01, como primeiro controlador de plataforma de lançamento, dependia diretamente do bloco da corporação "Gamma" que funcionava como uma diretoria central das três Américas, com sede em Havana, na ilha de Cuba. Era semelhante a uma grande holding que conglomerava pequenos estados do continente. As outras duas corporações – a "Alfa", da Ásia e Oceania, e a "Beta", da Europa e África – tinham perdido muito poder ultimamente, e o mundo, assim, parecia estar passando pela antiga Idade Média: fracionado, quase incontrolável e afastado de quem o comandava.

Ao chegar à base, os vários portões se abriram para Rafa pela simples aproximação de seu veículo, graças ao nanochip com comando de voz que automaticamente, e em tempo real, informava o controle central onde ele se encontrava. Deixou o carro na garagem subterrânea e caminhou até a porta de acesso especial, que realizava outros tipos de controles, como bacteriano e toxicológico, e funcionava também como detector de armas ou de produtos químicos. A porta se abriu e fechou rápida e instantaneamente atrás dele, que percorreu um longo corredor até entrar no elevador pneumático. Ele era um paramilitar, mas não lhe era permitido usar armas, já que não havia feito nenhum curso que o preparasse para isso.

Por questões de segurança, todo o edifício da base era subterrâneo. Acima do nível térreo, existia somente um degrau com cerca de um metro de altura por sete de comprimento e quatro de profundidade, com vidros de dez centímetros de quartzo blindado que permitiam a quem estivesse no interior ver o campo inteiro com os doze mísseis nas plataformas. Atrás da janela protegida, um painel com vários manômetros e botões na bancada de mesmo comprimento contava com todo o necessário para executar os lançamentos. Nesse mezanino, com aproximadamente dois metros e meio de altura, se destacavam três pequenas poltronas de rodinhas e um jogo de seis cadeiras iguais, para visitantes eventuais. Embaixo, fechado pelo vidro blindado de alta resistência (JG8), o escritório de Rafa permitia enxergar os outros dois controladores, de costas: Geo, diminutivo de George, matrícula CPL02, e Dany, diminutivo de Daniel, matrícula CPL03, que operavam outros equipamentos em suas respectivas mesas. Trabalhavam juntos há muito tempo e, além de colegas, eram amigos. Rafa, o "01", era um bom chefe de departamento e sabia exercer a autoridade sem excessos, com conhecimento e boa experiência.

– Oi, Geo – disse Rafa, entrando na sala. – Oi, Dany.

– E aí, velho? – perguntou Daniel, que era o mais jovem deles e, no convívio, usava uma gíria própria da idade.

O trabalho era de uma rotina desgastante: nada acontecia por ali. Os mísseis de defesa e ataque estavam lá, parados e obsoletos, prontos para as operações de lançamento dos vários setores da base, depois das ordens do diretor de segurança da sede de Havana, caso o conselho de administração da corporação "Gamma" necessitasse. Não eram armas de última geração, mas, carregando ogivas termonucleares popularmente conhecidas como bombas de hidrogênio, podiam comodamente devastar – se explodidas a quinze milhas no mar, como explicavam as novas estratégias – cidades do tamanho de Nova York, com um terrível tsunami. As três corporações tinham armamentos parecidos, e isso gerava uma falsa e aparente calma, já que a centralização do comando dos sistemas tornava-os mais vulneráveis e sujeitos a erros ou invasões eletrônicas fatais que podiam gerar o caos: todos os seres humanos, por mais despreparados que fossem, sabiam disso. Na base "Barreira do Inferno", Rafa, Geo e Dany tinham uma única preocupação: que as rampas estivessem sempre aptas, perfeitamente prontas e em condições de pleno funcionamento para que eles mesmos executassem manualmente as eventuais ordens de lançamento. Nada mais.

Geo, no marasmo do tempo que parecia não passar, viciou-se em jogos eletrônicos de todos os tipos. Dany não tinha esse costume, preferia as apostas das transmissões de esportes violentos, e não eram poucas as vezes que perdia inteiramente o seu salário, apostando. O chefe Rafa não gostava desses tipos de competição, que chegavam a matar atletas famosos todos os dias. Recusava-se a perder tempo em games da moda. Na verdade, seguindo sua tranquila personalidade, preferia as intermináveis séries de fiction, que também favoreciam adoráveis cochilos.

Ao sentar-se na cômoda cadeira do escritório envidraçado, notou na tela algo fora do comum: o pequeno quadrado vermelho com o escrito "Alarm" piscava no alto, à esquerda. Logo abaixo, aparecia o horário "04:12:37". Às quatro horas, doze minutos e trinta e sete segundos, ele se encontrava em casa, sozinho, dormindo tranquilamente, porém nem o alarme do relógio de pulso multifuncional nem mesmo aquele grande do seu quarto tocaram. Impossível, tudo era meticulosamente interligado! Desde que começara a trabalhar na base havia reparado um pisca-pisca vermelho, como este agora na tela, somente duas vezes. E sempre por testes gerais com notificação prévia.

– Fahrenheit... Um... Dois... Um... Ponto. Três.

A voz era a mesma que se ouvia no veículo, mas imediatamente reparou que a temperatura estava levemente acima do normal quando deu início ao procedimento que estudara no manual: iniciar checando os instrumentos. Demorou um pouco, mas isso o tranquilizou. Deveria ser uma falha comum que se resolveria facilmente, apenas mudando o circuito. Quando leu na tela "Operação concluída" e viu que ainda assim o alarme continuava a piscar, ficou preocupado. Segundo passo: comunicar a existência do problema ao setor de Controle Técnico de Armas. Aproximou o microfone da rede interna codificada, enfiou o pequeno auricular no ouvido e pediu:

– CTA01.

Essa era a matrícula do diretor Gerard, que ele conhecia bem e considerava muito; um pouco pela idade, mas principalmente pela capacidade. No começo, sempre que se deparava com alguma dúvida, recorria a ele – que jamais lhe negara ajuda. Nesse momento, um homem mais velho, grisalho e com expressão jovial apareceu na tela do circuito especial de alarmes.

– E aí, Rafa, tudo bem contigo?

– Tudo bem, Ger. Curtindo a solidão.

– O que manda?

–Tenho um alarme ligado, acho que sobrou para vocês. Terão que controlar a máquina diretamente. Sabe como é, tenho que te avisar...

– Sei, sei. Ok, vou executar! Mas logo agora? Vai começar o jogo do Minnesota Vikings contra o Atlanta Falcons pela Norton League. Acho que vou mandar uma equipe in loco para fazer uma "checagem A2 especial", assim poderei ficar aqui, tranquilo, apreciando o jogão. Não se preocupe, garoto, não deve ser nada de mais. Pergunta aí para o Dany em quem ele apostou.

Rafa, então, desligou o circuito direto e, pelo interfone, perguntou:

– Dany, o Ger quer saber em quem você apostou no importante jogo de hoje.

– Atlanta Falcons. Paga um ponto nove.

– Obrigado. – Desligou e voltou a falar pelo circuito codificado: – Ger, o nosso expert sentenciou: Atlanta Falcons, e vai pagar um ponto nove.

– Obrigado Rafa, até já.

A imagem de Ger sumiu da tela, que também passou a piscar a palavra "Alarm", obrigando Rafa – depois de vinte minutos da chamada para o CTA – a avisar o Controle Final Ogiva, o mais demorado, que determinava aptidão da bomba e concluía os testes para o possível uso dos mísseis. Era realmente uma bela encrenca, mas preferiu distrair-se vendo subir, atrás da proteção transparente de quartzo, os três engenheiros práticos nas rampas para a execução dos controles *in loco*. Quando voltou-se para outro monitor, viu o momento exato em que o "Alarm" parou. Respirou aliviado, não se importando de ter que refazer todos os procedimentos executados anteriormente: era de praxe. Tudo bem, voltava a reinar aquela tediosa normalidade, que ele tão perfeitamente conhecia.

CAPÍTULO 37

– Fahrenheit... Um... Dois... Um, ponto, sete.

A temperatura, que já estava acima do normal, continuava a subir lentamente. A mudança dos graus da cobertura que separava o mundo habitado da atmosfera externa – extremamente aquecida – era um dos maiores perigos para a humanidade. Depois dos anos 2030, a degradação do planeta obrigou a inventarem esse tipo de proteção necessária à sobrevivência. Abaixo dela havia vida, mas qualquer interrupção – onde quer que o aquecimento acontecesse – gerava danos irreparáveis à produção de alimentos vegetais, animais e graves problemas à saúde da população. A escassez de água levou à perfuração de poços profundos com enorme desperdício de energia, tornando-se o hídrico e o energético outros graves problemas da Terra, populosa ao extremo depois da interrupção da colonização de Marte, há dez anos, por causa de um vírus letal no planeta que matou os primeiros vinte mil emigrantes espaciais, que haviam sido enviados para executar as primeiras obras de infraestrutura.

Rafa escutou a informação dos Fahrenheit e coçou a cabeça, mas voltou ao seu maior problema: como passar o tempo? Abriu na tela a imagem de um episódio do seriado que vinha assistindo, com o título *South America Dream*, ambientado na América Latina dos anos 2020. Era uma comédia com todas as degenerações possíveis de ideais, sentimentos e de moral da época. No alto, à direita, Dany surgiu falando:

– Estou conectado com meu pai. Ele quer te dar um abraço.

– Ok, com muito prazer, me passe ele.

Apareceu na tela o rosto enrugado do homem que aparentava uns setenta anos, com olhos azuis muito acesos e cabelos brancos lisos e longos, que disse:

– Tudo bem, jovem controlador de meia-tigela?

– Quanto tempo, meu jornalista preferido. Estava com saudades do senhor.

– Para de falar besteiras, cara. E para também de me chamar de senhor, ainda dou as minhas!

– Um dia desses vou te visitar, Felipe.

– Vem sim, te espero. Trabalhando muito?

– Como sempre, grandes responsabilidades e horas vagas de sobra!

– Um abração! Cuida do Dany, sabe que ele é meio doido.

– Um forte abraço e até logo.

A imagem desapareceu, e Rafa voltou a *South America Dream*, que ele copiava para rever os trechos de que gostava particularmente.

Havia se separado da mulher por causa da eterna guerra dos sexos e da influência negativa dos transtornos da pré-menopausa da ex. Relembrou o momento de separação da companheira com a qual se unira em regime de CUE (Contrato de União Estável), que correspondia ao velho casamento. Como havia falado com Ger há pouco tempo, agora curtia uma "solidão de solteiro" em plena meia-idade. Nascido em 2012, mantinha boa forma física praticando uma hora de "Ultimate Crossfit X3" diariamente, na miniacademia do conjunto predial onde morava, o que compensava o consumo mínimo de calorias que gastava com trabalho sedentário. Chegou em casa às seis da tarde e, por precaução, checou todos os equipamentos eletrônicos de alarme, que demonstraram perfeitas condições: o minirrobô de limpeza contínua e programada, que o tinha cumprimentado na chegada com um caloroso "Boa... Tarde... Sr. CPL01...", continuava executando as tarefas domésticas sem parar.

De vez em quando sentia saudades da companhia da esposa e do filho, que tinha acabado de se especializar em imunologia e trabalhava no Centro Tecnomarinho Experimental de Tutoia, não muito longe dali, na divisa do Estado Líbero do Maranhão. Pediu a matrícula dele em voz alta, e, depois de poucos segundos, apareceu a imagem holográfica de Jul, o filho, ainda no trabalho:

– E aí, pai? Tudo bem contigo?

– Tudo. Tudo ótimo... E você, tudo na santa paz?

– Tranquilo. Mas muito trabalho.

O Centro Tecnomarinho desenvolvia oficialmente um projeto especial, já em fase final, sobre um microrganismo aquático monocelular sintético capaz de triplicar a produção de algas comestíveis. Parecia muito interessante, fantástico, porque podia ajudar a resolver o problema alimentar do bloco das Américas. No momento, estavam concluindo a fase de modificações até conseguirem a reprodução dessas plantas também em águas doces. Faltava unicamente checar a toxicidade para seres humanos, indispensável à liberação do uso, depois da dramática consequência dos transgênicos na agricultura, abandonados em 2031 quando se descobriu a influência na degeneração dos neurotransmissores dos seres vivos. Falaram um pouco sobre esse assunto e, depois, Rafa desligou a imagem do filho e procurou no arquivo o holograma da ex-mulher. Não sentia mais nada por ela, só um certo carinho pelo passado e pelo ser humano que tinham gerado juntos: preferiu desligar a tela multiúso, logo em seguida.

O apartamento monossala era formado por um grande ambiente central que concentrava tudo: mesa de refeições apta a descongelar e aquecer comidas, cama dobrável sempre pronta – e que, ao ser fechada, virava um aconchegante sofá –, vaso sanitário embutido na parede como um armário, igual ao chuveiro, com água reciclável e unidade de esterilização, para higienização na chegada, poupando assim o uso excessivo e o desperdício do precioso líquido, evitando também a poluição com detergentes. Parte do pouco lixo produzido era preparada e gerava energia; o restante era reduzido a microparcelas e inserido em tubos de lançamento, para o espaço. Era bonito, elegante, equipado com as últimas novidades eletroeletrônicas para comunicação, lazer e segurança: o melhor que se podia imaginar para alguém que vivia só.

Mas, naquela tarde, Rafa sentiu uma forte necessidade de sair, de ver gente, de fazer algo. Depois de pegar um longo túnel, em um tapis roulant exclusivamente para pedestres, desceu por uma escada móvel e entrou no metrô, para finalmente sair no caos noturno do bairro da classe E2, onde tudo podia acontecer. Era um lugar menos seguro, mas bem animado, sem ser perigoso e miserável como o da E3 que oferecia aos visitantes as mais depravadas emoções com todos os tipos de drogas proibidas e degenerações físico-sexuais, algumas escondendo graves riscos, inclusive fatais. Quase ninguém da E1, e dos funcionários públicos como ele, ia até lá. Preferiam as mais tranquilas diversões dos bairros E2.

Ao sair pela porta rotatória de segurança contra armas de todos os gêneros, Rafa entrou em um lugar muito tumultuado e barulhento. Um flyboard air da polícia do bairro, em missão especial, sobrevoou o calçadão rente ao topo dos prédios antigos, não muito altos. Neons de LEDs coloridos chamavam a atenção. Piscando, convidavam para todos os tipos de diversão, enquanto, embaixo, uma multidão excêntrica, diferente, se movimentava aos empurrões, tentando chegar aos vários destinos. Não havia outros veículos que não fossem os individuais hoverboards com colchões de ar para segurança do bairro, que às vezes apareciam no meio da multidão, montados por um policial. Rafa se deparou, em uma esquina, com um sexteto do Exército da Salvação tocando e cantando: que divertido! Ele gastou ali alguns minutos, escutando.

Um pouco mais adiante deu uma espiada em um "Dehors" de bar temático. No octógono, dois atletas da *Ultimate Superviolent Fight*, já ensanguentados pela quantidade de socos e chutes, se enfrentavam. Como não gostava muito desse esporte, seguiu em frente olhando à esquerda as casas noturnas com ofertas para os variados gêneros da lista GLSBTE que invadiram as grandes cidades nos anos 2020, quando a humanidade atingiu plena liberdade sexual. À direita, bares e restaurantes para todos os gostos: discotecas e boates de héteros e muito raramente algumas "canabiserias" com venda de fumo de vários tipos liberada. A tradicional maconha, kief, haxixe e outros tóxicos leves. Outras pequenas lojas, abertas depois dos anos 2030, ofereciam LSD, cocaína e ópio, mas exclusivamente para "fichados".

No quarteirão seguinte se deparou com um grupo barulhento e alegre de Hare Krishna que conseguia, não se sabe como, prosseguir balançando suas longas túnicas alaranjadas, cantando o maha mantra com ritmo divertido em meio à multidão. Depois, esbarrou em um grupinho de punks, que o olharam de forma esquisita. As moças, engraçadinhas, com piercing na boca e no nariz, o xingaram à vontade. Não ligou, já que isso era normal, e entrou em um bar-lanchonete que achou simpático. Sentou-se na cadeira de uma mesa para dois, no setor de encontros, e pediu para a garçonete um Monster-Coke, que era o energético da moda, lançado um ano antes. Olhou em volta para ver se havia alguma mulher disponível, mas não encontrou nada de interessante, até que chegou sua bebida:

– São vinte dólares. Código do estabelecimento: BAR2343 – disse a garçonete.

– Vinte dólares, BAR2343 – repetiu ele com clareza, e o comando de voz executou imediatamente a transferência de sua conta no Banco Express American Virtual para o bar-lanchonete Red and Black. Estava gostando do saboroso energético borbulhante (e fumegante, por causa do gelo seco) que ele sugava por um tubinho de plástico que sempre chegava à mesa em saquinhos de policarbonato hermeticamente fechado e identificado como "esterilizado", quando subitamente apareceu, do seu lado, uma morena escultural vestida com um collant de látex, exibindo toda a sua altura e fumando um chilum de haxixe marroquino.

– Posso? – perguntou ela, com voz persuasiva, indicando a cadeira para Rafa, que a admirava dos pés à cabeça e, sem palavras, conseguiu responder somente depois de alguns segundos.

– Mas é claro! Deve. Estou aqui "fazendo hora".

Geralmente os primeiros papos eram importantíssimos, porque ali elas decidiam se gostavam ou não do sujeito. Se a companhia não fosse de seu agrado, simplesmente levantavam-se e saíam com uma educada desculpa ou um simples "bye, bye". Se, ao contrário, tivessem algum tipo de interesse, continuavam conversando e, depois de certo tempo, marcavam para logo mais, nos próprios aposentos, uma sessão de sexo holográfico, em que se uniam a distância. Depois de vários encontros virtuais poderiam chegar a se unir verdadeiramente, mas muitos preferiam ficar somente nesse primeiro estágio. Rafa não demorou a descobrir o diminuto nome da impressionante morena, Elis, quando no seu relógio de pulso surgiu, na pequena telinha, vibrando e apitando suavemente: "Alarm". Ele olhou duas vezes para o pulso, não querendo acreditar que fosse verdade. Esperou que fosse alarme falso, mas, mesmo diminuindo automaticamente o volume, o ruído continuava intrigante e desrespeitoso, até que ela interrompeu a conversa e disse:

– Problemas?

– Sim. Sim e não, muito simples: tenho que ir embora, mas podemos marcar outro dia. Estarei...

– Não, hoje é um dia especial. Mas quem sabe? Quem sabe a gente volte a se encontrar em outro dia especial – sentenciou ela, levantando-se rapidamente e saindo, enquanto ele xingava o relógio e tentava parar a moça.

Ao se levantar, contudo, ele esbarrou em uma cadeira, que tombou. Depois de recolocá-la no lugar, olhou em volta, mas Elis tinha sumido no meio da excêntrica multidão que parecia marchar ao ritmo de um coquetel especial de músicas dançantes.

CAPÍTULO 38

Quando chegou em casa, o quadrado vermelho de "Alarm" piscava na grande tela multiúso: sua última esperança caiu por terra. Agora ele teria que correr para a base, o mais depressa possível, para agir e descobrir onde exatamente estava o problema. Apertou o botão da ultrarrápida Express-Coffee-Company e tomou um cafezinho extraforte, duplo.

– Fahrenheit... Um, dois, um, ponto, seis...

A temperatura continuava fora do normal. À noite, resfriar somente um centésimo era muito pouco. No interior da proteção global, a temperatura estava amena, mas o consumo de energia das usinas de refrigeração era alto demais, e qualquer aumento, por mínimo que fosse, tornava-se complicado, dramático e caríssimo. Rafa se preocupou, mas achou melhor esquecer e se concentrar nos procedimentos necessários a situações de alarme: primeiramente, averiguar a codificação especial do computador do veículo para conseguir chegar à base usando as faixas mais rápidas.

Quando entrou na sala de controle, terrivelmente vazia, estranhou que nenhum alarme estivesse piscando. Por um lado, isso parecia ser positivo... Por não apresentar, presumivelmente, perigos iminentes; por outro, negativo, por confirmar que algo de errado estava ocorrendo. Neste caso, antes de mexer nos controles, teria que avisar a sede central, em Havana. Não demorou nada, em poucos segundos a resposta surgiu na tela:

– Encaminhar procedimento especial ED-0005, senha QR-959DT863. Aguardamos dados de resposta.

ED era a sigla de "Electronic Danger": o perigo eletrônico era um problema sério e seu controle, muito complicado. Rafa tinha que reler o manual para lembrar como executar o passo a passo. Jamais havia acontecido um alerta ED com ele. Tomou mais um café duplo: o do escritório não era tão bom como o da casa dele, mas servia para deixá-lo acordado. Começou então a ler as instruções do manual na parte baixa, à direita da tela. Ao mesmo tempo ia executando as difíceis e longas operações de controle, que duravam dezenas de minutos cada uma.

– Fahrenheit... Um... Dois... Um... Ponto, seis...

A temperatura não diminuía. Era noite profunda, e Rafa continuava o trabalho. Por volta das quatro e quarenta e cinco da manhã, teclou a última operação que daria o diagnóstico final da checagem. Depois de longos e intermináveis minutos, finalmente apareceu a resposta, letra por letra:

"D-e-t-e-c-t-a-d-a...P-r-e-s-e-n-ç-a...V-í-r-u-s...D-e-s-c--o- n-h-e-c-i-d-o... M-a-t-r-i-z... H-V-s-i-l-v-e-r-d-r-a-g-o-n... A-L-E-R-T-A... M-Á-X-I-M-O..."

Logo em seguida a tela apagou. Oficialmente pouco se sabia do "Hacker Virtual Silver Dragon", considerado pelas autoridades da diretoria da "Gamma" corporation um *top secret*. Mas, corria nos bastidores a notícia de que se tratava de uma estrutura eletrônica virtual que fugira totalmente do controle e, sem que se soubesse como ou de onde, se autogovernava. Resumindo: havia um *hacker* virtual dentro do sistema informático mundial.

– Grave – pensou e abriu a janela do manual de instruções, mas, quando chegou ao ponto desejado, teve uma triste surpresa: o capítulo havia sido deletado. Como? Não era possível. Repetiu a operação de entrada diversas vezes e nada aparecia: não constava absolutamente nada. Nesse momento, entendeu que a situação era extremamente difícil, perigosíssima e grave. O pior de tudo era não ser permitida, por razões de segurança, a comunicação direta via rádio-satélite com Havana, já que a notícia se tornaria praticamente pública e as outras corporações poderiam usá-la para detonar processos contrários. Tratava-se de uma situação péssima, que poderia gerar *blackout* em todas as redes de controle de segurança, e desastrosa, por poder desencadear uma catástrofe geral, ativando sistemas de defesa-ataque com devastadoras armas de vários tipos, das três grandes corporações. A única alternativa possível, no momento, era refazer o controle mais uma vez, sem avisar ninguém da base: agora, era somente ele contra o vírus "HV Silver Dragon".

– E aí, velho? Dormindo no trabalho... Que coisa feia... – A voz era de Dany, no interfone do outro lado da porta transparente que ele não poderia abrir por razões de segurança. Ao lado, Geo ria.

– O teu ronco ultrapassa até o vidro blindado! Veja só, chegamos com quinze minutos de atraso e você está no maior sono.

– Merda! Cara, trabalhei a noite inteira e agora apaguei – respondeu Rafa, que, ao olhar a tela onde aparecia "operação 49, executada", se deu conta de que faltava apenas um último item para acabar. Digitou e continuou:

– Além do mais, você interrompeu um sonho fantástico: eu pescava em um rio, em uma daquelas florestas que já não existem mais... Tenho assistido a vários documentários de antigos CDs que pego nas nuvens. Será que ainda há algum lugar para pescar neste planeta destruído?

Dany respondeu, rindo:

– Vai pescar xoxota, seu velho! – E os dois ajudantes foram para suas mesas de trabalho.

O processador estava concluindo a última checagem, deixando o Controller 01 impaciente e apreensivo, quando a porta da sala foi aberta pelo lado de fora: coisa muito rara, que interessou aos três. Um sargento e dois soldados da PM do destacamento

Nord-Brasil, da confederação "Gamma", com sede no aeroporto e base submarina situada em São Luís, no Estado Líbero do Maranhão, entraram truculentos na sala dos controladores de rampa, provavelmente vindos pelo heliponto, que ficava atrás da base.

O sargento se apresentou diante de Dany anunciando seu número de matrícula e continuou:

– Daniel CPL03, siga-nos. A partir deste momento sua comunicação, com quem quer que seja, fica expressamente proibida; terá que seguir e executar minhas ordens sem a mínima margem de erro...

Poucas e duras palavras foram as que Dany comentou:

– Merda! Fodeu!

Rafa saiu do escritório, se apresentou ao sargento e pediu explicações, mas recebeu uma resposta seca:

– Você e seu colega aqui, não se metam! Espero que tenham conhecimento e saibam executar o que pede o manual, para casos como este. O CPL03 vai com a gente; não falem com ele nem comentem com outros sobre este acontecimento. Voltem ao trabalho antes que algo desagradável aconteça a vocês também.

Quando se sentou no escritório, pensando em uma maneira de ajudar Dany, Rafa teve outra desagradável surpresa: surgiu na tela a mensagem "Desativado". Olhou decepcionado e digitou os dados de entrada do manual de instruções, correu até o capítulo que o interessava e verificou que havia sido deletado. Quem poderia ter feito isso na sala de controle principal? E, pior, se deu conta de que não havia meio de recuperar o capítulo que havia desaparecido. Nenhuma autoridade do departamento estadual poderia ajudá-lo, já que não tinha relação direta com nenhum funcionário da diretoria da corporação em Havana; em suma, não havia ninguém com quem pudesse tentar uma comunicação disfarçada, codificada e que ao menos pudesse alcançar o comando da região sul, no Maranhão. Não havia saída, teria que ser ele mesmo a resolver a delicada situação, e precisava de tempo para arranjar uma maneira correta de chegar ao comandante geral da base central de São Luís sem levantar suspeitas. Só no Hexágono, prédio que centralizava operações entre a marinha com a sub-base de submarinos atômicos, aviação e também com a divisão de fuzileiros terrestres, fortalecidos por tanques de última geração com colchões de ar. Só nesta fortaleza armada existia, à disposição do comandante geral, a Sala 0001, totalmente sigilosa, isolada da espionagem do comando de voz. Rafa havia visitado essa estrutura em anos anteriores junto ao Controller 01 do Estado Livre da Bolívia e com o pai de Dany, o jornalista Felipe, que agora estava aposentado e havia sido chefe de todas as emissoras públicas da América do Sul. Achou que este talvez fosse o caminho certo e poderia aproveitar para informá-lo sobre o acontecimento daquela manhã com o filho dele. O velho jornalista era uma personalidade conhecida, um civil que nada tinha a ver com os sistemas de segurança de militares e paramilitares. Extremamente inteligente e confiável, era a melhor pessoa para fazer os primeiros contatos com o comandante geral, amigo pessoal dele, abrindo assim o caminho para o encontro de Rafa com o militar na Sala 0001.

O único empecilho era "como" encontrar uma maneira para se comunicar com ele sem que ninguém percebesse. Decidiu deixar o problema para depois.

O expediente terminava ao meio-dia e meia da sexta-feira. Isso permitiria, sem maiores problemas, que desse uma escapada para visitar Fil, com ou sem alarmes piscando. Às duas e meia da tarde subiu, no seu veículo exclusivo para viagens, estacionado na supergaragem oeste: era um magnífico exemplar extra-SUV-off-road, conversível, com três lugares. O terceiro banco de reserva ficava no porta-malas traseiro, que se abria do lado contrário. Comprou o carro quando ainda vivia com a mulher e o filho pequeno, para saírem da cidade nos weekends. O modelo especial podia enfrentar todos os tipos de terreno, era preparado para pedras, areia e, segundo o DVD de orientações, era bom também na lama, que praticamente já não existia. Verde-escuro, derivado de um velho modelo Ford Thunderbird 1960, exibia duas enormes descargas externas que saíam do capô dianteiro do V8 e se estendiam além do veículo, acima de dois grandes pneus traseiros desproporcionais. Um espetáculo!

Com a consciência tranquila, vinha fazendo tudo o que estava ao seu alcance. Agora era torcer, conseguir tempo suficiente para alcançar seu objetivo. Até lá, a única esperança era que aquele maldito vírus eletrônico não causasse danos irreparáveis antes que ele conseguisse alcançar a base. Firme e determinado, tinha plena convicção da sua importância na perigosa situação e do seu dever de paramilitar CPL01. Não podia cometer erros, e era indispensável ser rápido, mais rápido que o avanço eletrônico do seu inimigo invisível, escondendo dele os seus planos e os seus destinos…

CAPÍTULO 39

Felipe vivia em um centro experimental para idosos na Baía Formosa, pequeno distrito de férias, não longe da capital; no entanto, com todas as voltas necessárias, para chegar lá demorava cerca de duas horas. A cidadezinha era agradável e o condomínio, simpático, com pequenas casas geminadas e todos os serviços: minimarket, restaurante, bar, academia, enfermaria e forno crematório com descarga espacial. Bem equipado e aconchegante, tinha espaço amplo para caminhadas no meio de abundantes plantas artificiais e também algumas quadras esportivas, praticamente novas. Poucos conseguiam furar a longa lista de espera para serem admitidos naquele centro. As pistas de chegada à Baía Formosa eram de terra, às vezes de areia, e Rafa estava se divertindo, descontraído, no seu Ford Thunderbird em alta velocidade. Chegou a superar uma turma de Hells Angels que viajavam em grandes grupos, superiores a cem indivíduos. Pouco antes da guarita do condomínio, parou e se identificou. Fil havia informado sua matrícula anteriormente, então entrou sem problemas. Fora dos centros importantes, muitos controles ainda eram feitos à velha maneira.

Na sala, composta por móveis de estilo moderno, cumprimentaram-se como velhos amigos e sentaram-se nas duas únicas poltronas diante da tela multiúso ligada no canal exclusivo de notícias. Rafa sabia que teria de "abrir o jogo" da maneira mais sutil possível, para enganar o "comando de voz":

– Então, temos muita coisa para nos contar – disse piscando o olho e fazendo um gesto com a mão direita, indicando "após", ao que o velho jornalista respondeu, levantando o polegar.

– Hoje iremos até a Baía Formosa para comer uma ótima pizza; está quase na hora, depois o levarei para conhecer o Bar Cowboy. Tem uma velha mesa de sinuca: vou desafiá-lo. Amanhã de manhã lhe mostrarei a praia. – Neste momento, levantou o polegar outra vez. – Trouxe o short, espero!

Rafa não entendeu por que era melhor esperar o dia seguinte, mas, se ele escolhera a praia, provavelmente queria ter mais sigilo na conversa: as transmissões, nesses lugares longínquos e esquecidos, eram piores, com muita interferência. Continuaram falando de tudo, menos do porquê, da razão do encontro, e saíram em direção ao pequeno distrito, depois de deixarem os pertences de Rafa no Motor Hotel Best Western, pouco distante do condomínio, onde ele passaria a noite.

Na manhã seguinte, encontraram-se diretamente na praia, no lugar combinado. O velho amigo chegou com a sua superbike amarela, que gostava de usar para manter a forma física. Sentaram-se em cadeiras autoinfláveis com recarga, que Fil tinha trazido ao ponto exato, onde acabava a crosta de sal e iniciava a de areia um tanto úmida, bem longe do mar, que a mais de vinte milhas continuava se retraindo. A larga faixa branca não era transitável, por ser indispensável à absorção do calor. Sem a poluição de restos plásticos – extintos há dez anos pela ação dos microrganismos criados em laboratório que se alimentavam dessa matéria –, a costa atlântica agora era mais ou menos bonita. Faltava a linha azul-esmeralda do mar no horizonte, mas não se podia pretender muito: o lugar era agradável de ver. Rafa comentou:

– Gostei da praia...

Enquanto ele falava, Felipe, com o dedo indicador direito, escreveu na areia: "O que está acontecendo? Não pare de falar!".

Esta era a razão de terem ido à praia! Tão simples e seguro. Canetas já não existiam, tampouco folhas de papel ou giz, somente, única e exclusivamente teclas e vozes. Mas todos conheciam bem o alfabeto. Ali, poderiam escrever qualquer coisa que ninguém descobriria. Felipe entendeu imediatamente a gravidade da situação quando Rafa escreveu as palavras "HV Silver Dragon". A troca de mensagem foi longa em meio à conversa. No final, o controlador teve que contar que Dany tinha sido levado pela PM, provavelmente para a base central de São Luís. A expressão do velho jornalista mudou totalmente, e seus vivos olhos azuis se cobriram de uma pátina transparente antes de escrever, com o dedo esticado e trêmulo, a mensagem final:

"Indo para lá, não se esqueça do Dany. Você sabe que ele é um bom rapaz. Acredito que as apostas o tenham arruinado. Boa sorte. Todos nós estamos em suas mãos!"

Diante das cadeiras, pisaram na areia como podiam, cancelando as últimas palavras que a maré – que dali a pouco subiria – manteria escondidas e sem vestígios, naquele ponto perdido da praia extensa. Na sala da casa de Felipe, os dois continuaram falando e o velho puxou o assunto da base militar de São Luís: agora, sim, a conversa era rastreada e controlada pelo comando de voz.

– Lembra-se daquela visita que fizemos no comando central do Maranhão, alguns anos atrás? Foi um passeio muito bom... E como fomos bem recebidos pelo meu amigo, o comandante geral Alf! Que comida gostosa... Se você for para aqueles lados agora, na sua semana de licença, posso ver se consigo falar com ele.

Procurou na lista eletrônica a matrícula do comandante geral e tentou fazer contato. Passou-se algum tempo até que finalmente ele apareceu na tela multiúso, dando início a um longo papo, de velhos amigos, que Fil concluiu assim:

– Então, obrigado antecipadamente por recebê-lo e, por favor, não esqueça: para mim, ele é como um filho.

– Ok, Felipe, minha palavra é palavra de general. Espero por ele daqui a dois dias, tempo necessário para a viagem. Já marquei a matrícula dele, eu mesmo vou comunicar os cinco dias de folga dele na base onde trabalha, mas nosso pacto é claro: no mês que vem você estará aqui para a revanche nos dezoito buracos do gramado sintético da base. Lembre-se: promessa é dívida.

Fizeram questão de apertar as mãos e o abraço final em holografia, carregando de significados e selando aquele encontro eletrônico tão importante quanto aparentemente normal.

– Fahrenheit... Um... Dois... Oito... Ponto... Um...

Envolvido pela situação, Rafa não tinha prestado atenção à temperatura que agora era mais preocupante e que, juntando-se com tudo aquilo que ele sabia, dava margem à suspeita de desastre próximo. Tentou se distrair curtindo sua V8 na viagem. Mas era difícil. Principalmente naquela hora em que o dia e a noite se diferenciam e, automaticamente, os postes dos distribuidores de combustíveis se iluminam com grandes lâmpadas de neon de LEDs coloridos. Quando deu uma olhada no marcador de combustível notou que precisava parar, descansar um pouco, dar uma cochilada, tomar um café duplo, animar-se com um energético e adiantar a viagem noite adentro.

"Alarm... Alarm... Alarm..."

Repentinamente surgiu na tela iluminada do Thunderbird a palavra menos desejada, que agora parecia ainda mais intensa naquela meia-luz elegante do céu, agora um pouco mais colorido, que tanto desperta saudades na fragilidade humana: Rafa, sentindo o relógio de pulso vibrar, olhou em volta e viu uma placa indicando um posto a duas milhas: pisou no acelerador e ouviu a música do V8 cobrindo todos os apitos dos alarmes. Em menos de um minuto e meio chegou ao Texaco R60 para abastecer o veículo com gás hidrogênio aditivado, substituto da gasolina há quase vinte anos; não era poluente e permitia uma autonomia bem maior, no caso daquele modelo, cerca de novecentas milhas. Parou em frente à loja de conveniências, do lado do Motor Hotel Best Western – o único nas rodovias interestaduais –, e conectou-se imediatamente à base "Barreira do Inferno". Geo, que mal havia acabado de surgir, começou a xingar:

– Seus filhos da puta safados, onde estão agora? Um foi levado preso e o outro sumiu, não aparece. Só aquela porcaria de frase: "Licença-Prêmio". E eu, em pleno sábado, tenho que correr para cá com esse puta alarme enchendo o meu saco!? Afinal, me responda, vagabundo!!

– Calma, Geo! Calma. Se explique melhor. Me dê detalhes!

– Detalhes!? Esta porra é um alarme nuclear, entendeu bem? Falei: Nu-cle-ar!

– Passe pelo canal restrito UHF-16 e digite a nossa senha exclusiva. Feito? – A imagem saiu e voltou melhor. – Agora podemos falar quase à vontade.

– Chefe, o negócio é sério!

– Eu sei que é sério, mas fale logo!

– Ok, mas agora você é quem tem que se acalmar. A maldita tela do computador me manda fazer controle super-rápido: lançamento imediato... Significa que a rampa tem que estar pronta agora, para disparar o filho da puta com a bomba!

– Já falou com o DEP do...?

– Sim, falei, sim, mas ele não está lá; o velho se mandou como sempre e os outros colegas estão em polvorosa. Assim está também o DEP de controle de armas! Tudo uma bagunça que não tem tamanho!

– Parece que você não conhece o manual. Se manda executar o controle, execute! É claro, não é?!

– Você é maluco, cara! Mas, já que mandou, eu executo.

– Passa a bola, depois vem o controle de míssil, controle de armas e depois nada mais sabemos... Provavelmente o "ok" do comandante geral, de São Luís, e ainda de alguém em Havana que dará, acredito, a ordem vermelha final, caso necessário. Bem, não é um problema nosso! Ordens são feitas para ser executadas! Então, temos que executar!

– Merda! Merda! Executo, mas não gosto. Farei contato quando concluir. Até logo.

A calma naquela hora, naquele posto, naquela rodovia era exagerada, e Rafa olhou em volta: parecia estar fora do mundo. Decidiu entrar na loja e comprar um vaporizador de CBD para relaxar e um chiclete de alto valor nutritivo com sabor de cheeseburger, para dormir um pouco em seguida, antes de pegar a estrada novamente.

Sentado no cômodo banco do seu Ford, estava finalmente mastigando alguma coisa, quando Geo o contatou:

– Controle executado. Mandei! Como se dizia antigamente: seja o que Deus quiser! Tchau, chefe, boa sorte e boa noite.

– Durma com os anjinhos, bebê! Farei contato quando puder e... Boa sorte, amigão! – Tirou o chiclete da boca, colocou-o no pequeno incinerador de lixo do carro, aspirou profundamente duas vezes o CBD, desligou tudo e fechou os olhos.

CAPÍTULO 40

O despertador do relógio de pulso deu aviso a Rafa, que foi ao banheiro urinar pontualmente duas horas depois de ter saído da loja de conveniências:

– Fahrenheit... Um... Dois... Nove... Ponto... Cinco...

Aquele final "nove ponto cinco" o deixou ainda mais preocupado. Na saída do banheiro parou para assistir na tela multiúso as notícias de última hora que não eram nada boas. As reportagens tratavam do aumento da temperatura da cobertura ultrasound, que, sem capacidade de pleno funcionamento em vários lugares do planeta, principalmente naqueles mais afastados, menos importantes e carentes de manutenção, havia se esgotado, causando mortes de civis E3 e danos irreversíveis à agricultura e às estruturas. Prejuízos menores também chegaram aos grandes centros, sendo infelizmente contabilizados noventa e oito mortos da classe E2 e dois da E1: da classe E3 pouco se comentou, limitando-se a esclarecer que havia muitas vítimas fatais. Em seguida, a reportagem ressaltou o alto valor das perdas materiais: cerca de 950 bilhões "virtuais", incluindo o custo energético. A locutora acabou com um seco comentário: "Hospitais estão cheios de idosos e crianças nas faixas habitacionais, onde o calor continua aumentando...".

Logo em seguida vieram notícias de última hora que deixaram um rastro de pessimismo na pequena loja perdida da motorway CE040:

– As nossas forças de mar, céu, terra e no espaço estão se preparando para a defesa e eventuais ofensivas: a inteligência do exército detectou movimentos bélicos de outras duas grandes corporações, fora e dentro da atmosfera. Escudos de vários tipos estão sendo colocados no oceano ao longo dos nossos limites costeiros contra todos os tipos de arma, inclusive químicas ou viróticas. As maiores defesas estão predispostas nos centros estratégicos militares e alvos sensíveis.

Quando ouviu estas palavras, Rafa pensou imediatamente no filho, que trabalhava e morava no Centro Tecnomarinho Experimental de Tutoia, onde se estudavam antídotos para vírus mortais facilmente espalháveis e já à disposição das corporações "Alfa" e "Beta". A preocupação tinha começado, lembrou ele, quando Jul comentara há tempo que estavam a aprimorar a criação de um novo vírus chamado HIV5, terrível, do qual ele não poderia falar absolutamente nada. Certamente um vírus de ataque, não um antídoto de defesa. Deu as costas para a tela da loja e saiu. Respirou profundamente, olhando para os LEDs coloridos do posto que naquele momento tenso lembraram árvores de Natal piscando alegremente, como eram, antes de aquela tradição ser extinta na década de 2030, quando foi criado um calendário mundial de festas, reduzido e aceito por todos. Pensou que o mundo havia mudado rapidamente e que o homem não usava mais a tecnologia e a ciência a seu favor, pensando no bem comum. Pelo contrário, utilizava bombas cada vez mais potentes, gases paralisantes, supervírus mortais e ondas capazes de bloquear as energias elétricas, exclusivamente para fins de destruição. Sentou-se no cômodo banco do veículo off-road procurando no navegador qual o melhor caminho para fazer uma escala em Tutoia, que não ficava muito longe, a cerca de quarenta milhas da rodovia 402, que o levaria a São Luís, depois do trevo de Fortaleza, onde estaria na manhã seguinte. Os possantes faróis do conversível V8 rasgavam a noite profunda diante de uma nuvem de poeira, levantada pela alta velocidade na pista de areia e terra; dos lados, afundada na escuridão e no calor, agora quase insuportável, se estendia uma paisagem desértica com pedriscos e raros arbustos secos.

– Fahrenheit... Um... Três... Um... Ponto... Dois...

Sempre que a locutora interrompia o som dos alto-falantes estéreos, as preocupações de Rafa aumentavam, tirando todo o prazer da corrida em alta velocidade que, em outras circunstâncias, lhe transmitiria uma forte e agradável sensação de liberdade. Até que decidiu parar em um posto depois de muitas milhas – mas não para abastecer.

Este era igual a todos os outros, visto que existia apenas uma marca de combustível: as mesmas estruturas, as mesmas lojas de conveniência, os mesmos produtos.

Quando entrou pela porta de vidro do pequeno bar, reparou que havia somente um funcionário sonolento. Achou estranho o fato de não haver carros ou caminhões estacionados ali e lembrou que percorrera milhas e milhas na rodovia, durante longo tempo, sem cruzar nenhum veículo: isso não era normal. Tomada por interferências magnéticas, a tela multiúso agora transmitia notícias ainda mais desagradáveis, que ele ouvia enquanto bebia um Monster-Coke. Pediu mais um refrigerante enquanto olhava para o lado de fora: um posto sem vivalma, em uma rodovia deserta que atravessava uma região também deserta. A locutora acabava de relatar notícias sobre problemas causados pelo aumento da temperatura na faixa habitacional quando, repentinamente, mudou de tom para anunciar:

– Atenção, atenção! O comando geral das Forças Armadas do setor sul das Américas, sediado em São Luís, solicita a todos os militares, paramilitares, reservistas e demais seguranças dos estados independentes, que não foram avisados diretamente por falhas graves nas estruturas de informática digital ocorridas recentemente, que se apresentem imediatamente às suas bases. Repito...

O aviso servia para ele também, mas sua missão era outra: não tinha ideia se o comando central sul já conhecia a primeira causa dos problemas – o "Hacker Virtual Silver Dragon" – e por isso não respeitaria a ordem, ainda que fosse verdadeira. O problema aumentava, mas, a essa altura dos acontecimentos, não dava para imaginar qual sua dimensão.

O controlador paramilitar Rafa, matrícula CPL01, não estava completamente convencido de que o seu dever, sua missão, fosse de importância fundamental para a corporação "Gamma" e sequer imaginava ser tão fundamental para toda a humanidade. Bem instruído e condicionado, não tinha dúvidas de que devia concluir aquela missão indo em frente, sem se preocupar com o que estava acontecendo em volta. Comprou uma caixa com doze energéticos autorresfriantes Monster-Coke, meia dúzia de garrafas de água revitalizada, dez chicletes nutritivos de vários sabores e foi para o V8. Digitou nas teclas da pequena tela multiúso os dados de contato com o setor plataforma de lançamento. Estranhamente, Geo apareceu àquela hora da noite.

– Finalmente, seu filho da mãe. Não recebeu a ordem de voltar para a base? – disse o Controller 03. – Aqui estamos nós, chamados às pressas para o lançamento. Repito: para o lan-ça-men-tooo! Chefe, a esta hora da noite... E faltam dois minutos. Vou lá em cima no mezanino e te coloco na câmera panorâmica da plataforma enquanto seguimos falando...

Era mais grave e mais rápido do que ele próprio imaginava, mas agora tinha que assumir a sua função de controlador-chefe das rampas da base "Barreira do Inferno". Infelizmente as imagens da pequena tela também estavam sendo atingidas pelos distúrbios, como as da loja de conveniências. Isso significava que já existiam sérios problemas nas transmissões via satélite. Depois de uma descarga magnética, apareceram as rampas com os mísseis e a voz de Geo:

– Chefe, você está aí? Viu os bichinhos prontos?

– Checou o RLCF25 e o RLCF26 de liberação das rampas? – perguntou, atento, Rafa.

– Há muito tempo. Suas palavras chegam a mim interrompidas... Melhor eu dar o "ok final", diretamente daqui. Temos quinze segundos...

– Certo, está contigo.

– Executado. Agora é só aguardar! Fizemos os deveres de casa. Faltam poucos segundos...

Na imagem apareceram, em sobreimpressão, três relógios digitais com décimos, segundos e minutos: o número dois marcava vinte e dois segundos; o quatro, quarenta e dois segundos; e o seis, um minuto e dois segundos. Os mísseis das rampas de números dois, quatro e seis soltavam fios de fumaça próximos à cauda: a imagem transmitia uma certa calmaria traiçoeira. Os zeros apareceram no primeiro relógio: o fogo brilhou na cauda do míssil número dois, que acelerou lentamente, emitindo um forte e crescente barulho enquanto inexoravelmente os outros relógios contavam imperceptíveis décimos de segundo. Zeros, para o quatro... E os vinte segundos que os separavam da partida do seis foram muito curtos, enquanto voltou a imagem estática da pista, que parecia uma plantação de árvores mecânicas, ordenadas que agora revelava existir alguma falha: na parte inferior da tela, apareceram três pequenos quadrados com três mísseis que subiam tranquilamente para além da atmosfera sem fazer barulho, escondendo a mensagem de morte que levavam consigo, atrás da aparência inócua e lúdica de pequenos brinquedos.

– Gostou, chefe? – Era Geo. – Agora a fritada está feita! Ah, esqueci de falar uma coisa importante que de repente não chegou até você: passaram uma circular que nos manda, caso a comunicação se complique e piore, receber ordens diretamente do comandante. Então?! Me dê ordens! Não entendo mais nada nesta porra! Não sei o que está acontecendo, executo os procedimentos do manual como um robô e ninguém me diz nada, ninguém sabe onde você foi parar, como o Dany sumiu... Não aparece, escafedeu-se... Entendeu bem? Atento!... Atento por...

– Matrícula CPL02... Responda! Repito, matrícula CPL02, responda! Responda esta merda, Geo! Por favor...

Rafa tentou restabelecer o contato, mas não conseguiu, como também não conseguiu nada pelo canal especial UHF-16: decidiu então retomar a viagem, deixando o aparelho ligado, buscando informações no canal de notícias que ainda chegavam relativamente bem, mas colocou uma pequena janela no canal especial sintonizado na base "Barreira do Inferno", que estava fora do ar no momento. A partir de agora a situação impunha regras. No escuro da noite, nas proximidades do trevo de Fortaleza, apareceram, em sentido contrário e cada vez mais frequentes, faróis de veículos que, de certa forma – piscando ou buzinando – tentavam alertar o motorista do Thunderbird V8. Em breve tempo, o trânsito do sentido contrário foi ficando intenso, avançando com certa lentidão quando novas e alarmantes notícias eram divulgadas em reportagens:

– Um ataque violento atribuído à corporação "Alfa" com várias bombas Hs, próximo ao estuário do rio Tâmisa, vem gerando um tsunami de grandes proporções. Já atingiu a cidade de Londres, que horas antes teve sua periferia atacada por bombas de gás paralisante lançadas por bombardeiros antirradar. A corporação "Beta" confirmou que, em breve, lançará um contra-ataque ainda mais devastador...

Improvisamente, na janela do canal UHF-16, apareceu Geo com uma expressão estranha, de quase medo. Rafa ampliou a imagem até ocupar a tela inteira, parou o carro e falou:

– Que cara é esta, amigão? Aconteceu algo grave?

– Cara, grave é pouco, acho que estamos perto do fim. Não sei se você está recebendo as notícias, mas estamos em plena guerra químico-nuclear-espacial... E, como se não bastasse, um dos nossos mísseis desgovernou, saiu misteriosamente dos controles eletrônicos e não deu tempo de fazer nada... Foi parar a cem milhas, no mar perto de Fortaleza. O fogo amigo criou uma onda imensa que já atingiu a cidade.

Ao ouvir isso, Rafa ficou sem chão: o trevo da cidade estava pouco à frente. Embora distante, a cerca de umas quarenta milhas, não poderia imaginar o que iria acontecer daí em diante. E pior, sua preocupação era com a proximidade do Centro Tecnomarinho Experimental de Tutoia, onde trabalhava o filho Jul, à beira do oceano e a pouco mais de duzentas e oitenta milhas, no litoral oeste, epicentro do tsunami. Geo continuava explicando:

– Tem muitas, muitas vítimas... Os danos são incalculáveis...

A imagem sumiu e não voltou mais, apesar das tentativas de Rafa que tentou conectar a imagem no canal de notícias, que, infelizmente, também estava fora do ar. Mais do que nunca tinha que seguir adiante, o mais rápido possível. Quis a sorte que as águas da grande onda não chegassem a atingir o trevo, mas teve que desacelerar sua corrida porque uma fila de veículos, de todos os tipos, que tentavam se afastar da região destruída invadiam na contramão a sua pista. Quando olhou para o lado direito teve a impressão de ver, no escuro, três homens a cavalo indo na mesma direção que ele. Notou que, a certa distância deles e um pouco mais para trás, havia uma quarta figura. Com sorte virou para a frente e imediatamente enfiou o pé no freio:

os veículos vindos do outro lado tinham deslocado totalmente o seu, em alta velocidade, obrigando-o a se desviar para o acostamento em uma brecada brusca. Não deu muita importância às figuras dos cavaleiros – que nesse momento o ultrapassaram –, pensando que provavelmente seriam rangers da polícia estadual montada. Pensou, em pouco mais de um segundo, que a única saída era evitar a estrada, e que o seu carro podia fazer isso. Logo em seguida conectou a tela multiúso com mapas da região no satélite que ainda funcionava precariamente e reabriu a pequena janela do canal UHF-16, na esperança de um futuro contato. Apertou o máximo que podia o cinto e saiu da pista pelo lado direito, em meio à escuridão daquela terra seca e desértica do sertão. Poderia, dessa forma, encurtar o caminho e reencontrar mais adiante a rodovia 402, que corria próxima ao mar e o levaria diretamente a Tutoia e ao Estado Líbero do Maranhão.

– Fahrenheit... Um... Três... Quatro... Ponto, oito... Aumento rápido...

Uma longa descarga elétrica cancelou o final da mensagem – acontecimento que contribuiu para irritar e aumentar ainda mais as preocupações que já fritavam o cérebro de Rafa, que era um bom piloto off-road, de uma geração que não gostava de deixar os veículos serem governados pelos automatismos, ouvindo músicas com itens extras que faziam "sonhar", ou mesmo assistindo seriados recém-lançados. Sabia e amava dirigir, mas naquela noite não conseguia curtir; o perigo ao qual o filho estava exposto e as destruições de uma guerra não declarada entre as três corporações o abalavam a ponto de não se importar com as fortes pancadas provocadas pelos grandes buracos que estremeciam o carro.

Dentro da faixa habitada, o calor tinha aumentado conforme havia informado o comando de voz na última locução completa, e o termômetro do Ford Thunderbird marcava agora a temperatura externa de sessenta graus Celsius. A quentura era tanta que obrigou Rafa a despejar sobre a própria cabeça quase que o conteúdo todo de uma garrafa d'água. Depois, em um só gole, bebeu o resto. Ajudado pela velocidade, que funcionava como um refrigerador, começou a sentir certo alívio e pensou que estava bem, pronto para enfrentar qualquer dificuldade. Pôs o estéreo para funcionar, mergulhando na noite que findava e que só percebera ao ver pequenos clarões por trás do veículo.

A luz do dia se espalhou nos horizontes da rodovia 402, já no final do estado do Ceará. Desligou os faróis quadri-iodo do seu veículo, atento às notícias que não chegavam. Sem o contato com a base "Barreira de Inferno" – que não foi recuperado –, se esforçou para não entrar em desespero, mantendo uma certa frieza. Não sabia o que exatamente poderia estar acontecendo e notou que ninguém transitava pela rodovia. Até que enxergou uma placa que sinalizava "posto de reabastecimento" a dez milhas. Precisava falar com alguém: ter contato humano. Ao entrar no posto para completar o tanque, calculou mentalmente a distância que o separava do Centro Tecnomarinho Experimental de Tutoia: cerca de cento e cinquenta milhas. Deixou o veículo próximo ao tubo do distribuidor automático e anunciou os dados da sua matrícula pelo comando de voz, mas nada aconteceu. Desse jeito não poderia abastecer, então decidiu verificar na loja de conveniências o que se passava. Chamou, bateu palmas, mas não havia ninguém por perto. Olhou em volta: ninguém. Sem querer, foi invadido por um forte sentimento de solidão, tendo a impressão de que tanto o funcionário como os outros que estiveram ali haviam saído às pressas. Apreensivo e desanimado, voltou ao carro se esforçando mais uma vez para encontrar dentro de si forças que desconhecia e se convenceu de que ainda tinha esperança. Na realidade, não precisaria de mais combustível, já que Jul estava relativamente perto e os instrumentos sinalizavam três quartos. Também não havia necessidade de água ou comida: dependia somente de ele chegar lá. Acelerou o V8, levantando poeira, e voltou à rodovia 402.

CAPÍTULO 41

Tudo correu bem até que um grande painel de LEDs informou: "Tutoia 20 Milhas". Pequenas poças d'água começavam a surgir na pista e, junto com elas, alguns detritos sem identificação. Justo no momento em que ele deu uma guinada rumo ao norte, apareceu uma lama úmida, cheia de detritos. Era como se uma inundação tivesse passado por ali e depois se retirado, deixando atrás de si uma camada avermelhada que confundia a estrada com a mata rasteira e a terra. Rafa tinha visto lama assim poucas vezes na vida e pensou logo em uma região atingida por algum tsunami, notando que a cada metro da sua meta, aumentava a quantidade dos restos de destruição. Pouco depois de ultrapassar a placa de dez milhas, observou clarões mínimos intermitentes na linha do horizonte na direção do seu destino. Segundos depois ouviu barulhos abafados pela distância, que pareciam explosões. Conseguiu se controlar e acelerou o quanto foi possível. Atento, tentava desviar dos detritos cada vez maiores quando sua atenção foi atraída por três caças-bombardeiros bem altos no céu: não conseguiu identificar a qual força aérea pertenciam. Deram uma grande virada passando quase por cima dele, distanciando-se depois rumo ao oceano.

O Centro Tecnomarinho Experimental era situado logo depois do trevo da perimetral de Tutoia, cercado por todos os tipos possíveis de sistemas de segurança e construído com precauções de base militar. Mas, pela visão que Rafa teve do alto do viaduto, não tinha resistido à força do mar e às bombas vindas do céu.

O choque das últimas notícias injetava adrenalina no seu sangue, fato que o deixava frio e racional neste momento dramático:

de cima da ponte, viu uma ambulância sair da base e passar pelos escombros da guarita: havia sobreviventes lá embaixo e entre eles poderia estar Jul.

Quando entrou nos restos da base ninguém o barrou: alguns engenheiros e militares empoeirados e feridos andavam sem rumo, à procura de ajuda. Outros tentavam reanimar vítimas em estado mais grave. Um cheiro de explosivos, de gás e esgoto, misturado à fumaça e a pequenos fogos, deixava aquele palco de tragédia ainda mais dramático. Rafa parou o veículo diante daquilo que restava do setor de pesquisa dos futuros projetos que chegara a conhecer durante uma visita feita no ano anterior, onde ficava o laboratório em que Jul trabalhava. Poucas paredes estavam de pé; os móveis mais pareciam sucata cobrindo corpos sem vida, enquanto aqueles com mais sorte gemiam e tossiam pela poeira quase sólida que impregnava o ar. Prosseguiu andando com dificuldade até chegar ao lugar onde lembrava ficar a mesa do filho. Olhou para cá e para lá, até que finalmente o reconheceu, estendido no chão, coberto de poeira de cimento. Só podia estar desmaiado! Sim, sim, estava vivo. Uma viga havia caído sobre sua perna esquerda, provocando fratura exposta do perônio e da tíbia. A dor devia ser dilacerante, insuportável, mas tentou consolá-lo e animá-lo: no fundo de sua alma, tentava se convencer de que este era o único ferimento:

– Pai?! – Jul falou, com expressão tensa pela dor.

– Calma... Calma... Não fale agora... O pior já passou... Sei que dói muito, mas tente reagir...

Com todas as suas forças ergueu a viga e a empurrou de lado. Em seguida, levantou o filho o quanto pode, apoiando as costas dele no que restava de uma cadeira, e continuou:

– Agora, calma... Eu estou aqui! Há enfermaria aqui por perto, se bem me lembro.

Poucos minutos depois voltou com duas garrafas d'água que havia deixado no veículo e tudo mais que conseguiu encontrar no pequeno móvel jogado em meio aos restos da sala médica: soro, gaze, algodão, esparadrapo, antisséptico, comprimidos analgésicos, por sorte, uma pequena caixa de frascos de morfina e uma dúzia de seringas específicas para insulina, que certamente se tornariam úteis.

– Beba – disse Rafa –, beba bastante... Vou lhe dar uma injeção de morfina, depois limpo a ferida e o levo ao hospital mais próximo... E, de resto, como está? Tudo inteiro?

Jogou soro na perna, passou o antisséptico e fez um curativo com gaze e esparadrapo; era o máximo que poderia fazer. Depois, ajudou o filho a se levantar e foram até o veículo. Sentado, agora mais tranquilo devido ao efeito da morfina, Jul comentou:

– Que desastre! Que caos! O que foi que aconteceu?

Provavelmente não se lembrava dos segundos que antecederam as explosões, mas parecia lembrar da assustadora cena da água invadindo a região.

– Depois te conto tudo o que aconteceu, ao menos aquilo que sei. Você teve sorte... Houve um ataque aéreo com armas tradicionais... Provavelmente o alvo era a base, mas a cidade de Tutoia foi a que levou a pior: está literalmente no chão, também atingida com força por um "tsunami-atômico" que devastou Fortaleza...

– Ataque aéreo?! Ah, sim... Lembro de um barulho vindo do mar que já estava invadindo a base, mas ainda sem muita força... Isso não poderia acontecer! É desastroso! É o fim!!!

– Calma, Jul... Calma! Você tem que ficar tranquilo...

– Tranquilo?! O desastre é de uma proporção que nem consigo imaginar! Pai, o mundo está em perigo, te garanto que o ataque com armas tradicionais foi proposital, seja quem for o responsável, porque há um gravíssimo problema: da nossa base está se espalhando agora um vírus letal capaz de se reproduzir em todos os tipos de água e com uma velocidade impressionante de se expandir não somente na água, mas também via éter...

Agora que a neblina estava sumindo, em volta deles o centro de pesquisa aparecia totalmente destruído, afundado em lama e poeira de cimento, como um cenário apocalíptico. Os poucos sobreviventes se confundiam entre o ar nauseabundo e os destroços, afundados em um macabro silêncio rasgado por esporádicas lamentações. Do portentoso edifício do hospital, ao lado da base, o mais importante do Estado, não havia sobrado nada, absolutamente nada, somente morte e destruição.

Rafa, depois de ajeitar como podia a posição do filho no banco do carro, decidiu manobrar o Ford V8 e sair às pressas para retornar à superestrada que os levaria ao único destino possível, a fatídica rodovia 402 e à base central de São Luís. Prosseguia lentamente quando dois sobreviventes ensanguentados, com aspectos repugnantes e ameaçadores, apareceram aos gritos, surgidos do nada e, um em cada lado, agarraram-se aos paralamas posteriores do carro em movimento.

O desespero deixa os homens loucos, e Rafa não teve outra solução a não ser acelerar ao máximo: a este ponto, era questão de sobrevivência. Olhou no retrovisor cromado e viu os dois sujeitos se levantado depois de terem caído violentamente, vencidos pela velocidade do veículo. Parecia um fato quase normal. Na saída do Centro Tecnomarinho Experimental, viram no chão, perto da guarita, o corpo imóvel de um militar sem vida. Rafa olhou imediatamente para a arma que não iria mais servir ao morto e decidiu levá-la, junto a dois carregadores. Colocou na gaveta do veículo a poderosa pistola automática 44, letal, com cápsulas perfurantes de cianureto. Poderia ser útil numa situação-limite como esta.

– Fahrenheit... Um... Cinco... Um... Ponto, oito... Aumento rápido... Perigo...

Na cadeira do salão do bar, Ettore agora parecia ter uma expressão diferente, menos tranquila que antes, mas continuava dormindo naquela noite estranha. Calipso levantou os olhos em direção a ele, mas voltou a ler enquanto as lágrimas tinham parado de correr pelo seu rosto, deixando somente um leve rastro.

"Então, neste segundo caso, que corresponde ao segundo cavaleiro na alegoria do Apocalipse, você, depois de ter optado por viver seu futuro sem mim, me acompanhará ao convento que escolhi para continuar minha existência terrena, dedicado exclusivamente à meditação, em plena clausura, longe de todos e em paz com minha espiritualidade insatisfeita. Visitei um mosteiro de frades menores, não é distante, fica em um morro do município de Castellaneta, perto de Taranto. Fique tranquila, está tudo certo, já falei com frei Damião, e você o encontrará..."

A leitura foi interrompida pela batida – somente uma – do relógio do bar que anunciava três e trinta, enquanto o garçom, apoiado na bancada vazia, descansava lendo. Provavelmente, um jornal.

– Fahrenheit... Um... Cinco... Cinco... Aumento rápido... Perigo iminente...

Estranhamente, nenhum veículo transitava na rodovia 402, seca agora, sem os restos de água salgada nos limites finais do tsunami que devastara o litoral a noroeste. Mas o asfalto ainda continuava pontilhado por poucos detritos que não permitiam altas velocidades. O panorama era diferente: à direita, dunas brancas anunciavam a cidade de São Luís a pouco menos de cem milhas. Parecia perto, mas poderia se tornar muito longe. O Thunderbird prosseguia rumo ao único lugar que poderia representar a salvação. Jul tentava se explicar:

– Não teve como, quando percebi do que se tratava já estava tão envolvido neste projeto secreto que não consegui cair fora, era expressamente proibido. Concluímos a pesquisa: estava finalmente pronta a arma virótica mais letal que a mente humana poderia imaginar. O vírus HIV5 se reproduz e contamina as algas de águas doces ou salgadas, para depois se espalhar pelos ares; ao ser respirado por seres humanos, mata-os em poucos dias...

Rafa retirou o pé do acelerador e prudentemente ficou olhando: a centenas de metros à frente deles um comboio militar com muitos caminhões e veículos estava parado. Alguns mantinham os motores ligados, outros permaneciam na beira da pista, dois ou três estavam no meio dela, imóveis, e um carro capotado, mais adiante. Sinal de vida? Absolutamente nada! Os militares, espalhados pelo chão ou dentro dos carros, estavam mortos, com os rostos contraídos em expressões de dor assustadoras. O cenário era macabro, e Rafa só pronunciou duas palavras:

– Gás paralisante.

– Fahrenheit... Um... Seis... Cinco... Estacionado...

CAPÍTULO 42

O balanço provocado por duas ou três ondas um pouco maiores fez tilintar os copos que estavam juntos demais na prateleira do bar do navio postal, no meio da grande sala. Mas nem Ettore nem os outros passageiros acordaram. Calipso ergueu os olhos do livro para olhar para o grande relógio na parede do bar, que marcava três e vinte da manhã. Em seguida fixou a carta enfiada entre as páginas, como um marcador. A curiosidade era grande, não via a hora de abri-la, além do mais, faltava pouco para chegar à hora indicada. Olhou para o amado, que dormia tranquilamente, apenas fazendo, de vez em quando, movimentos com a boca, o nariz e as sobrancelhas. Pela expressão séria, dava a ideia de estar sonhando algo, mas com certeza não se tratava de pesadelo. Conseguiu relaxar naquela quase escuridão, ajudada pelo balanço do postal, até que sentiu estar pronta para abrir a carta, que começava assim:

"Querida amada, ao leres esta carta já terei tomado a última poção, e o destino provavelmente já estará cumprindo seu curso. Antes de mais nada, quero falar do meu grande amor por ti. É um sentimento tão profundo e doce que supera qualquer detalhe de ordem material: te amo de forma sublime, a ponto de colocar a tua felicidade e teu futuro, antes de qualquer outra coisa. Sinta-se livre, se tudo der certo, para escolher o rumo da sua vida. Depositei uma quantia razoável do meu capital naquela conta que abrimos em Nápoles no seu nome. Pode usá-la integralmente para você. Agradeço com esse gesto tudo aquilo que estás fazendo por mim, algo fantástico que nunca esquecerei: sem ti, minha cabeça provavelmente já teria se deteriorado de forma irreversível. Conforme te falei, superficialmente, algum tempo atrás, a primeira resolução possível de toda esta extraordinária situação é a mais cobiçada por ti e também por mim: a continuação do nosso maravilhoso namoro, nosso futuro a dois, lado a lado... Bem longe, em lugar distante daqui, sem deixarmos vestígios, pistas, sem rastros que permitam nos seguir. E assim...".

Calipso percebeu que chorava copiosamente. Estava em silêncio, só com sua emoção, em um navio sonolento que prosseguia vagarosamente na imensidão noturna do Mediterrâneo.

– Fahrenheit... Um... Seis... Cinco... Ponto, cinco... Aumento rápido...

Depois de uma dezena de minutos nos quais a viagem continuou em completo silêncio, Jul voltou a falar sobre o mesmo assunto do ponto em que havia sido interrompido:

– Você sabe que me formei com especialização em algas... E é por isso que estou no meio dessa história. Me arrependo profundamente, mas não podia imaginar que alguém explodiria aquele laboratório. E agora, com tudo destruído, não se poderá nem pensar no antídoto ao qual o nosso núcleo estava quase chegando... Pai, entendeu agora o tamanho do desastre?

– Filho – respondeu Rafa –, não podemos nos culpar: há muito tempo o ser humano não se faz perguntas e continua a agir sem muita consciência. De Homo sapiens passamos a Homo ignorans. As inteligências eletrônicas pensam por nós: criam armas, descobrem energias, desenvolvem alimentos e sementes, inventam novos gases e vírus. Na realidade, somos só passageiros do planeta, mas até quando ele aguentará? O que podemos fazer? Tentar salvar só aquilo que é possível salvar e também nos manter vivos. Não sabemos a que ponto chegou o conflito entre as corporações, nem sequer imaginamos quem nos atacou. Minha única certeza é o meu destino: alcançar a base central em São Luís.

O efeito da morfina começava a diminuir, e a dor estava voltando, quando um veículo apareceu no sentido contrário. Rafa sinalizou com os faróis e buzinou, mas nada aconteceu: uma caminhonete off-road com para-choque reforçado passou por eles em alta velocidade. Era no mínimo estranho, em uma situação como esta, evitar o encontro. Quando observou seu percurso pelo retrovisor percebeu que depois de uma inversão, o veículo começou a seguir o Ford V8. Rafa acelerou e a caminhonete fez o mesmo. Brecou levemente, e a caminhonete o seguiu com a mesma manobra. Decidiu andar em velocidade normal, e foi aí que a caminhonete avançou e bateu na traseira do Thunderbird:

– Aperta firme o cinto – disse Rafa, acelerando tudo o que podia. Virou o veículo à direita no sentido das dunas, que alcançou em pouco mais de um minuto, sendo seguido a poucos metros pela misteriosa caminhonete. A cada pulo se desenhava no rosto de Jul uma imagem de dor, a cada segundo o medo aumentava na expressão já tensa do paramilitar CPL01.

Foram mais de vinte minutos de fuga no meio do labirinto das dunas, que, por se mexerem lenta e continuamente, como em qualquer deserto, abriam e fechavam caminhos. Essa fuga, em contínuas inversões de direção, seguindo rastros que às vezes desapareciam ou levavam a dunas maiores e insuperáveis, não estava dando certo. Rafa tinha certa vantagem até que, infelizmente, seguindo uma marca mais recente e definida, deu com um imenso anfiteatro de dunas, sem saída. Ouviu o barulho assustador da caminhonete se aproximando. Não tinha escapatória: teria de enfrentá-la.

– Deixa comigo – falou Jul, serrando os dentes na tentativa de segurar a dor. Pegou a arma na gaveta, enquanto Rafa, entendendo a ideia do filho, foi estacionando o veículo em sentido transversal, no fundo do anfiteatro, deixando-o pronto para acelerar, em uma eventual última tentativa. Apareceu na passagem entre as dunas, no meio dos muros de areia, a frente da caminhonete de para-choque rostrado: vinha devagar, mas acelerou, de improviso, em direção ao Thunderbird. Dava para ver os dois ocupantes por trás do para-brisa que, poucos instantes depois, explodiu – literalmente – ao primeiro tiro de Jul. Depois, foi uma saraivada de disparos com a pistola automática. O veículo virou um pouco à direita, pulou acima de um montinho de areia, voou e capotou, se arrastando em meio às faíscas no chão de pedriscos, acompanhado pelo barulho estridente de ferros retorcidos. Um silêncio de túmulo se seguiu. Rafa pegou a arma das mãos de Jul e, depois de desligar o motor, correu até a caminhonete que estava com as quatro rodas para cima. Nem precisou apertar o gatilho, só dois cadáveres estavam na cabine.

– Assaltantes?

– Provavelmente, mas pouco nos interessa se são bandidos ou simples cidadãos enlouquecidos... – respondeu Rafa, enquanto ligava o V8. Para sua surpresa, a tela multiúso já não trazia a imagem do GPS e só aparecia a espera no canal UHF. Tentou apagar e ligar várias vezes, mas nada aconteceu. O dia estava acabando, e as dunas brancas contrastavam com a escuridão do céu que cancelava o azul meio cinzento em volta de um pontinho verde, agora com faróis ligados, perdido em cinquenta milhas de areia. Mexeu o carro por um pouco mais de trezentos metros e desligou o motor, deixando aceso o sinal da tela multiúso e disse:

– Não vale a pena gastar mais hidrogênio... Vamos passar a noite aqui. Estamos perdidos, mas amanhã, com ajuda da luz do dia, continuaremos a viagem. Te darei mais uma dose de morfina...

Infelizmente era a última seringa, teria que usar aquela mesma para as próximas poucas doses.

– Tudo perdido: notícias, base, GPS, quase nenhum recurso,

nada de alimentos verdadeiros... Melhor esquecer tudo isso e cuidar da fratura de Jul – pensou Rafa.

Enquanto limpava como podia a ferida, que começava a emanar um cheiro forte, pensou na encrenca em que estava metido e deduziu que o "HV Silver Dragon" havia se infiltrado em todos os sistemas. O comando de voz era a chave, considerando que era autônomo, autossuficiente, indestrutível e continuava a dominar as ações das três corporações sob ordens que ele mesmo dava como hacker eletrônico, autodestruindo a humanidade que o criara. Teria que chegar até o comando central: talvez ainda houvesse tempo de fazer alguma coisa. Não podia entrar em detalhes com Jul sobre o assunto, porque o comando de voz provavelmente estava ativado e, se o destino deles chegasse ao poder virtual, em poucos minutos seriam rastreados e mortos por uma das três forças armadas das corporações. Pensava nisso quando olhou a perna do filho: a ferida estava infectada, inchada e com as gazes grudadas. Não havia encontrado antibióticos na enfermaria, só restava antisséptico e água, que não adiantava nada: o fedor da gangrena era inconfundível. Apoiou a mão na fronte dele e constatou que estava com febre alta: sinal do avanço da septicemia. Começava a sua luta contra o tempo.

Rafa acordou com o dia já claro, ouvindo um leve mas persistente zumbido de moscas atacando a ferida de Jul, que, dominado pelo efeito da morfina, ainda dormia. Tentou espantá-las o quanto pôde, mas o cheiro da perna gangrenada era forte e atraía os insetos. Saiu do veículo, urinou olhando para a frente, atrás de uma pequena encosta apareceu a caminhonete capotada: tentou se aproximar, mas não conseguiu, por causa do fedor insuportável dos dois cadáveres, deteriorados pelo calor. Era daí que vinham tantas moscas. Chutou tudo o que tinha pela frente, areia, pedriscos, insetos, mas não adiantou nada: a realidade era trágica, mas a viagem tinha que seguir.

Acordou Jul e saíram às pressas. Para onde? Não tinha a menor noção. Sua única referência era andar no sentido contrário de onde vinha a luz mais forte. Uma grossa cortina de poluição impedia que vissem o sol, encoberto, mas lá estava ele, implacável, jorrando luz e emanando calor. Conseguia se orientar assim nas horas matinais e no final do dia, mas, durante o tempo restante, era impossível distinguir até mesmo os pontos cardeais. Pior ainda foi encarar aquele labirinto de dunas andando duas milhas para a frente e três para trás. Até que conseguiu subir ao cume de uma montanha de areia que esbarrava no caminho, em horário que ele imaginou ser perto do meio-dia: era um tanto alta, o suficiente para ver lá de cima todos os lados: dunas, mais dunas, areia, areia e mais areia e nada mais. Nesse momento, o UHF-16 deu sinal de vida:

– Atento... Atento... Aqui é a Estação Climática de Ushuaia, na Tierra del Fuego, Argentina... Responda, por favor...

Por uma razão ou outra, de antena para antena, estava recebendo o velho canal reservado. Depois de parar o veículo, tentou responder:

– Contato casual com o nosso veículo terrestre... Primeiro Controlador de matrícula CLP01 da base "Barreira do Inferno", em deslocamento para o comando central de São Luís, falando... Sem imagem, mas copiando bem o som...

– Ainda bem, temos alguém vivo... Aqui, perdemos todos os contatos... As últimas notícias que recebemos dos poucos lugares do mundo que ainda conseguem transmitir são péssimas. O Instituto Universitário Oceânico de Inverness, na Escócia, relatou nossos ataques, digo, ataques de nossas forças descontroladas: destruíram estoques de alimentos, causando assassinatos e saques em diversas grandes metrópoles da região, no meio de uma epidemia devastadora não identificada. A penúltima notícia veio do Centro de Pesquisa Submarina de Taizhou, na China, e relatou um ataque da corporação "Beta" com bombas químicas de extrema potência no interior do país. As mesmas estavam provavelmente espalhando um vírus desconhecido do qual já havia relatos vindos de vários outros lugares no mundo. E vocês aí?

– Pouco sabemos... Teremos mais notícias quando chegarmos ao comando. Está um caos, somos alvo de ataques de todos os tipos... E em Ushuaia, como está?

– Péssimo! Não recebemos ataques, mas nossa energia está acabando e o gelo da zona Antártida Quatro Sul está derretendo a uma velocidade nunca imaginada, o mar cresce e não conseguimos... Com... A... Água... As... Gem...

O contato se interrompeu de maneira brusca, e Rafa tentou restabelecê-lo inutilmente. Jul quase não falava mais: o desânimo pela ferida em péssimo estado, a febre, o calor insuportável e a perda de rumo o tinham vencido. Ficaram um tempo em silêncio, olhando para o horizonte que não dava nenhuma indicação de rumo, até que decidiram tomar os dois últimos energéticos e se alimentar com chicletes: a situação era extremada.

CAPÍTULO 43

Rafa ligou o motor e desceu a duna, tentando definir o caminho quase que instintivamente. Dirigiu por cerca de duas horas e, de repente, sentiu um cheiro muito forte. No momento em que virou à esquerda, viu à sua frente a dianteira rostrada de um carro capotado. Brecou, deu ré nervosamente, tentando manter a calma: um pequeno descuido no labirinto tinha sido fatal. Virou o V8 e dirigiu tentando não pensar no erro por um certo tempo, até não sentir mais aquele fedor horrível. Parou, esperando que a luz da tarde lhe desse a direção do caminho.

Olhou para o filho: ele parecia não ter percebido o que estava se passando. Estava ausente, a febre aumentava sem parar. Procurou pelo frasco de morfina e constatou que sobravam apenas duas doses, como também só restavam duas garrafas de água. Mas o pior foi quando viu no marcador que tinha apenas um quarto de combustível no tanque: não podia mais errar.

Parados naquela luz difusa sufocante, não sentia mais o suor escorrer, mas tinha que aguentar. Os minutos pareciam horas. Até que, finalmente, conseguiu ver de onde vinha o clarão maior e não pensou duas vezes, ligou o motor e acelerou. O vento da velocidade aliviou-o um pouco. Prosseguiu um bom tempo adiante até escurecer, quando – sem que houvesse o menor sinal do rumo – teve que desistir sem ter conseguido sair daquele mar de dunas, porque a luz levemente avermelhada estava sumindo.

Depois de injetar uma dose de morfina que aliviou bastante a dor de Jul, beberam uma garrafa inteira de água e consumiram o último chiclete alimentar. Dividiram, metade para cada um. A noite seria muito longa para Rafa, que tentava a cada instante se convencer de que o pesadelo acabaria no dia seguinte. Acharia as forças suficientes para continuar acreditando que depois de saírem do labirinto de areia chegariam rapidamente à base de comando, que com certeza estaria lá, firme e resistente a todos os ataques.

– Jul será atendido imediatamente... A septicemia que toma conta do seu corpo vai ser controlada... Os cirurgiões recuperarão a perna com um bom pino... – pensou ele. – Falarei com o comandante geral na Sala 0001, que contatará o conselho de administração em Havana, e serão tomadas providências para tentar cessar o conflito.

Parecia um delírio. Um lamento do filho o devolveu à realidade, bem diferente daquela sonhada.

– A esperança é a última que morre – continuou, em pensamento –, e o amanhã ninguém conhece.

Fugiu outra vez do catastrófico momento e imaginou um futuro para os dois; caso a base de São Luís não existisse mais, talvez pudessem encontrar outros seres humanos vivos em algum lugar perdido no continente, para começar uma nova vida em alguma pequena comunidade de sobreviventes, partindo do zero, quase como primitivos...

– Melhor não sonhar – lembrou –, não pensar em nada, relaxar ao máximo e enfrentar o próximo dia com as poucas forças que me restam.

No primeiro clarão, Rafa acordou, injetou a última dose de morfina na seringa já usada no pobre Jul, que balbuciava só alguns monossílabos. Depois, apertou o botão de partida de seu Thunderbird: o trajeto final em direção ao céu mais escuro começava. Olhou mais uma vez o marcador de combustível e preferiu esquecer. Agora ele também parecia ausente. Percorreram mais de vinte milhas, até que o V8 deu algumas engasgadas e parou. Rafa, então, pegou a última garrafa de água, fez Jul bebê-la quase toda e depois tomou o resto. Ajudou o filho a sair do carro, sustentando um lado do seu corpo e levantando areia, pisada por pisada. Os dois seguiram uma linha imaginária que saía da dianteira do Thunderbird verde em direção a um ponto menor de luz naquele infinito de dunas e céu azul cinzento. Ironicamente, depois de poucos passos, uma voz feminina conhecida, porém inexorável e fria, saiu dos alto-falantes estéreos da telinha multiúso, rompendo o silêncio do deserto:

– Fahrenheit... Um... Meia... Oito... Perigo... Perigo... Perigo...

A cada passo que os afastava do veículo, aquele repetitivo alarme ficava mais débil até sumir definitivamente. Os pés dos dois queimavam na areia ardente, e o suor evaporava antes mesmo de encharcar as roupas. Quando o pai olhou para cima, viu na sombra de uma inusitada nuvem preta uma majestosa águia voando em círculos, mas a confundiu com um abutre.

Na madrugada daquele vinte e sete de março, no navio postal, tudo parecia extremamente calmo, inclusive Ettore – que continuava sonhando. Por alguns instantes, Calipso se intrigou com a expressão dele, na tentativa de descobrir se estava mais tenso, mas voltou às poucas linhas que tanto lhe interessavam:

"Passando à terceira situação, estará chegando à mais complexa, àquela que, se acontecer, vai exigir de você ainda mais força e determinação. Não esqueça que você me prometeu ajuda até o fim. Neste caso terá que me acompanhar de volta à Sicília, minha terra natal, em um lugar ermo que já visitei, onde ninguém me procurará: é perfeito para um andarilho louco sobreviver. No final da carta há um pequeno mapa que ensina como chegar lá. Não posso e não quero condená-la a conviver com um ser em estado lastimável, depois de ingerida a última poção. Minha alma não resistirá, será empurrada até o fundo de um poço de loucura, de onde não poderá sair mais, porque este maldito líquido terá destruído uma grande quantidade de células cerebrais indispensáveis ao funcionamento normal..."

Calipso conferiu a hora, preocupada: nada de Ettore acordar.

Um rodamoinho imprevisto que mais parecia o chumaço de um vulcão no topo de uma única duna – que se confundia com as outras ao redor – levantou areia até o céu, a curta distância dos dois homens, ao extremo. Enquanto o deserto em volta tremia, sacudido por um súbito terremoto, Rafa e Jul conseguiram se arrastar por pouco mais de cento e cinquenta metros, escalando uma montanha movediça: eram agora dois pequenos insetos, unidos, perdidos no insuperável oceano de branco saibro dos médãos dos Lençóis Maranhenses.

Na desesperada tentativa de salvar o filho, em um gesto inútil, aquele pai extremado caiu, levando o corpo dele consigo: levantaram e voltaram a tropeçar. Jul, vencido pela febre, pelo calor e pela dor que agora era insuportável, não reagia mais. Rafa – que tinha os lábios secos, cortados, e a respiração exageradamente acelerada – era movido por uma determinação louca que o anestesiava enquanto mastigava grãos de areia sem se perguntar se havia algum resto de esperança. Quase não sentia a dor forte no baço e outra que crescia no peito. Sequer sentia o peso do ferido, agora desmaiado. Por fim, desabou com o rosto na areia, olhou para Jul imóvel ao seu lado e virou-se para a frente: sim, havia alguém... Era verdade: alguém estava chegando. No calor das dunas, três figuras diferentes, parecendo miragens, estavam se aproximando. Tentou gritar, mas quase nada saiu da sua garganta, seca como as dunas à sua volta. Sacudindo o ombro do filho, falou, emocionado:

– Aguenta! – Mas não obteve resposta.

De bruços, Rafa se arrastou para a frente por uns dois metros, levantou um braço sinalizando para aquelas figuras com suas altas montarias, que pisavam com firmeza as areias escaldantes, e gritou com as últimas forças que lhe sobravam:

– Aqui! Aquiii… – e virando, para trás, continuou: – Estamos salvos, filho! Estamos vivos e…

Mas Jul, com olhos dilatados, o fixava, imóvel. Uma sílaba áspera saiu de suas entranhas, tão alta que ultrapassou o horizonte além das dunas. Um "nãooo" como aquele, prolongado e forte, não poderia deixar de ser ouvido, mas ainda assim os três cavaleiros passaram a poucos metros diante dos dois, cruzaram lentamente a areia e não se viraram para olhar. Rafa sentiu a dor em seu peito aumentar, ficando a cada instante mais forte, até se confundir com um ardor insuportável que dilacerou a artéria que vai direto ao cérebro: no último momento de vida, teve tempo somente para ver mais uma figura montada se aproximando. Não era um cavaleiro como os outros três, mas a nojenta materialização da morte, que impregnava o ar com um fétido e repugnante rastro de vermes claros que saíam copiosamente dos globos oculares da caveira, meio escondida pelo capuz do manto.

Ettore, agora estremecido, tinha uma expressão diferente, tensa, com a fronte enrugada e a boca completamente travada, mas ninguém percebeu. Calipso tentava ler as últimas frases da carta segurando o peso das pálpebras vencidas pelo silêncio da noite profunda, acariciada pelo leve balanço provocado pelas pequenas ondas de um mar exageradamente liso.

A expressão do viajante solitário sentado na cadeira agora quase assustava, contrastando com a calma do salão, na penumbra.

Foi como se uma capa escura e vazia descesse daquele velho cavalo suado – que tinha parado ao lado dos corpos sem vida. A repugnante Morte pegou, pendurada na sela, a corda com o grande gancho pontudo amarrado na ponta. Com força sobrenatural, enfiou-o nos restos mortais de Rafa como quem enfia um anzol na isca e, andando lentamente, encostou no magro animal. Amarrou a outra ponta no pito de couro do arreio e subiu chutando a desproporcional barriga da montaria, saindo assim em um sórdido galope, arrastando o triste fardo que levantava uma nuvem de poeira, enquanto um grito assustador ressoava no deserto:

– Yaaa... Yaaahaa... Yaaahaaaa...

Um eco retumbante invadiu tudo ao redor e, saindo da terra, se expandiu para além do céu, pelo universo inteiro, como que anunciando a morte do último ser da espécie humana.

– Acorda!... Acorda!... A senhorita está passando mal?

Calipso abriu os olhos e viu, diante de si, o garçom do bar com o braço estendido, sacudindo gentilmente o seu ombro:

– Já chegamos, moça!... Os últimos passageiros estão saindo do navio...

Com um gesto rápido, ela se virou procurando a cadeira de Ettore, e, com olhos assustados e uma expressão tão tensa que chegava a deturpar seu lindo rosto, descobriu que estava vazia, sozinha em meio às outras, mudas e solitárias, no salão que despertava vagarosamente às primeiras luzes da madrugada de uma rotineira travessia, em que um cochilo se mostrou fatal.

FIM

Este livro foi composto em Plantin Std 12pt e
impresso pela gráfica Paym em papel Pólen 80g/m².